LE PACTE DES ASSASSINS

Né en 1932 à Nice, Max Gallo a été professeur d'histoire, puis éditorialiste, député, ministre et député européen. Il est l'historien romancier le plus connu de France. Auteur d'un grand nombre de biographies (*Robespierre, Jaurès, Vallès, De Gaulle, Napoléon, Victor Hugo, Louis XIV*), d'essais et de romans, en particulier le cycle en dix volumes de *La Machinerie humaine* (1992-1999), il a été élu à l'Académie française en 2007.

Paru dans Le Livre de Poche :

L'AMBITIEUSE

LES CHRÉTIENS :
1. Le Manteau du soldat
2. Le Baptême du roi
3. La Croisade du moine

LES CLÉS DE L'HISTOIRE CONTEMPORAINE

LES FANATIQUES

FIER D'ÊTRE FRANÇAIS

LE JARDIN DES OLIVIERS

LES PATRIOTES
1. L'Ombre et la Nuit
2. La flamme ne s'éteindra pas
3. Le Prix du sang
4. Dans l'honneur et pour la victoire

LES ROIS SANS VISAGE

UN HOMME DE POUVOIR

MAX GALLO
de l'Académie française

Le Pacte des assassins

ROMAN-HISTOIRE

FAYARD

ISBN : 978-2-253-12687-4 – 1re publication LGF

En hommage à Margarete Buber-Neumann, figure héroïque du XXe siècle. Communiste allemande, elle se réfugia en URSS pour fuir Hitler. Staline la déporta en Sibérie et, en février 1940, pour « honorer » le Pacte germano-soviétique – *Le Pacte des assassins* –, il la livra aux nazis qui la déportèrent à Ravensbrück.

Elle fut, en 1949, le grand témoin à charge contre les totalitarismes complémentaires, le Rouge et le Noir.

Ses livres – *Déportée en Sibérie*, *Déportée à Ravensbrück* (Seuil, 1986 et 1988) – m'ont nourri. Mais les personnages de ce roman-ci sont imaginaires, s'ils doivent cependant tout à l'Histoire.

M. G.

« À chaque jour, à chaque heure, année après année, il fallait lutter pour le droit d'être un homme, le droit d'être bon et pur. Et ce combat ne devait s'accompagner d'aucune fierté, d'aucune prétention, il ne devait être qu'humilité. Et si, au moment le plus terrible, survenait l'heure fatale, l'homme ne devait pas craindre la mort, il ne devait pas avoir peur s'il voulait rester un homme. »

Vassili GROSSMAN,
Vie et destin.

PREMIÈRE PARTIE

1.

Elle s'appelait Julia Garelli-Knepper.

Tous ceux que fascinent les vies extraordinaires, ces destins dont on peut croire que les dieux les dessinent afin d'éclairer les humbles mortels, devraient connaître celle de cette comtesse vénitienne.

Je l'ai rencontrée pour la première fois à la fin de l'année 1989. J'avais quarante ans. Je venais de terminer un roman, *Les Prêtres de Moloch*, que je voulais lui dédier.

Julia Garelli-Knepper était déjà une vieille femme, mais, assis en face d'elle, j'ai vite oublié qu'elle était née à Venise en 1900, dans un petit palais de marbre gris situé à l'extrémité de la Riva degli Schiavoni, face à la lagune et au grand large.

Elle se tenait très droite, ses gestes étaient brusques, son regard vif. Elle m'a interrogé, étonnée, disait-elle, qu'un homme de ma génération se souvînt d'elle dont la presse n'avait parlé qu'en 1949, quand le risque de guerre entre la Russie communiste, ses satellites et les États-Unis paraissait grand.

– J'ai tenu ma place. C'était un devoir de vérité que j'avais à accomplir, m'a-t-elle dit d'une voix qui ne chevrotait pas, mais était, au contraire, claire et ferme.

Elle a hoché la tête quand je lui ai confié que j'étais né cette année-là, en 1949.

– Seulement de l'histoire, pour vous, alors, a-t-elle ajouté.

Il y avait une pointe de mépris et de déception dans son propos.

– Que pouvez-vous savoir de ce qui s'est réellement passé dans ce siècle ?

En se penchant avec précaution, comme si son dos avait été douloureux, elle a pris le manuscrit des *Prêtres de Moloch* et a commencé à le feuilleter, lentement d'abord, puis de plus en plus vite, avec une sorte de lassitude et en même temps de colère.

– Expliquez-moi, a-t-elle dit en fermant les yeux, sa nuque appuyée au dossier du fauteuil, le manuscrit posé sur ses cuisses.

J'ai hésité, mesurant l'abîme qui séparait ce que j'avais écrit de ce qu'elle avait vécu.

J'avais lu ses souvenirs, publiés en 1949.

Il s'agissait de deux tomes aux titres étranges. Le premier s'intitulait : *Tu leur diras qui je fus, n'est-ce pas ?* ; et le second : *Tu auras pour moi la clémence du juge*.

Elle racontait comment, quand la Grande Guerre avait submergé Venise, comme toute l'Europe, elle s'était enfuie en 1917 avec Heinz Knepper, un révolutionnaire allemand, prisonnier évadé.

Ils avaient gagné la Suisse. Elle avait ainsi connu Lénine qui s'y trouvait réfugié.

Avec Heinz Knepper elle avait été du voyage des bolcheviks, rejoignant la Russie en traversant l'Allemagne avec la complicité du haut état-major allemand.

Ses souvenirs m'ont laissé fasciné. Elle avait côtoyé Staline et tous les dirigeants bolcheviques, rencontré Hitler, déjà chancelier. Puis la patte de Staline s'était abattue en 1937 sur Heinz Knepper, exilé à Moscou comme tant d'autres communistes étrangers.

J'avais cité en exergue des *Prêtres de Moloch* une phrase prononcée par Knepper quand les agents des « Organes », la police secrète de Staline, viennent l'arrêter. Il regarde Julia qui tente de retenir ses larmes et murmure, au moment où les agents l'entraînent : « Pleure donc, va, il y a bien de quoi pleurer. »

Ces mots m'avaient bouleversé, et, parce que j'avais voulu que *Les Prêtres de Moloch* s'adressent à la raison du lecteur, davantage qu'à sa sensibilité, j'avais fait suivre les mots de Knepper d'une phrase implacable de Voltaire :

« Les hommes tels qu'ils sont, en effet, des insectes se dévorant les uns les autres sur un petit atome de boue. »

Heinz Knepper avait disparu dans les labyrinthes des prisons de Staline.

Quelques mois plus tard, Julia, déportée en Sibérie, avait appris qu'il avait été fusillé à Moscou dans les jours qui avaient suivi son arrestation.

Les communistes avaient effectué le travail que les nazis n'avaient pas pu accomplir. Et le 8 février 1940, les agents des « Organes » avaient livré à la Gestapo Julia Garelli-Knepper et d'autres communistes allemands, comme pour prouver leur volonté d'honorer le pacte Hitler-Staline signé en août 1939.

Julia Garelli-Knepper avait été enfermée au camp de concentration de Ravensbrück et elle avait eu assez de volonté, de force et de chance pour échapper à la mort.

En 1949, après la publication de ses deux tomes de mémoires, elle avait témoigné que l'URSS, comme l'Allemagne de Hitler, avait été un État concentrationnaire. Et qu'aux cris des millions de victimes de la barbarie nazie répondaient en écho les voix des déportés de Sibérie.

On avait voulu la faire taire.

Quand je lui avais parlé des souvenirs de Julia Garelli-Knepper, mon propre père, instituteur, l'avait accablée.

Cette comtesse n'était qu'une *renégate*, avait-il décrété.

Quand il avait prononcé ce mot, tout son visage avait exprimé le mépris.

Il avait poursuivi en déclarant qu'elle avait à l'évidence collaboré avec les SS à Ravensbrück : sinon, comment aurait-elle survécu ?

J'avais protesté. Je m'étais indigné : avait-il lu les livres de Julia Garelli ?

Littérature de guerre froide, m'avait-il répondu. Cette femme n'avait été qu'un pion poussé par les services secrets américains contre l'Union soviétique.

Je n'avais pas vécu cette période, avait-il conclu, je n'y comprenais donc rien.

Mon père est mort en 1985, à soixante ans, sans renoncer à ses illusions ni à ses croyances. Et ce n'est qu'après son décès que j'ai commencé à écrire *Les Prêtres de Moloch*. Mais ma main tremblait, ma phrase se brisait comme si j'avais été en train d'accomplir un sacrilège, presque un parricide.

Peut-être est-ce pour ne pas profaner le tombeau de mon père qu'au lieu d'affronter la vérité nue, telle que Julia Garelli-Knepper la rapportait, j'ai évoqué la cruauté du XXe siècle en me bornant à écrire une fable mythologique, mettant en scène dans ces *Prêtres de*

Moloch une confrérie dévouée à ce dieu anthropophage ?

J'avais imaginé que ces prêtres, afin de nourrir Moloch et de rétablir sa domination sur le continent européen qui lui avait échappé, avaient suscité, tout au long du XXe siècle, les guerres, les révolutions, les persécutions, les famines, les massacres qui avaient gorgé cette terre de sang.

Ils avaient détourné les espérances afin qu'elles deviennent les ressorts les plus pervers et les plus efficaces de la barbarie.

Ils avaient prêché les croyances les plus folles, propres à faire de chaque homme un fanatique, donc un tueur.

Les hommes avaient revêtu des chemises noires, brunes ou rouges. Et des enfants par centaines de milliers avaient été poussés dans les chambres à gaz, brûlés dans des fours crématoires, ensevelis par les ruines des villes écrasées sous les bombes au phosphore, et leurs cendres avaient été dispersées d'un bout à l'autre de l'Europe, ou leurs restes calcinés enfouis dans les fosses communes.

Voilà ce que j'avais écrit, ai-je dit à Julia Garelli-Knepper, toujours immobile, ses mains couvertes de tavelures posées à plat sur mon manuscrit.

– Venez, a-t-elle murmuré en se levant difficilement, et mon manuscrit a glissé, ses feuillets se dispersant sur les tommettes rouges.

Elle ne s'est pas excusée, m'a pris le bras, a murmuré que la nuit allait tomber et qu'elle voulait faire quelques pas – « encore quelques pas », a-t-elle répété – avant que l'obscurité n'efface la beauté du monde.

C'était un crépuscule de décembre au bord de la Méditerranée. L'horizon, au sud, était rouge, les îles de Lérins, les massifs de l'Estérel et des Maures, embrasés. Le village de Cabris, situé sur un promontoire face au mas de Julia Garelli-Knepper, était encore éclairé par une lumière vive que l'ombre sanguine commençait à dévorer.

Julia Garelli-Knepper tenait mon bras mais ne s'y appuyait pas. Elle me guidait à travers l'oliveraie, s'arrêtant parfois devant un arbre au tronc gris torturé par le temps.

Nous avons marché ainsi en direction du village, puis elle s'est immobilisée, se tournant vers le mas dont nous nous étions éloignés d'une centaine de pas.

C'était un bâtiment trapu, l'une de ces fermes fortifiées qui servaient jadis d'avant-postes et de redoutes aux villages perchés, toujours menacés, même loin à l'intérieur des terres, par une incursion des Barbaresques. Une tour carrée en pierres de taille, comme une vigie ou un donjon, s'élevait à l'un des angles du mas.

– C'est mon sanctuaire, a expliqué Julia. Là sont mes archives. J'ai longtemps craint un coup de main, une agression. Ils y ont pensé, à Moscou, je l'ai su plus tard. Les Russes avaient chargé les services secrets roumains, allemands et même bulgares, de détruire ces archives et d'en finir avec moi. Ç'aurait bien sûr été maquillé en sordide fait divers, en crime de rôdeur. On m'a protégée, et maintenant le danger est passé. Les historiens imaginent qu'ils n'ont plus grand-chose à apprendre. Plus personne ne discute désormais l'existence du goulag. On ne s'intéresse donc plus à moi. Je survis. Mais à quoi me sert la paix ?

Elle s'est interrompue puis a repris :

– Votre fable, vos prêtres de Moloch, c'est une manière de déguiser, d'étouffer la vérité. Moloch puise sa force dans le mensonge et la dissimulation, les rêveries et les mirages, les contes et l'oubli, et votre fatras mythologique n'est qu'un paravent de plus. Les agents des « Organes », les retraités du crime riront à gorge déployée en vous lisant !

Elle s'est remise à marcher, ne paraissant pas mesurer qu'elle venait d'anéantir mon travail en quelques mots. Elle m'expliqua que la Fondation Garelli-Knepper qu'elle avait créée dans les années 1960 n'avait plus d'activité, et à la manière dont elle me regardait, j'avais l'impression qu'elle m'en rendait responsable.

– Ils croient tous que tout a été dit, ressassé. Qu'on en a fini avec le passé, qu'il est aussi lointain que le dieu Moloch. Mais – elle a eu un brusque mouvement de la tête – c'est une illusion !

Elle a prononcé ces derniers mots avec une force inattendue :

– Il faut atteindre l'os, quand on soigne une plaie gangrenée. Il faut tout redire à chaque génération nouvelle. Tout redire, tout expliquer. Assez de fables, la vérité !

Tout à coup, elle a paru s'affaisser, s'accrochant à mon bras. Elle a murmuré que la mort, qui avait été patiente et généreuse avec elle, était maintenant à l'affût, toute proche, prête à bondir. La mort l'avait laissée témoigner, mais à présent le sursis s'achevait.

– J'ai pourtant tant de choses encore à dire, a-t-elle ajouté en se redressant et en posant ses mains sur mes épaules.

Elle m'a longuement dévisagé et son regard était si intense que j'ai baissé les yeux.

– Qui vous envoie, David Berger ? a-t-elle demandé.

L'interrogation m'a paru si étrange, puisque je lui avais expliqué dans de nombreuses lettres le sens de ma démarche, que j'en ai frissonné.

Nous sommes retournés à pas lents vers le mas.

Elle s'arrêtait presque à chaque pas, décrivant les documents qu'elle possédait, qu'elle avait recueillis dans toute l'Europe et ceux que des témoins souvent anonymes avaient envoyés à la Fondation. Elle avait aussi classé plusieurs dizaines de carnets manuscrits qui devraient permettre de compléter ses deux volumes de mémoires.

Dans la grande pièce du mas, j'ai entrepris de ramasser les feuillets de mon texte cependant que Julia avait repris sa place dans le grand fauteuil en bois.

– Je ne sais qui vous envoie, David Berger, a-t-elle dit en répétant mon nom d'une voix de plus en plus faible : David Berger, David Berger..., comme si elle avait voulu se l'approprier, y découvrir quelque secret.

J'ai de nouveau frissonné, l'assurant derechef que personne ne m'avait incité à la rencontrer, mais, quand j'avais vu les Berlinois détruire la tumeur purulente qu'avait été ce Mur partageant leur ville et leur pays en deux moignons, j'avais eu le désir de connaître les sentiments de celle dont la vie incarnait le siècle. Et j'avais voulu lui soumettre les *Prêtres de Moloch* avant de lui dédier ce livre.

Mais, ai-je dit en baissant la tête, elle ne le souhaitait sans doute pas, et elle avait d'ailleurs, d'un revers de phrase, chassé mon désir de voir ce livre publié.

En lui avouant ma déception, j'avais espéré qu'elle me démentirait, mais elle a paru ne pas m'entendre.

– Je ne sais qui vous envoie, David Berger, a-t-elle repris, mais vous êtes là. Vous êtes né en 1949 !

Elle a souri.

– Cette année-là, deux gardes du corps m'accompagnaient. Staline avait donné l'ordre de me faire taire. Staline en personne ! Et vous êtes né en 1949 ! Quand on a vécu longtemps, que la mort n'a pas cessé de vous frôler, quand on a côtoyé des milliers d'humains, appris pour préserver sa vie à les juger d'un seul regard, et qu'on a échappé à leurs griffes, qu'on a ainsi pu survivre, qu'on a lassé la mort elle-même, on agit d'instinct. Votre regard n'est pas trouble, David Berger, mais il n'a pas le vide bleuté de certains de nos gardiens aux beaux visages.

Elle s'est légèrement penchée.

– Je vous fais confiance, David.

L'obscurité avait peu à peu envahi la pièce et maintenant je distinguais à peine la silhouette de Julia Garelli-Knepper, silencieuse et immobile. J'étais accroupi à ses pieds, n'osant plus bouger, les feuillets des *Prêtres de Moloch* répandus autour de moi.

– Il faudrait..., a-t-elle commencé.

Elle s'est aussitôt interrompue comme si elle s'était trouvée au bord d'un gouffre, n'osant le franchir d'un bond.

Enfin elle s'est élancée.

Elle me proposait de m'installer au mas pour quelques jours, d'examiner avec elle les archives de son sanctuaire, d'en devenir, si cela m'intéressait, le conservateur. J'étais né en 1949, et cela lui convenait. Il lui fallait un homme qui n'aurait pas été compromis, souillé ou martyrisé dans le premier versant du siècle.

– Je ne veux pas d'un survivant, a-t-elle répété.

– Je suis peut-être un héritier, ai-je répondu.

Elle s'est enfoncée dans un long silence, puis, d'une voix haletante, elle s'est remise à parler :

– Je m'en vais, David Berger. Je dois léguer ce que je sais, ce que j'ai accumulé. À qui ? Pourquoi pas à vous ? Dans les camps, ceux d'Asie centrale ou à Ravensbrück, on n'avait que quelques secondes pour choisir la camarade à laquelle on allait confier sa vie. Elle vous aidait, vous protégeait ou bien vous livrait. C'était la vie ou la mort. Je vous choisis, David Berger. C'est un don accablant. Il peut vous écraser, si vous trahissez tous ceux que vous allez rencontrer. Ce sera, entre le passé et vous, un pacte de haine et d'amour. Aurez-vous la force nécessaire ? Il vous faudra du temps. Il vous faudra laisser les vies enfouies renaître en vous. Vous les reconstruirez. Elles murmureront, comme celles et ceux qui allaient mourir me l'ont chuchoté : « Tu leur diras qui je fus, n'est-ce pas ? Tu auras pour moi la clémence du juge... » Leur renaissance sera votre naissance.

Julia Garelli-Knepper est morte quelques mois plus tard.

Elle m'avait désigné comme administrateur de sa Fondation, conservateur des fonds d'archives qu'elle possédait, à charge pour moi de les préserver, de les inventorier et de les faire connaître.

J'ai mis près de vingt ans à composer et terminer ce livre écrit à partir de ses archives et de ses carnets. Le temps passe si vite !

J'ai essayé d'être fidèle à l'un des derniers vœux qu'elle avait exprimés :

– Prenez la vérité pour horizon, David. Que rien ne vous arrête. Ne nous trahissez pas, nous qui sommes morts !

2.

J'ai été plusieurs fois tenté, au cours de ces vingt années écoulées, de rompre le contrat que j'avais signé avec Julia Garelli-Knepper. Je sortais accablé du « sanctuaire » où les documents que je devais classer et consulter étaient entreposés.

Je chancelais. J'avais la nausée.

De chaque pièce d'archives, de chaque carnet, la souffrance et le sang suintaient.

Je m'éloignais du mas à grands pas. Je ne répondais pas à madame Cerato, la gardienne, qui m'annonçait que le déjeuner était servi, et je l'entendais qui demandait à son mari, Tito, de « voir un peu ce que je faisais », car elle s'inquiétait.

Je sautais d'une restanque à l'autre, je butais sur une souche, je frottais mes mains contre l'écorce des oliviers. Je venais d'être le témoin de tant de crimes que j'en avais les doigts souillés, comme si j'avais retourné des cadavres, fouillé dans des fosses.

Je prenais la fuite. Je voulais oublier les héros et les traîtres, ces hommes et ces femmes qui avaient partagé la même foi, qui souvent avaient été complices et étaient donc parfois unis dans le crime, mais les uns devenaient par lâcheté les dénonciateurs et les bourreaux des autres qui étaient arrêtés, torturés, déportés, livrés à leurs pires ennemis, fusillés. Et ceux qui ne l'étaient pas mouraient de faim et de froid, le corps couvert de plaies, de vermine.

Je me persuadais que ces faits étaient connus, qu'ils avaient fait scandale, qu'on avait accueilli et rendu hommage aux survivants, aux dissidents.

Et Julia Garelli-Knepper avait eu sa part de gloire et de revanche.

Puis l'oubli recouvrait de son épais silence, de son inaltérable indifférence ce qui, un temps, avait été en pleine lumière.

Assis sur le bord d'une restanque, la tête appuyée dans le creux des mains, je m'emportais contre moi-même.

À quoi bon essayer de redonner vie à ce qui avait été exhumé, puis, après les discours, les célébrations, les indignations, les livres et les couronnes, enterré de nouveau – et ne restaient plus que quelques mots en guise de souvenirs : *stalinisme*, *nazisme*, *goulag*, *système concentrationnaire*, *totalitaire*...

Mais continuaient de pérorer sur les tribunes des orateurs dont je sentais bien qu'ils auraient été capables de recommencer la même aventure, parce que, disaient-ils, ça n'était pas les principes qui étaient en cause, mais leur mauvaise application !

Je pensais à mon père. Tout ce que je lisais dans les archives et les carnets de Julia Garelli-Knepper m'incitait à analyser son comportement, les causes de son aveuglement, l'assurance qu'il avait montrée en condamnant les « renégats » – dont la renégate Julia Garelli-Knepper – comme si ceux-ci n'avaient pas été les victimes d'une foi à laquelle ils avaient cru pour la plupart. Et leur souffrance était l'honneur des hommes...

Je maudissais et méprisais mon père.

Puis ces sentiments violents envers un mort me culpabilisaient. Je m'en prenais alors à Julia Garelli-Knepper qui avait si dédaigneusement écarté ma fable mythologique, *Les Prêtres de Moloch*, alors que j'avais, dans ce livre, montré la permanence, l'éternité du Mal au-delà des croyances et des circonstances, des fanatismes qui lui donnaient à chaque époque son visage.

Communisme, nazisme, agents des « Organes », guébistes ou membres des SS, ce n'étaient là que les accents particuliers de la langue universelle qu'était le Mal.

Je me reprochais et regrettais d'avoir renoncé à publier *Les Prêtres de Moloch*, d'autant plus que je soupçonnais Julia Garelli-Knepper de les avoir condamnés et de m'avoir ridiculisé et humilié pour mieux me convaincre de me mettre à son service, de consacrer toute mon énergie à *son* histoire, à celle de cette première moitié du XXe siècle dont je pensais qu'on l'avait déjà explorée jusque dans tous ses recoins, alors que seule une œuvre évoquant la question du Mal, de l'humanité de l'homme, en somme, méritait qu'on y consacrât sa vie.

Tandis que j'étais là, dans ce sanctuaire, à dénombrer jusqu'à la nausée les trahisons et les cadavres, les lâchetés des uns, l'héroïsme des autres, qui parfois s'inversaient, au hasard des circonstances.

Je quittais donc la tour, le mas, marchais jusqu'au village, et, certains jours, j'entrais dans l'étude de maître Chamard, le notaire de Cabris, lequel avait rédigé et enregistré le contrat qui me liait à Julia Garelli-Knepper.

Il m'écoutait, bienveillant et ironique. Il me conseillait de m'accorder quelques jours, voire quelques mois de distractions. Le contrat avait prévu ces interruptions. Je continuerais à percevoir mes honoraires, mes indemnités.

Maître Chamard gérait la fortune de Julia Garelli-Knepper et m'avait chaque fois laissé entendre qu'elle était considérable. Elle possédait en indivision avec des cousins de vastes domaines agricoles en Terra Ferma ainsi que de nombreuses demeures à Venise. Mais le petit palais de marbre gris où elle était née, Riva degli Schiavoni, et les œuvres d'art, tableaux, tapisseries et sculptures qui le peuplaient, lui appartenaient en biens propres.

– Organisez donc votre temps et votre travail comme vous l'entendez, me répétait maître Chamard. Vous êtes un rentier de l'Histoire, monsieur Berger, profitez-en ! Rien, dans le contrat, ne vous interdit de compléter vos recherches loin de Cabris, ou de publier un texte personnel, ou tout simplement de vous distraire...

J'ai souvent suivi ces conseils, passant quelques semaines ou même plusieurs mois à Paris, me contentant alors de téléphoner à madame Cerato ou à maître Chamard, puis revenant précipitamment, soucieux de me ménager cette « retraite aristocratique », constatait maître Chamard.

Mais il y avait d'autres raisons à mon comportement.

La vie quotidienne et prosaïque m'ennuyait, me désespérait ; les femmes de rencontre me lassaient. J'avais besoin de la démesure, des sentiments et souffrances extrêmes tels que je les rencontrais dans les documents du sanctuaire. Je m'étais accoutumé au malaise, voire au désespoir.

Je rentrais donc, rompant des liens que j'avais eu tant de mal à nouer, abandonnant Nathalie ou Judith, Marie ou Karine, compagnes elles aussi vite déçues par mes hésitations, mes contradictions, ce qu'elles appelaient toutes mes « absences ». Je n'étais pas auprès d'elles, j'avais hâte de retourner me perdre dans le dédale des événements passés, de m'enfouir dans cette histoire de sang et de boue, d'injustice, d'espérance et de cruauté.

Je rentrais.

Madame Cerato m'accueillait comme un fils prodigue, m'embrassait, essuyant quelques larmes, marmonnant que Madame la comtesse, là où elle était, serait heureuse de me savoir de retour.

– Quand vous êtes absent, monsieur David, je sens qu'elle souffre comme si elle brûlait en enfer. Les morts sont comme nous, vous savez, en paix ou en douleur. Il faut s'occuper d'eux comme on veille sur les vivants.

J'approuvais, je ne prenais même pas le temps de dîner et rejoignais le sanctuaire.

Je n'étais qu'un drogué en état de manque.

J'allais d'un rayonnage à l'autre, j'effleurais du bout des doigts les cartons d'archives ; j'en sortais un, puis le replaçais. J'avais tant hâte que j'étais incapable de choisir, épuisant mon désir dans cette hésitation. Au bout de quelques minutes, je n'y résistais plus, je prenais un carnet, l'ouvrais au hasard, ému de reconnaître l'écriture de Julia qui m'était devenue familière.

Elle m'avait expliqué que, jusqu'en 1938, elle avait réussi à soustraire ses carnets aux fouilles régulières des agents du NKVD.

Elle habitait alors à l'hôtel Lux, à Moscou. C'est là que les Russes logeaient les dirigeants communistes étrangers qui avaient été contraints à l'exil et ceux qui travaillaient pour le Komintern, l'Internationale communiste où ils représentaient leur parti. Tous étaient surveillés, suivis par les agents des « Organes », et certains disparaissaient, mais personne n'osait s'interroger sur leur sort. Étaient-ils rentrés clandestinement dans leur pays ou bien pourrissaient-ils dans une des cellules des prisons de Moscou, la Loubianka, Lefortovo, de Boutirki ou de Sokolniki ?

Jusqu'à son arrestation et sa déportation en 1938, un an après celle de Heinz Knepper, Julia avait déjoué les pièges et les filatures du NKVD.

Elle rencontrait un diplomate italien, Sergio Lombardo, ami de son frère, le comte Marco Garelli. Elle lui passait ses carnets qui gagnaient l'Italie par la valise diplomatique, et Lombardo les remettait à Marco Garelli qui les dissimulait dans le palais de marbre gris de la Riva degli Schiavoni.

Avant même que j'eusse songé à l'interroger, Julia Garelli-Knepper m'avait confirmé que nul n'avait volé ses carnets :

– Les Russes, bien sûr, et même mon cher Heinz n'auraient pu me croire capable d'une telle folie. Et si j'avais été découverte, ils m'auraient condamnée, avec, pour une fois, de bonnes et solides raisons. Je trahissais les secrets de la Patrie du socialisme ! Heinz Knepper m'aurait accusée, maudite, répudiée. La morale individuelle, la valeur des serments, le souci d'être digne de la confiance qu'on vous accorde, tout cela est étranger aux fanatiques, or même Heinz l'était devenu. Moi, non : j'étais d'une vieille lignée vénitienne. L'un de mes ancêtres, Vico Garelli, avait été ambassadeur de la Sérénissime à Constantinople. Il avait disparu corps et biens dans la grande marée turque en 1453. Mais je suis sûre qu'il s'était conduit en homme d'honneur, comme mon frère, haut dignitaire fasciste pourtant, ami du comte Ciano, le beau-fils du Duce, mais capable de cacher sans les avoir ouverts, sous une dalle du palais Garelli, les carnets de sa folle de sœur, devenue communiste par amour pour un Juif allemand, cet Heinz Knepper qu'il maudissait et respectait tout à la fois.

Elle avait retrouvé ses carnets en 1945 et je me souviens de l'exaltation qui m'avait saisi quand, lors de l'un de mes premiers retours à Cabris, inhalant dans le sanctuaire cette odeur de poussière, âcre senteur d'une Histoire cruelle et enivrante, j'avais pris au hasard le carnet de l'année 1934 et découvert les renseignements inestimables qu'il contenait.

Tout était là comme une drogue dure, et il avait suffi de quelques pages couvertes de l'écriture minuscule mais parfaitement calligraphiée de Julia Garelli-Knepper pour que le passé m'envahisse et que, plusieurs heures durant, je perdisse conscience du présent.

Plus de sanctuaire, plus d'oliviers. J'entendais des pas.

Ce n'était point ceux de madame Cerato, mais le martèlement bruyant des agents des « Organes » qui, chaque nuit, à Moscou, en ce début d'année 1934, arrêtaient à l'hôtel Lux tel ou tel camarade étranger sans qu'on sût pourquoi, et personne ne paraissait remarquer l'absence de son voisin devenu traître, espion, renégat trotskiste, fasciste, nazi...

« *Terreur*, écrit Julia. L'assassinat de Kirov, le secrétaire du Parti de Leningrad, sert de prétexte à l'arrestation de dizaines de vieux camarades.

Meurtre mystérieux. Affaire privée ? Provocation ?

Terreur : nous nous terrons.

Heinz ne parle presque plus. Ses cheveux ont blanchi.

Je sais que sa foi est morte. Il ne l'avouera jamais, mais son regard est vide.

De nombreux camarades allemands qui avaient réussi à fuir la Gestapo et dont il connaît le passé révolutionnaire ont disparu dans les bruits de pas nocturnes, les claquements de portes et les sanglots des épouses.

Heinz continue chaque matin à se rendre ponctuellement à son bureau du Komintern, situé dans une aile de l'hôtel Lux. Mais qu'est devenue l'Internationale communiste, sinon le poing avec lequel Staline frappe ceux qui s'opposent à lui dans les pays étrangers ?

J'ai appris qu'en France, en Suisse, en Espagne, des camarades ont été assassinés, emprisonnés, abattus d'une balle dans la tête ou poignardés.

Que faire ?

D'un côté le fascisme, le nazisme, de l'autre cette dictature chaque jour plus implacable et qu'on appelle "le socialisme dans un seul pays". »

L'écriture se fait plus minuscule encore et me contraint à lire plus lentement.

C'est comme si j'étais un archéologue qui creuse la terre pour atteindre la mosaïque enfouie, puis pénètre dans une galerie dont il ignore où elle va. Il craint de se perdre dans ce labyrinthe, il ne tient aucun fil d'Ariane, mais il doit poursuivre jusqu'à cette salle où tout à coup surgit de la nuit le Minotaure :

« Vu Staline, cette nuit. C'est sans doute pour que ce rendez-vous demeure secret que Heinz a été convoqué à une série de réunions du Komintern qui, exceptionnellement, doivent se tenir durant toute une semaine à Leningrad.

Staline pue le tabac et la sueur, le vieux cuir aussi. Je ne l'ai plus revu depuis des années. C'est le seul homme dont j'aie senti qu'il avait en lui la puissance et la cruauté d'un carnassier. Il est à l'affût. Je ne saisis pas son regard, et pourtant il me fixe.

– Ceci est entre nous, camarade Garelli.

Il lève difficilement sa main gauche ; le bras est court, à demi paralysé. Il écarte les doigts.

– Voilà ceux qui savent, dit-il. Personne d'autre ne doit savoir. Tu comprends ce que cela signifie, Julia Garelli ?

Mort pour Heinz Knepper si je lui confie que le secrétaire de Staline est venu me chercher à l'hôtel Lux, si j'évoque le trajet dans la limousine aux vitres fumées, les couloirs du Kremlin déserts, Staline avec sa vareuse grise, ses bottes de cuir souple, ses yeux plissés, la peau de son visage grêlée, sa voix rauque :

– Tu es italienne, comtesse Garelli...

J'ai l'impression qu'il se pourlèche les babines tout en se lissant la moustache, en ne cessant de me dévisager.

– Tu es aussi allemande, épouse Knepper.

Sa voix siffle quand il prononce le nom de Heinz.

– Ton frère, le comte Marco Garelli, est au cabinet de Mussolini.

Il écarte les bras, le gauche à peine levé.

Il hoche la tête ; peut-être sourit-il.

– Tu mesures la confiance que j'ai en toi : tu pourrais être suspecte, mais, au contraire, camarade Garelli, le fait que tu aies rompu avec tes origines, ta classe, ta caste, pour suivre un Juif allemand, plaide pour toi.

Il se lève. J'avais oublié qu'il était aussi petit, que son corps fût à ce point inélégant, sa démarche pesante, sans grâce, celle d'un lourd plantigrade.

Il tourne autour de moi, les mains derrière le dos. Il parle vite. Je dois partir pour Venise où Hitler se rend les 14 et 15 juin afin d'y rencontrer Mussolini.

– Ton frère fera sûrement partie de l'entourage du Duce. Je veux, camarade, que tu participes aux réceptions, que tu fasses savoir à Hitler que je considère son pouvoir comme légitime, et que Staline est prêt à ouvrir avec lui des négociations.

Il s'interrompt puis résume :

– Pas de guerre entre nous.

Il frôle mon épaule de sa main, sa voix se fait plus grave, mielleuse.

Il sait les sacrifices consentis par les communistes allemands, dit-il, les persécutions dont ils sont l'objet. Mais, en cette année 1934, il faut voir la situation de plus haut. La guerre vient. La Russie soviétique ne doit pas y être impliquée.

Staline s'est penché vers moi, les paupières mi-closes, et à cet instant je me suis souvenue que Heinz m'avait confié, après l'avoir rencontré : "Il a les yeux jaunes comme ceux d'une hyène ou d'un loup. On exécute ses ordres ou on meurt, et même si on lui obéit, il peut décider de vous tuer parce qu'il pense qu'il faut être l'allié de la Mort et qu'à la fin c'est toujours elle qui gagne."

Heinz avait ajouté : "Lénine ne l'a pas compris ; face à Staline, ce n'était en fait qu'un naïf."

Heinz avait souri. Nous avions appris par cœur, à la mort de Lénine, le texte de la lettre au Comité central du Parti, ce *testament* dans lequel il avait jugé sévèrement, pensait-on, Staline :

“Staline est trop grossier, avait écrit Vladimir Ilitch, et ce défaut, supportable entre communistes, devient intolérable dans la fonction de Secrétaire général, c’est pourquoi je propose aux camarades de réfléchir aux moyens de déplacer Staline de ce poste ; et de nommer à sa place un homme qui, en tous points, lui soit supérieur, qui soit plus patient, plus loyal, plus poli, et qui ait plus de considération envers ses camarades, moins capricieux...”

Trop tard : on ne pouvait que s’incliner devant l’homme aux yeux jaunes.

Il s’était encore approché de moi et j’avais respiré son haleine alourdie d’âcres relents.

– Tu comprends ma position, Julia Garelli ; tu l’approuves, bien sûr ?

J’avais baissé la tête.

Refuser, c’était mourir et entraîner Heinz Knepper avec moi dans la fosse.

– Bien, bien, bien. Tu pars demain pour Venise.

Tout à coup, il avait ri, dévoilant des dents irrégulières et noircies.

– Là-bas, tu seras à nouveau et seulement la comtesse Julia Garelli. Peut-être vas-tu être tentée de ne pas revenir ?

Il avait eu un mouvement des épaules.

– Mais tu ne peux pas abandonner Heinz Knepper, n’est-ce pas ? »

Après cette dernière phrase, Julia a tiré un trait dans son carnet, puis elle a écrit au milieu de la ligne suivante :

« Venise, 12 juin – 5 juillet 1934 »

Elle a donc passé plus de trois semaines dans le palais de marbre gris de sa naissance.

Elle a marché Riva degli Schiavoni, sous le soleil printanier, dans cette ville qui lui est apparue si fantastique qu'elle en a pleuré. Le contraste entre l'hôtel Lux, la peur, la terreur, la grisaille d'une ville à genoux, avec ces longues queues de femmes en fichu attendant devant les prisons de Moscou pour obtenir des nouvelles des « disparus », et Venise immuable où les oriflammes noirs du fascisme paraissaient dérisoires, ce contraste-là était trop grand, insoutenable.

Je sens – je sais – qu'elle a été tentée de demeurer là, dans cette chambre du premier étage, à regarder les vaporetti glisser sur la lagune. Elle écrit :

« Je renoue avec ma vie.

Je reste assise dans la cave où, en 1917, j'avais caché Heinz, où je l'avais soigné, où nous avions préparé notre fuite.

Émue aux larmes.

Je demande à Marco, discret et élégant comme à son habitude, soucieux de m'aider, de me permettre de l'accompagner à l'aérodrome de San Nicolo où l'avion de Hitler doit se poser.

Vu, à quelques pas, Mussolini, outre gonflée d'orgueil, de suffisance, et autour de lui les hommes-insectes qu'il écarte d'un geste, qu'il rassemble, qui se courbent, qui singent leur Duce.

Marco, à l'écart avec ce diplomate allemand, Karl von Kleist, qu'il m'a présenté et qui a préparé la visite du Führer.

Voici Hitler. Il apparaît dans l'encadrement de la porte de l'appareil qui vient de se poser. Il descend maladroitement l'échelle de métal, son chapeau à la main, les cheveux soulevés par le vent, le corps serré dans une gabardine gris-brun, froissée.

Je pense à Staline, ce loup aux yeux jaunes.

Hitler ressemble à un représentant de commerce, mais, quand il passe devant moi, ses yeux immenses illuminés dans son visage bouffi m'effraient. Je vois sa main aux chairs molles, ses doigts potelés. Cet homme-là, à l'étrange démarche hésitante, comme s'il craignait que ses jambes ne se dérobent, décide du sort de tout un peuple, et si demain il s'associe à Staline, l'Europe, le monde seront serrés entre les mâchoires de ces deux dictateurs.

Et nous qui avons rêvé, qui rêvons encore de révolution, quel sera alors notre destin ? J'ose penser que nos espérances sont mortes. Ou qu'elles n'étaient que des illusions. »

Quelques lignes vides, puis Julia a repris la plume :

« Insomnies.

Un homme à la villa Royale, où Mussolini recevait Hitler, s'est glissé près de moi et, sans me regarder, sans même remuer les lèvres, a murmuré :

"Heinz Knepper va bien. Il faut penser à lui."

Chantage.

L'homme s'éloigne.

Staline me rappelle qu'il tient sa proie. Il l'égorgera si je ne transmets pas à Hitler le message dont il m'a chargée.

Encore quelques heures pour approcher le Führer qui parcourt les salles des musées, joue au touriste timide, cependant que Mussolini, en uniforme, botté, coiffé d'un fez noir, parade, incarne la puissance sûre d'elle, le maître qui fait la leçon à l'élève débutant.

J'essaie en vain de me faufiler jusque dans les premiers rangs.

– Voulez-vous que je vous présente au Führer ?

C'est Karl von Kleist qui me prend le bras, m'entraîne.

Je m'incline devant Hitler qui saisit ma main, la baise, cependant que Mussolini, impatient, me foudroie du regard.

Je recule. Je vais confier à Kleist le message de Staline. »

Julia n'évoquera plus von Kleist.

Ses notes s'espacent comme si elle n'avait plus le temps d'écrire.

Un mot ici, un autre là. Quelques courtes phrases étranges :

« Soleil dans la nuit »... « Une bouffée de vie »... « Le désir est espoir et salut. »

Karl von Kleist, bien sûr, celui dont elle ne peut écrire le nom, parce que ce serait l'aveu de leur brève liaison, de ce plaisir dérobé cependant qu'à Moscou Heinz Knepper guette chaque nuit les pas des agents des « Organes » qui viennent tirer de leur lit ces communistes étrangers, ces camarades du Komintern qui, en quelques minutes, ne sont plus que des ennemis qu'on pousse dans une voiture, qui ne retourneront plus jamais à l'hôtel Lux, qu'on entraînera de prison en prison avant de les envoyer pourrir dans un camp en Asie centrale, au-delà du cercle polaire ou en Sibérie.

Elle recommence à écrire dans son carnet le 2 juillet 1934. Sa main tremble. Elle note :

« Le soleil s'est éteint et la lagune comme ma vie est grise. »

Karl von Kleist a dû rejoindre Berlin. Elle-même s'apprête à quitter Venise et à retraverser l'Allemagne. Elle est la comtesse Julia Garelli qui se rend en Suède, puis en Finlande, et, de là, elle gagnera Leningrad et Moscou.

« Je recommence le grand voyage, écrit-elle, mais le mirage s'est dissipé. »

Elle se souvient de ces jours de la fin mars 1917 quand, tenant la main de Heinz Knepper, ils étaient montés dans le train qui, de Zurich, devait conduire à Petrograd, par l'Allemagne de Guillaume II, complice, Lénine et une poignée de bolcheviks afin qu'ils poussent la révolution jusqu'au bout, que la Russie sorte ainsi de la guerre pour le plus grand profit de l'Allemagne impériale.

Et Heinz, qui avait été admis par Lénine à faire partie du voyage, avait expliqué à Julia que la révolution était la seule vraie victoire, que les nations défaites ou triomphantes opprimaient leurs peuples, qu'il fallait briser l'ordre social et national pour les libérer. C'est ce que Lénine allait faire en Russie, et que lui, Heinz Knepper, allait accomplir en Allemagne.

Elle se souvient. Elle note seulement dans son carnet :

« C'était il y a dix-sept ans. »

Un homme, alors que le train roule en Allemagne, s'est assis près d'elle. Il lui apprend que ce 30 juin 1934, le Führer aux yeux illuminés, aux doigts potelés, a donné l'ordre de massacrer ses plus anciens camarades, ceux des Sections d'Assaut qui ont fondé avec lui le parti nazi.

Ils ont été abattus par centaines dans toutes les villes d'Allemagne et au bord d'un lac, dans le paysage bucolique de la Bavière.

Julia écrit :

« Les nuits à venir seront aussi pour nous celles des longs couteaux. »

Elle dit de l'homme qui s'est installé à ses côtés qu'il est « l'envoyé du loup aux yeux jaunes ».

La frontière russe franchie, ils sont seuls dans un wagon qui leur a été réservé et que gardent des soldats aux parements verts du NKVD.

« Je suis la camarade Garelli-Knepper.

Moscou. Limousine. Couloirs du Kremlin. Le loup en face de moi, son regard insaisissable, mais je sais que ses yeux sont jaunes.

– Ce Karl von Kleist, tu crois qu'il a transmis le message ?

Tout en m'interrogeant, Staline fait glisser les papiers qui encombrent son bureau.

– Tu as payé le prix qu'il fallait.

Staline s'interrompt.

– Mais ça ne t'a pas beaucoup coûté, je crois...

Il sourit, dodeline de la tête, débonnaire.

Il montre la photo d'un couple marchant à pas lents le long de la Riva degli Schiavoni.

– Oublions tout cela, n'est-ce pas, message et promenade... »

Julia retrouve l'hôtel Lux, son écriture change, irrégulière, secouée, brisée par l'angoisse :

« Silence. Couloirs où ne passent que des ombres. Heinz ne m'interroge pas, comme s'il savait que je suis dépositaire d'un secret maléfique.

Je l'observe cependant qu'il va et vient dans la chambre, tête penchée, visage amaigri, cheveux tout à fait blancs. C'est un arbre mort qui n'a plus d'âme et il suffirait d'une poussée pour que l'écorce s'effrite, que le tronc ne soit plus que poussière.

Mais peut-être pour Heinz ai-je la même apparence fantomatique ? Nous ne nous touchons plus, comme si l'un et l'autre craignions de découvrir ce que nous sommes devenus.

Un matin il me chuchote, regardant autour de lui comme s'il avait peur que quelqu'un ne soit dissimulé dans la chambre, mais sans doute pense-t-il que des micros ont été placés dans chaque pièce de l'hôtel Lux :

– J'attends, dit-il, ce peut être dans une heure ou une semaine, dans un jour ou un an. Mais ses yeux jaunes sont fixés sur moi. Je voudrais qu'ils ne te voient pas. Mais qui peut t'oublier, comtesse Garelli, camarade Julia ?

Il s'est approché de moi, j'ai cru qu'il allait m'enlacer, mais ses bras, qu'il avait commencé à lever, sont retombés.

Il m'a semblé qu'il ne voulait pas raviver en lui le désir et donc l'espoir.

Mais peut-être les agents des "Organes", sur ordre de Staline, lui avaient-ils montré la photo de ce couple marchant le long de la Riva degli Schiavoni, et avaient-ils ainsi achevé de le désespérer ?

Il m'a longuement dévisagé, puis a murmuré :

– Julia, essaie de ne pas ressembler à cette femme, celle du tableau, tu te souviens ?

Et il est parti, son petit cartable noir sous le bras.

« Il y a, dans l'escalier qui conduit à ma chambre, dans le palais Garelli, le tableau de l'une de mes aïeules, la comtesse Elisabeth Garelli, qui a vécu au XIVe siècle.

Nous étions déjà l'une des familles les plus puissantes de Venise. Le peintre Vasco Morini l'a représentée debout, grandeur nature, vêtue d'une robe de soie brochée. Ses cheveux et ses yeux sont d'un noir brillant, mais sa peau est d'une blancheur de spectre.

Derrière elle, une jeune fille étendue dont le sang s'écoule d'une large plaie qui entaille sa gorge.

Quand j'étais enfant, mon frère Marco me répétait que je ressemblais à cette comtesse cruelle qui avait découvert qu'à se baigner dans le sang de jeunes vierges, la peau devenait de plus en plus soyeuse, de plus en plus blanche. Alors elle avait fait construire un pressoir pour extraire le sang des jeunes filles qu'elle faisait enlever sur les placettes et dans les ruelles de Venise, voire dans les campagnes de la Terra Ferma.

Et chaque jour les corps étaient pressés, et le sang coulait jusqu'à cette vasque de marbre qu'on apercevait dans l'un des angles, au bas du tableau, cercle blanc, tache rouge dans la pénombre.

Qui suis-je ?

Celle qui se baigne dans le sang des jeunes vierges, la comtesse Elisabeth Garelli réincarnée, ou bien l'une de ses victimes ?

Et le loup aux yeux jaunes, et l'homme aux doigts potelés font tourner la roue du pressoir qui nous écrase, moi, Heinz, ainsi que des millions d'autres. »

3.

J'ai vu ce tableau.

Dans la pénombre du palais Garelli, j'ai longuement contemplé le visage d'albâtre de la comtesse Elisabeth, la criminelle, celle dont le souvenir, j'en avais acquis la certitude, avait hanté Julia tout au long des années de la Grande Terreur, quand le loup aux yeux jaunes égorgeait pour un mot de trop ou pour un silence, parce qu'il voulait que personne ne se sentît hors d'atteinte des crocs du bourreau, mais peut-être aussi parce qu'il avait d'abord besoin de se rassurer, de s'abreuver, que la peur des autres lui desséchait la bouche et le cœur, et que seul le sang frais pouvait le désaltérer.

Julia avait osé écrire cela, consciente qu'en tenant son journal, en entassant ces notations et réflexions dans ces carnets, elle offrait sa gorge au bourreau, elle l'appelait comme une suicidaire désireuse qu'on la tue. Et, en même temps, écrire était pour elle une manière d'affirmer sa liberté et son espérance.

« J'écris pour qu'on ne puisse pas ensevelir les morts sous le silence et les assassiner ainsi une nouvelle fois. J'écris pour qu'ils revivent un jour. »

Pour autant, elle n'ignorait aucun des dangers qui la menaçaient.

Staline jouait avec elle, posant parfois ses griffes sur son épaule, l'attirant jusqu'à lui, la convoquant au Kremlin au milieu de la nuit après avoir fait éloigner Heinz Knepper, l'observant silencieusement de ses yeux plissés, le visage enveloppé dans la fumée de sa pipe, lui murmurant qu'il pensait à elle pour une mission à Berlin. Il voulait qu'elle revoie Karl von Kleist, un ami précieux qui avait transmis – il en avait à présent la preuve – son message à Hitler.

– Peut-être, camarade, faudra-t-il que tu le réchauffes un peu ? Je t'en crois tout à fait capable...

Il se lissait la moustache entre l'index et le pouce, tapait le fourreau de sa pipe à petits coups sur le talon de sa botte.

Il indiquait d'un geste à Julia qu'elle pouvait partir et, au moment où elle se levait, il murmurait : « Tiens-toi prête. »

Elle rentrait glacée à l'hôtel Lux et celui qu'on appelait le commandant de l'hôtel, le camarade Gourevitch, lui faisait comprendre d'une mimique complice qu'il lui avait suffi de voir la limousine aux vitres fumées s'arrêter devant l'entrée de l'hôtel pour savoir chez qui elle s'était rendue. Mais, au bout de quelques jours, Gourevitch redevenait grossier, menaçant, et sans doute agissait-il sur ordre.

Et les nuits de Julia Garelli-Knepper étaient à nouveau peuplées de bruits de pas et de sanglots.

« Le pressoir tourne de plus en plus vite, avait écrit Julia au mois d'octobre 1936. Nos corps vont être jetés sous la meule. Heinz ne parle plus. Il m'effleure de quelques regards, mais je ne peux les retenir. Il se détourne, cache son visage entre ses mains. Son silence est un cri de détresse, mais il est si désespéré, si affaibli que sa voix est déjà morte.

Ce matin, alors qu'il était assis au bord du lit, si voûté, si las, je lui ai demandé s'il se souvenait du portrait d'Elisabeth Garelli, ce tableau de Vasco Morini qui l'avait tant impressionné lorsqu'il l'avait vu pour la première fois. C'était le 3 janvier 1917 au milieu de la nuit. Mon frère Marco et mon père étaient au front. Le palais était désert. J'avais guidé Heinz jusqu'à ma chambre, l'aidant à monter l'escalier parce que ses blessures n'étaient pas cicatrisées et qu'il fallait attendre plusieurs jours encore avant de tenter de fuir Venise, de passer en Suisse, d'échapper à la guerre.

Mais Heinz m'avait prévenue : il ne voulait pas se mettre à l'abri. Il ne désirait pas la paix pour lui et pour le monde, mais la révolution. Je devais savoir les risques que je prenais en l'aidant à traverser la frontière. Je n'aidais pas qu'un Allemand, mais un révolutionnaire. On me condamnerait deux fois à mort, même si j'étais la fille du comte Lucchino Garelli, colonel des bersaglieri, familier du roi d'Italie.

Heinz s'en souvenait-il ? J'avais répondu : “Je suis avec toi, toujours.” J'avais dix-sept ans.

Je lui ai rappelé ce qu'il m'avait chuchoté dans l'escalier alors que j'éclairais le tableau de Vasco Morini :

“Elle te ressemble”, m'avait-il dit.

Il m'avait enlacée, murmurant qu'Elisabeth Garelli et moi nous étions des “guerrières”. Et que la révolution avait besoin de combattantes et même d'ogresses.

Il avait ajouté – je me souvenais de chaque mot et je les lui avais lentement répétés – “Le sang des hommes irrigue l'Histoire. C'est lui qui fait se lever les moissons. Nous ne devons pas craindre de le faire couler. À la cruauté, nous devons répondre par la cruauté !"

Heinz a d'abord paru ne pas m'entendre évoquer cette nuit du 3 janvier 1917 dont chaque détail s'était gravé dans ma mémoire. Mais quand je me suis assise près de lui, essayant de lui envelopper les épaules de mon bras, il m'a repoussée, me regardant avec effroi comme s'il me craignait, comme si j'étais en effet l'ogresse qui allait le dévorer, comme si les souvenirs que je lui avais rappelés, et les propos qu'il m'avait tenus, lui étaient devenus insupportables.

Il s'est levé et, les bras tendus en avant, il m'a empêchée de m'approcher de lui.

Mais, au moment de quitter notre chambre, il a murmuré, la tête baissée :

– Nous avons été des tueurs, Julia, tout comme ton ancêtre criminelle. Elle se vautrait dans le sang pour affiner sa peau. Nous avons saigné les peuples pour les purifier. Et maintenant il faut que notre sang coule. C'est notre tour !

Je n'ai pas cherché à le retenir. Il disait vrai, tant sur le sang dont nous nous étions gorgés, nous aussi, que sur ce qui allait advenir de nous.

Je me suis allongée, immobile comme une morte, puis j'ai écrit ces quelques lignes. »

Je les ai lues comme s'il s'était agi de la confession, des aveux, voire du testament de Julia.

Et je suis parti presque aussitôt pour Venise. Je voulais voir ce tableau, établir les circonstances de la rencontre entre Heinz Knepper et Julia Garelli en cet hiver 1916-1917, puis connaître les détails de leur fuite, de leur arrivée à Zurich, de leurs liens avec Lénine et les quelques émigrés bolcheviques qui l'entouraient.

En ce mois de décembre que j'avais choisi à dessein afin d'imaginer ce qu'avait été l'hiver de Heinz et Julia, Venise m'est apparue comme un cimetière envahi par les eaux boueuses et recouvert d'un voile épais de brouillard. J'ai traversé la place Saint-Marc en marchant sur des passerelles qui me semblaient s'appuyer sur des tombes enfouies.

Puis j'ai longé les façades de la Riva degli Schiavoni et je suis entré dans le palazzo Garelli, si humide qu'à chaque pas que je faisais dans le vestibule, puis en gravissant les marches de l'escalier conduisant à la chambre de Julia, j'avais l'impression de m'enfoncer dans l'un de ces monuments funéraires qui m'ont toujours attiré.

Et j'ai pensé que Julia devait en effet, comme l'avaient dit Marco Garelli et Heinz Knepper, ressembler trait pour trait à la comtesse Elisabeth Garelli, l'ogresse.

Jusqu'alors, j'avais été incapable d'imaginer la jeune femme qu'avait été Julia. Maintenant je la voyais à dix-sept ans, courant vers l'hôpital aménagé dans le palazzo Grassi, sur le Grand Canal. On y avait entassé les blessés arrivés du front qui courait, meurtrier, sur l'Altiplano du Haut-Adige aux cimes caillouteuses des Dolomites, de Caporetto à Gorizia, la ville maudite, comme chantaient les soldats *« O Gorizia tu sei maledetta... »*

Parmi ces hommes gémissants, Julia s'était arrêtée au pied du lit d'un jeune officier ennemi, ce Heinz Knepper au visage émacié, aux tempes rasées, aux mâchoires serrées parce qu'il ne voulait pas gémir, crier quand on le pansait, qu'on retirait les éclats d'obus de mortier et de rocher qui s'étaient enfoncés de sa joue droite à sa hanche, labourant l'épaule et le torse.

Il parlait un italien sans accent et Julia, un allemand presque parfait. Il avait une dizaine d'années de plus qu'elle et il était le premier homme dont elle frôlait la peau, le premier qui se confiât à elle, non pas pour lui raconter son enfance à Vienne, puis à Berlin, ses actes de bravoure ou ses désirs d'adolescent, égaler Goethe et Schiller, puis Marx, et la séduire ainsi, mais pour lui expliquer l'histoire du monde.

Les patries, disait-il, n'étaient que des leurres, les guerres, des pièges conçus par les maîtres afin que les esclaves s'entretuent. La seule vraie lutte se déroulait, depuis les origines, entre les exploiteurs et les exploités. Prométhée avait volé le feu aux dieux et s'était dressé contre eux, puis la torche de la révolte avait été brandie par Spartacus, et, depuis lors, la guerre des classes continuait, et cela s'appelait la révolution.

Chacun devait choisir son camp : celui de la justice et de l'égalité, ou celui de l'injustice et de l'exploitation de l'homme par l'homme.

Julia n'avait pas encore osé dire : « Je suis du vôtre, Heinz Knepper. » Mais après quelques semaines elle l'avait aidé à fuir l'hôpital, à se cacher dans la cave du palais Garelli. Et c'est en la suivant, dans la nuit du 3 janvier 1917, jusqu'à sa chambre, que Heinz Knepper avait vu ce tableau, cette comtesse au visage d'albâtre qui ressemblait tant à Julia, sa lointaine descendante.

4.

De cette nuit du 3 janvier 1917 qu'elle a passée dans la chambre du premier étage du palais Garelli où elle était née dix-sept ans auparavant presque jour pour jour, Julia dira que ce fut celle de sa « seconde naissance ».

J'ai découvert pour la première fois cette expression dans son journal du mois de janvier 1931, et je l'ai retrouvée dans ses carnets des deux années suivantes, célébrant ainsi ce double anniversaire. Elle était née le 6 janvier, et Heinz Knepper l'avait initiée à l'amour au cours de cette nuit du 3.

Mais cette évocation – ce récit qui, touche après touche, année après année, s'amplifie, se précise – disparaît après 1933, comme si sa mémoire avait été tarie ou bien empoisonnée par les événements dont Julia était alors le témoin.

Mais, en janvier 1931, puis en 1932 et 1933, elle pouvait encore y puiser des raisons de ne pas désespérer.

Elle écrit :

« Besoin de me souvenir, de me recueillir, de m'accrocher à ces moments passés pour résister au courant boueux, sanglant, qui mêle le crime au doute, le cynisme à l'effroi.

Je ne veux pas être emportée, je ne veux pas me laisser gangrener. Cette nuit du 3 janvier 1917 est la preuve de la pureté de notre élan. Si je me souviens, et je veux me souvenir de chaque détail, je survis.

Cette nuit-là, je suis debout, figée en face de Heinz. J'entends la pluie battre les vitres. Depuis plusieurs jours Venise est enfouie sous les eaux. Sans cette inondation, ce brouillard, ces averses, nous n'aurions pu quitter l'hôpital. Mais les patrouilles avaient renoncé à leurs rondes. La piazza San Marco et la Riva degli Schiavoni étaient entièrement recouvertes et nous avons pu atteindre le palazzo Garelli sans croiser âme qui vive.

Et maintenant, dans cette chambre glacée où l'humidité suinte du parquet et des murs, le froid et la timidité nous paralysent.

Nous sommes maladroits. Les blessures de Heinz à son flanc droit sont douloureuses. Je souffre de l'entendre gémir quand il lève le bras vers moi. Et mes gestes sont désaccordés.

Je ferme les yeux, le désir nous unit, mon corps s'ouvre. Mais est-ce encore le mien ? Ce 3 janvier 1917 est la nuit de ma seconde naissance. Mon corps est celui de Heinz, ses idées sont les miennes : révolution de mes sens, révolution du monde, révolution mondiale.

Je veux croire, puisque cette nuit a eu lieu, que j'éprouve, quand je vois Heinz, la même émotion, le même désir, la même certitude que rien de mesquin, de sordide, ni bien sûr de criminel ne le fait agir, que notre espérance, notre volonté demeurent, que nous ne nous sommes pas fourvoyés. Je m'agrippe, je m'arrime à ces souvenirs, je voudrais que le passé, cette nuit du 3 janvier 1917, m'envahisse, que l'eau noire qui recouvrait la piazza San Marco et les placettes, les quais, m'empêche de voir, d'entendre, de deviner ce que Heinz hésite à m'avouer mais qu'il veut en même temps que je sache. Comment expliquer, sinon, qu'il ait laissé sur la table ces feuillets que je lis, fascinée par l'horreur que j'y découvre ?

Dans toute l'Ukraine, on traque les paysans que l'on dit riches, malheureux koulaks que l'on dépouille même des petits oreillers placés sous la tête des enfants. On ne leur laisse qu'un caleçon, et aux femmes une chemise. Plus de chaussures, mais aussi plus de casseroles ni de brocs. Certains se révoltent et, à grands coups de faux, on les massacre, ou on les déporte au-delà du Grand Nord, en Sibérie, sur les îles qu'ils doivent coloniser. Et ils meurent par dizaines de milliers lors du voyage dans les wagons ouverts au vent et au froid. Ils succombent à la faim.

Je lis, je relis. C'est un rapport qui décrit pour le camarade Staline la situation de convois de paysans déportés sur l'île de Nazino.

J'en veux à Heinz d'avoir laissé ces feuillets plusieurs jours sur la table. J'ai d'abord refusé de les lire, ne les déplaçant pas pour qu'il comprenne ma volonté d'ignorer, prenne acte de ce qu'il appellera sans doute ma lâcheté. Et j'en rougis de honte.

Mais un matin, avant de quitter la chambre, il a poussé vers moi les feuillets.

– La Guépéou, et donc Staline, veut que tous les bolcheviks sachent ce que la révolution doit faire pour survivre, a-t-il dit.

Il a haussé la voix. Elle est si rauque que j'ai l'impression qu'elle va se briser. Elle devient aiguë.

– C'est comme un accouchement, Julia, crie-t-il presque. Ce n'est pas propre comme un linge blanc, mais c'est l'humain. Il y a du sang, on taillade les chairs, la femme hurle, on coupe le cordon, elle est délivrée, mais parfois le bébé meurt, parce qu'il se présente mal, et la mère succombe avec lui. C'est un risque. Nous l'avons pris. L'accouchement est difficile, aux forceps.

Et tout à coup il hurle :

– Lis, lis donc, je ne veux pas être le seul à savoir !

J'apprends ainsi qu'il existe une île qui s'appelle Nazino au confluent de l'Ob et de la Nazina, un endroit vierge, sans la moindre habitation. On y a débarqué 6 114 déportés. Pas d'outils, pas de semences, pas de nourriture. Le lendemain, la neige se met à tomber. Le vent se lève. Les gens commencent à mourir. Ce n'est qu'au quatrième ou cinquième jour après l'arrivée des déportés sur l'île que les autorités envoient par bateau un peu de farine à raison de quelques centaines de grammes par personne. Ayant reçu leur maigre ration, les gens courent vers le rivage et tentent de délayer dans leurs chapkas, leur pantalon ou leur veste, un peu de cette farine avec de l'eau. Mais la plupart des déportés dévorent leur farine telle quelle, et meurent souvent étouffés. Durant tout leur séjour sur l'île, ils ne reçoivent en tout et pour tout qu'un peu de farine. Les plus débrouillards s'efforcent de cuire des galettes, mais il n'y a pas le moindre récipient et bientôt apparaissent des cas de cannibalisme... »

À chaque anniversaire de ces deux naissances, en janvier 1932 puis en janvier 1933, je vois Julia seule dans la chambre que Heinz Knepper vient de quitter.

Elle prend son carnet comme une élève appliquée. Elle évoque d'abord ces jours de 1917, quand le frère de Julia, Marco Garelli, revenu du front, pousse la porte de la chambre et les surprend, elle et Heinz, dans la nudité de leur sommeil.

Il hurle, il les menace, revolver au poing. Julia se campe devant Heinz, et, tout à coup, Marco se met à pleurer, baisse la tête, leur demande de se rhabiller, et Heinz le fait avec difficulté parce que son bras droit est encore raide, ses blessures saignent à chaque geste un peu brusque. Il porte les vêtements de Marco Garelli que Julia lui a prêtés. Il s'avance vers Marco, qui ne bouge pas, décline son identité, sa qualité d'officier allemand, servant dans l'armée autrichienne, et dit :

– Tuez-moi ou livrez-moi, je suis responsable ; votre sœur n'est en rien coupable.

Julia bondit.

En quelques semaines, elle est devenue cette femme sûre d'elle, de son corps, de ses idées, sûre de sa volonté de lutter contre la barbarie impérialiste et cette tuerie née du capitalisme, pour la révolution mondiale qui va embraser, à partir du charnier européen, tous les continents, et les prolétaires, les exploités établiront sur terre le règne de la justice et de l'égalité.

Elle parle, elle parle, corps nouveau, langue nouvelle.

Marco Garelli la regarde avec des yeux effarés ; la stupéfaction, le désespoir et la colère, l'incompréhension puis l'abattement se mêlent pour déformer son visage. Ses traits expriment à la fin un accablement désabusé comme s'il recouvrait le réalisme et la sagesse des anciennes lignées, d'une vieille république, qui savaient qu'on ne peut se dresser contre la fatalité, qu'il faut laisser passer la vague.

– Qu'allez-vous faire ? demande-t-il seulement.

« Je pense à Marco, à l'aide qu'il nous a apportée, écrit Julia. Sans lui, nous n'aurions pas pu gagner la

Suisse, vivre ce que nous avons vécu, ces jours exaltants, cette espérance. »

Elle s'interrompt. C'est assez de souvenirs, d'eau pure pour ce jour de janvier 1932. Et, comme elle l'a fait en 1931, il lui suffit de passer à la ligne pour noter ce qu'elle a entre-temps appris :

« Les morts dans les campagnes ukrainiennes se comptent par millions, auxquels il faut ajouter les déportés, les paysans brûlés vifs dans les forêts où ils se sont réfugiés et auxquelles les troupes de la Guépéou ont mis le feu. »

Et Heinz, par une nuit d'insomnie, alors qu'il fume, allongé, le bras droit depuis longtemps guéri replié sous sa nuque, confie à Julia que l'on a imprimé une affiche sur laquelle on peut lire : « Manger son enfant est un acte barbare. »

Son corps tout entier est secoué de spasmes nerveux, comme s'il s'agissait d'un rire silencieux :

– Tu entends, Julia, « Manger son enfant est un acte barbare » ! C'est notre révolution, notre « saut qualitatif » dans la construction d'une civilisation nouvelle, qui permet cela ! Nous éduquons le peuple, n'est-ce pas ? Tu te souviens de la Kroupskaïa ? de son projet de dictionnaire pédagogique qu'elle avait élaboré et qui avait, disait-elle, enthousiasmé Lénine ?

Julia se souvenait. C'était au mois de févier 1917, peu après leur arrivée à Zurich et leur première visite chez Lénine et son épouse, Nadejda Konstantinovna Kroupskaïa, dite Nadia.

On ne savait pas encore que la révolution avait commencé à Petrograd.

Dans leur petite chambre située au troisième étage d'un immeuble de pierre du 14, Spiegelgasse et louée à un cordonnier socialiste du nom de Kammerer,

Lénine et Kroupskaïa cherchaient un moyen de gagner quelques sous, et cette idée de dictionnaire pédagogique, d'encyclopédie avait paru fructueuse à Lénine. Croisant les mains derrière sa nuque, il avait en riant convié Heinz à collaborer à ce projet, et pourquoi sa jeune compagne ne s'y associerait-elle pas ? Comtesse Garelli ? Et Lénine avait ri de plus belle, disant que puisque l'aristocratie rejoignait les rangs des prolétaires, cela signifiait que la révolution était imminente et que la bourgeoisie capitaliste vivait ses derniers jours ; qu'ainsi c'en serait fini des temps barbares, la révolution mondiale allait donner naissance à un autre monde.

C'est un de ces jours-là, à la fin du mois de février ou au tout début mars, peut-être le 2, que les journaux de Zurich, le *Zürcher Post* et le *Neue Zürcher Zeitung* ont annoncé dans des éditions spéciales que la révolution avait éclaté en Russie.

Et peu après – sans doute le 4 mars –, Heinz Knepper a présenté à Julia celui qu'il avait appelé le « magicien de la révolution », Thaddeus Rosenwald, Pragois, Viennois, Berlinois, résidant à Istanbul et à Stockholm, disposant de trois ou quatre passeports, Thaddeus le banquier, le marchand, l'importateur, pour le compte des Russes, de médicaments, de préservatifs, familier des chefs de l'Okhrana, la police secrète du tsar, comme du haut état-major allemand, et bolchevique, cependant, peut-être par intérêt ou parce qu'il était juif, et qu'il avait eu à souffrir des pogroms, à Moscou, à Varsovie, et qu'il aspirait lui aussi à un autre monde.

Julia n'a pas aimé Thaddeus Rosenwald malgré la distinction de ses traits réguliers, son élégance, son long corps fluet serré dans une pelisse qui étonnait en ce mois de mars zurichois déjà tempéré.

Thaddeus a pris Heinz et Julia par les bras, les entraînant par les ruelles du vieux Zurich vers la Helvetia Platz où se dressait la *Volkhaus*, cette maison du Travail aux apparences de construction gothique où Lénine se rendait souvent pour haranguer les camarades suisses, leur annoncer que de la guerre impérialiste devait surgir la révolution socialiste mondiale.

Sur le seuil de la *Volkhaus*, Thaddeus Rosenwald s'est arrêté. Les larges rebords de son chapeau masquaient ses yeux, mais Julia a imaginé qu'ils étincelaient lorsqu'il a dit :

– Pour mettre le feu au monde, il faut que Lénine puisse rentrer à Petrograd.

Il a saisi Heinz aux épaules :

– Par n'importe quel moyen, à n'importe quel prix !

Il a réfuté d'un mouvement de tête, d'un « non » prononcé avec impatience – « Mais non ! Mais non ! » – les inquiétudes de Heinz qui craignait, si Lénine acceptait de regagner la Russie en traversant l'Allemagne, la réprobation, la condamnation, peut-être même la haine des patriotes russes, de ces moujiks sous l'uniforme qui combattaient l'Allemand et dont des centaines de milliers de camarades étaient déjà morts depuis 1914.

– Mais non, mais non ! a répété Thaddeus Rosenwald. On offrira la paix et la terre au peuple. Et les foules nous acclameront. Elles pilleront les palais de leurs maîtres. Et les soldats déserteront avec leurs armes et fusilleront leurs officiers.

Il a épaulé comme s'il tenait un fusil.

– Les Allemands vont favoriser notre retour en Russie parce qu'ils pensent comme moi. Et quand nos troupes se seront débandées, ils retireront leurs divisions du front, les transporteront en France, et la bonne petite république bourgeoise, la belle et ronde

Marianne n'aura plus qu'à se coucher comme en 1870 ! L'Allemagne et nous, nous serons victorieux !

Il s'est tourné vers Julia.

– Mais nous aurons contaminé l'Allemagne. Et l'argent qu'elle s'apprête à nous verser, nous l'utiliserons contre elle pour construire le parti des bolcheviks allemands.

Il a tapoté l'épaule de Heinz.

– Et votre Heinz, comtesse, sera le Lénine allemand !

Il a ri, agité ses mains comme un prestidigitateur.

Et Julia en a frissonné.

5.

Cette peur et même ce mépris dégoûté qu'inspire Thaddeus Rosenwald à Julia, je les perçois à chaque fois qu'elle évoque dans son journal ce qu'elle appelle son « voyage de noces », ces quelques jours passés dans le train allemand qui, de Schaffhouse, à la frontière suisse, jusqu'à Berlin, puis Malmö et Stockholm, allait conduire cette vingtaine de révolutionnaires jusqu'à Petrograd. Et Lénine, après avoir longuement dévisagé Julia – elle avait été transpercée par ce regard intense –, avait décidé que la « jeune camarade aristocratique », « la comtesse vénitienne », comme il la désignait – son visage se plissait alors dans une grimace qui devait être un sourire – serait du voyage avec le camarade Heinz Knepper.

Près de quinze ans plus tard – ainsi, dans son carnet de 1931, puis encore dans celui de 1932 –, Julia, se souvenant de ce moment-là, retrouvait un peu de son exaltation d'alors, de la joie qui, tout au long de ce voyage, l'avait habitée, et elle en restituait l'atmosphère : les douaniers suisses à Schaffhouse confisquant toutes les victuailles que les Russes avaient accumulées pour leur long périple en Allemagne jusqu'à la Baltique ; ou bien cette halte à Berlin, ces deux soldats allemands que Heinz, invita, contre tous les engagements pris, à s'approcher du wagon et auxquels il annonça que la révolution était en marche, qu'elle se répandrait à partir du foyer russe sur toute l'Europe, et d'abord en Allemagne ; et Thaddeus Rosenwald l'interrompit avec brutalité, hurlant même, chassant les deux soldats effarés par cette violence ; Thaddeus claqua la porte du wagon, bouscula Heinz, cet idiot, ce provocateur, clama-t-il, qui mettait Lénine en péril, qui pouvait les conduire à être tous internés en Allemagne, car lui avait pris des engagements avec l'état-major de Guillaume II : pas un mot aux Allemands pendant la traversée du pays, pas un pas sur le sol du Reich !

Lénine intervint, entraîna Heinz dans son compartiment sans même accorder un regard à Thaddeus Rosenwald avec qui il n'avait jamais voulu dialoguer, faisant de Heinz Knepper son négociateur, et, dans son carnet de 1931, Julia écrit :

« Hypocrisie et habileté de Lénine. Il refusait de rencontrer Thaddeus, mais il chargeait Heinz de conclure l'accord avec le "magicien de la révolution" qui, pour moi, n'était qu'un corrompu, un maquignon qui échangeait la paix avec l'Allemagne contre le retour de Lénine en Russie. Et dans cette négociation Thaddeus, intermédiaire avide, prenait sa part. Pour lui, la révolution se confondait avec l'or. Pour moi, avec la passion. Pour Heinz, avec la raison. »

L'espace de quelques lignes, elle oublie Thaddeus Rosenwald et revient à ce 27 mars 1917 sur le quai de la gare de Zurich :

« Je serrais la main de Heinz si fort qu'il tentait d'écarter mes doigts, puis il y renonçait, souriait, murmurait que j'étais folle. J'étais ivre d'enthousiasme, plutôt, non pas d'avoir bu cette chope de bière dont je sentais encore la mousse âcre sur mes lèvres, mais de ce départ, de ce voyage qui commençait : mon voyage de noces avec Heinz, avec la révolution, avec l'avenir. Je croyais avoir échappé pour toujours aux eaux croupissantes de Venise, à l'humidité de notre palais de marbre gris. Je voguais dans l'air vif de la tempête révolutionnaire.

Un groupe d'exilés qui n'étaient pas de ce premier voyage de retour agitait autour de nous des drapeaux rouges. Et j'entendais la voix saccadée de Lénine parler du prolétariat russe qui ouvrait la route à la révolution mondiale.

J'enlaçais Heinz, je me collais à lui, je lui murmurais : "Notre voyage de noces." Il m'étreignait.

Quinze ans sont passés et je n'oublie rien de mon désir, sur ce quai de la gare de Zurich, de mon émotion à en pleurer – et de cette idée folle qui m'a envahie à l'improviste –, de ne pas aller au-delà dans la vie, parce que j'avais la certitude que cet instant était le plus beau, le plus pur, un début, comme quand on s'élance.

Peut-être avais-je l'intuition qu'inéluctablement notre espoir, notre rêve allaient se dégrader ; et que, sans vouloir ou pouvoir en être consciente, tout éperdue de passion et donc d'aveuglement, j'avais déjà en moi les germes de l'inquiétude.

Les précautions prises par Lénine pour ne pas se compromettre avec les Allemands, pour ne pas rencontrer Thaddeus Rosenwald tout en acceptant les conditions du troc, je les comprenais mais elles me décevaient.

Le regard de Vladimir Ilitch me mettait mal à l'aise. Aujourd'hui, après tant d'années, alors que derrière moi s'amoncellent les victimes de notre espérance, je dirais de Lénine qu'il avait le regard d'un mystique sans dieu, d'un fanatique. Et, à l'autre extrémité, il y avait Thaddeus Rosenwald le cynique, le rapace, qui servait le fanatique par jeu, par intérêt, et qui se moquait bien de Heinz et de moi, qui nous regardait avec un mépris amusé et un brin de compassion.

Même si j'avais compris tout cela, j'aurais pourtant entrepris ce voyage malgré les cris de quelques Russes patriotes venus, ce 27 mars, sur le quai de la gare de Zurich nous insulter, accabler Lénine et les bolcheviks, les accusant d'être au service de l'empereur d'Allemagne, payés par lui, et qui, alors que claquaient les portes des wagons, lançaient : "Espions allemands, espions de Guillaume II ! Vive la Russie, à bas les espions et les traîtres !"

Ces accusations m'ont troublée comme si elles trouvaient quelque écho en moi. Car je connaissais déjà l'envers du décor.

« Thaddeus Rosenwald et Heinz s'étaient rendus à Berne afin d'y rencontrer le comte von Ramberg, ambassadeur d'Allemagne en Suisse. Et Thaddeus avait tenu à ce que je les accompagne. J'avais eu la naïveté de lui confier qu'autrefois j'avais été présentée à von Ramberg, une relation de mon père. J'avais alors fait dans le grand salon du palais Garelli une longue révérence au diplomate. Celui-ci s'en souvenait et en me baisant la main dans le vestibule de l'ambassade allemande, il eut quelques mots ironiques, une expression bienveillante accompagnée d'un soupir, puis d'une question sur mon père et mon frère dont il espérait qu'ils ne se feraient pas tuer dans cette guerre qui n'était que le prélude à de bien plus grands affrontements. Nous passâmes dans son bureau. Je me tenais en retrait, mais, comme avait dit Thaddeus avec emphase, "la comtesse Garelli, notre camarade, fait partie de la délégation chargée de vous rencontrer".

Et j'écoutai von Ramberg lire d'une voix dédaigneuse le message qu'il venait de recevoir de Berlin : "Sa Majesté Impériale a décidé ce matin que les révolutionnaires russes seraient transportés à travers l'Allemagne et seraient pourvus de matériel de propagande pour pouvoir travailler en Russie." "Travailler", répéta von Ramberg. Puis, nous dévisageant lentement, son regard s'attardant sur moi, il s'étonna :

– Mais où sont les Russes ? Heinz Knepper, Thaddeus Rosenwald, comtesse Julia Garelli : quelle étrange délégation russe !

Puis il haussa les épaules, rappela qu'aucun des passagers de ce train, qui traverserait l'Allemagne, ne devait quitter les wagons sous peine d'arrestation, de jugement, d'internement, et, pour les sujets allemands, d'accusation de désertion et de trahison.

D'un geste de la main, Thaddeus Rosenwald interrompit von Ramberg. Les Russes respecteraient l'accord dès lors qu'il était conclu, dit-il. Il se leva, nous faisant signe de le suivre. Heinz hésita, puis s'exécuta et je l'imitai.

Sur le seuil du bureau, Thaddeus Rosenwald ajouta :

– "Matériel de propagande" est une expression étrange. Nous voulons de l'or, seulement de l'or, mais notre prix est élevé, Monsieur le comte. Car nous allons vous faire gagner la guerre contre la France à moindres coûts.

– Et nous assurerons le succès de votre révolution, riposta von Ramberg.

– Alors négocions les termes du troc, répondit Thaddeus en retournant s'asseoir, et parlons cru : combien, Monsieur le comte, où et quand ?

Je me souviens que j'ai eu honte. »

Ce mot de honte, Julia n'aurait pas dû l'écrire. Il lui rappelle qu'au commencement même de ce voyage de noces, de cette union avec la révolution, il y avait déjà l'hypocrisie, le cynisme, le marchandage, l'entente avec l'ennemi déclaré, les militaires prussiens, et, pour elle, la honte.

Et honte est un mot de passe qui l'oblige à retourner au présent, à ces mois de janvier 1932, puis 1933, quand elle arpente les rues de Moscou après s'être assurée qu'elle n'est pas suivie, et qu'elle rencontre Sergio Lombardo, ce diplomate italien qui se charge de faire parvenir en Italie, à son ami Marco Garelli, les carnets de sa sœur dont le sort l'inquiète.

Elle dit, tête baissée :

– Tout va bien, Sergio, tout va bien.

Mais Sergio lui saisit le poignet, la contraint à s'arrêter au bord du trottoir alors que passe un « corbeau noir », ces camionnettes dont chaque Moscovite sait qu'elles sont des fourgons cellulaires et non des voitures de livraison, comme l'indiquent les inscriptions tracées sur leurs flancs. Les « corbeaux noirs » sillonnent la ville jusqu'à la prison de la Loubianka et, de là, à celle de Boutirki ou de Lefortovo.

Le « corbeau noir » s'étant éloigné, Julia et Sergio recommencent à marcher, et Sergio dit :

– Julia, il faut rentrer en Italie, le fascisme est une villégiature, comparé à ce qui se passe ici et que vous ne pouvez ignorer. Je lis chaque semaine les rapports de nos consuls à Kharkov, à Novorossik. La famine s'étend. On exécute les paysans qui sont surpris à voler quelques épis de blé ou de seigle. On les empêche de quitter les campagnes où ils crèvent, et de se réfugier en ville où ils imaginent qu'ils échapperont à la faim, aux équipes de la Guépéou. Mais on leur interdit de voyager. On les laisse mourir, ou bien on les déporte par villages entiers, et, avec eux, tous ceux qu'on appelle les « éléments étrangers, socialement dangereux ». Ils meurent par milliers dans ces trains de la déportation qu'on arrête en rase campagne, puis on décharge les cadavres qu'on enfouit dans des fosses communes. Voulez-vous que je vous dise ce que contient le dernier rapport de notre consul à Kharkov ?

Julia refuse en secouant la tête, mais Sergio Lombardo poursuit comme s'il n'avait pas discerné sa réponse :

– « On ramasse à Kharkov, chaque nuit, près de deux cent cinquante cadavres de personnes mortes de faim ou du typhus. On a remarqué qu'un très grand nombre d'entre eux n'ont plus de foie : celui-ci paraît avoir été retiré par une large entaille. La police a fini par arrêter les amputeurs, ces entailleurs qui avouent qu'avec cette viande ils confectionnent la farce des *pirojki* qu'ils vendent au marché... »

Un autre « corbeau noir » passe à vive allure.

– Il faut rentrer en Italie, Julia, reprend Sergio Lombardo. Profitez de la conjoncture : Mussolini veut conclure un traité d'amitié avec la Russie, et Staline est demandeur. Votre passeport peut encore vous protéger et je peux espérer obtenir un visa pour Heinz Knepper. Mais cela ne durera qu'un temps. Après... »

Elle n'a pas répondu, mais, dès qu'elle est arrivée dans sa chambre, elle a écrit dans son journal de janvier 1933 ce que Sergio Lombardo venait de lui rapporter. Puis, sans même aller à la ligne, elle a noté les mots qui surgissaient de ses souvenirs des premiers jours d'avril 1917, quand le train avait enfin traversé la frontière russe, qu'elle découvrait les bouleaux blancs, les vastes étendues de neige.

Dans chaque gare, une foule de marins et de soldats en armes attendait le train. Et Lénine, du marchepied du wagon, dénonçait la guerre, « ce honteux massacre impérialiste », « les mensonges et les tromperies des cannibales capitalistes »...

Puis ç'avait été l'arrivée à la gare de Finlande, à Petrograd, et la voix exaltée de Lénine lançant :

« La révolution socialiste internationale a déjà pris naissance... L'Allemagne bouillonne... Le capitalisme européen pourrait s'effondrer d'un jour à l'autre... La révolution que vous avez accomplie en Russie a pavé la voie et ouvert une ère nouvelle ! Longue vie à la révolution socialiste mondiale ! »

Julia se souvient qu'elle s'était pendue au cou de Heinz qui, gêné, avait dénoué ses bras, cependant que la fanfare de la Garde jouait *La Marseillaise*. Puis Lénine avait bondi sur le quai, grimpé sur un char et lancé :

« L'aube de la révolution mondiale luit... Vive la révolution socialiste mondiale ! »

Et, tout à coup, les mots se dérobent, sa main se fige.

Julia n'a plus de mémoire.

Elle a entendu des pas dans le couloir. Ce ne sont pas ceux, furtifs, hésitants, des habitants de l'hôtel Lux, des camarades du Komintern.

On marche avec assurance. On parle haut et fort.

Julia glisse son carnet dans son corsage. C'est comme si on lui écrasait la poitrine, lui serrait sa gorge. Elle imagine que les agents des « Organes » vont faire irruption dans la chambre, retourner le matelas, renverser les livres, puis ils porteront les mains sur elle et ils l'entraîneront. Devant la porte de l'hôtel Lux attend un « corbeau noir ».

Elle sait que personne, dans le hall, ne la regardera.

On aura, à cet instant, déjà oublié son nom et son visage.

6.

Les pas se sont éloignés dans les couloirs de l'hôtel Lux.

Julia d'abord ne bouge pas, puis, peu à peu, l'étreinte qui l'étouffait se desserre et elle entend les bruits familiers de l'hôtel, des portes qui grincent, une toux rauque, les pleurs d'un enfant, sans doute Maria, la fille de cette camarade polonaise, Vera, dont le compagnon, Lech Kaminski, a disparu depuis deux mois, peut-être en mission à l'étranger, ou bien enfoui dans une cellule de la Loubianka, ou en train d'abattre des arbres en Sibérie afin d'ouvrir une nouvelle route, de construire une voie ferrée, de creuser un canal, de contribuer ainsi à l'édification du socialisme tout en expiant sa faute.

Sans même savoir de quoi on l'accuse.

Mais peut-être a-t-il suffi qu'il s'émeuve du sort de ces paysans déportés par villages entiers, et un mouchard, croyant par là se protéger, a dénoncé la compassion coupable du Polonais Kaminski, ses doutes criminels, sa trahison.

Et quelqu'un, évoquant son cas, a cité le camarade Zinoviev, compagnon de la première heure de Lénine qui s'était adressé aux communistes polonais en leur criant : « Nous vous briserons les os ! » Et c'était Lech Kaminski qui lui avait répondu : « Chers amis soviétiques, ce ne sont pas les gens à qui on peut briser les os qui sont dangereux pour vous, ce sont les gens qui n'ont pas d'os ! »

Le NKVD a retrouvé dans le dossier de Lech Kaminski cette phrase-là, et un officier des « Organes », brandissant le dossier du coupable, a cité Staline :

– Bon gré, mal gré, il faut parfois empoigner le couteau du chirurgien pour se séparer de certains camarades.

Alors Vera, la compagne de Lech Kaminski, et Maria, leur petite fille, peuvent bien pleurer. Elles devraient plutôt se féliciter qu'on les tolère encore à l'hôtel Lux. Mais cela ne durera pas. Et Vera le sait, qui chaque jour pense à se précipiter avec sa fille par la fenêtre afin de rejoindre – car elle s'est remise à prier, cette Polonaise ! – son compagnon sans doute tué d'une balle tirée à bout portant dans la nuque.

Adieu, Lech Kaminski, toi qui avais été arrêté, torturé, par la police polonaise à la prison Pawiak, à Varsovie, toi qui avais cru trouver refuge au pays des Soviets, toi qui croyais à la révolution mondiale, toi que les « bourreaux impérialistes » n'avaient pu briser, auxquels tu n'avais rien dit qui pût compromettre tes camarades !

Ce devait être en 1920.

Julia écoute encore, et les pleurs de Maria, mêlés maintenant aux sanglots de Vera, la rassurent.

Elle reprend son carnet, le rouvre et écrit :

« Tout était déjà dans les commencements. »

Et elle se souvient que cette phrase qu'elle note en ce début du mois de janvier 1933 n'est que l'écho de celle qu'elle avait écrite en 1920, précisément, quand elle avait décidé de tenir coûte que coûte un journal.

Elle était seule, Heinz parti en Allemagne pour tenter d'y répandre le feu révolutionnaire.

Les Armées blanches étaient défaites, le pouvoir des Soviets victorieux. Julia avait accompli son devoir de révolutionnaire, marchant aux côtés de Heinz, un fusil en bandoulière, ou bien traduisant pour Lénine des lettres des camarades italiens ou allemands, des articles de la presse étrangère.

Et elle avait ainsi assisté dans la grande pièce carrée du Kremlin, là où était situé le bureau de Lénine et son secrétariat, aux explosions de colère, aux poussées de rage de celui qu'on vénérait comme le chef et l'apôtre de la révolution mondiale.

Lénine, qui le plus souvent était un homme courtois, maître de lui, surgissait, le visage empourpré, agitant des feuillets. Il fulminait, s'emportait contre la « canaille bourgeoise », cette « saleté » qui continuait d'influencer certains camarades. Il gesticulait, lançait des noms, ceux de mencheviks, de socialistes révolutionnaires qui s'opposaient au parti bolchevique au nom de la démocratie, alors que l'heure était à la dictature du prolétariat !

Il stigmatisait d'une voix aiguë les traîtres, les conciliateurs, les humanistes larmoyants, tous ceux qui, au nom du respect des droits de l'homme, refusaient de « fusiller impitoyablement » et devenaient ainsi les complices de l'ennemi. Ceux-là, il fallait les pendre à une « corde puante » !

Julia rentrait la tête dans les épaules comme si Vladimir Ilitch l'avait désignée, accusée, elle, comme s'il avait découvert qu'elle avait été effrayée, accablée par la violence qui avait dévasté la Russie au nom de l'avenir, ou, au contraire, pour résister à la révolution.

Elle avait participé à la guerre civile, et souvent, la nuit, maintenant que la victoire des bolcheviks était acquise, elle était saisie de remords. Elle se réveillait le corps couvert de sueur. Elle sanglotait. Elle en voulait à Heinz qui, couché près d'elle, dormait paisiblement.

Elle se souvenait des cadavres qu'on avait retirés à Kiev d'une fosse commune et qu'on avait alignés sur un talus. On ne savait pas s'il s'agissait de combattants de l'Armée rouge ou bien de soldats des Armées blanches qui tentaient de renverser le pouvoir des Soviets. Heinz l'avait entraînée alors qu'elle était là à regarder ces cadavres en loques, et parmi eux elle avait remarqué deux enfants aux corps blafards, et, entre eux, une femme nue, peut-être leur mère. Car la guerre civile, ce n'était pas seulement la haine et la faim, mais le règne de la cruauté.

Quelques semaines plus tard, elle avait vu un officier polonais pendu à un arbre par une de ses chevilles. On l'avait empalé, et autour de son corps désarticulé, nu, les soldats de l'Armée rouge riaient comme s'il ne s'était agi que d'un mannequin grotesque bourré de paille.

Heinz avait retenu Julia, la prenant par le cou, la bâillonnant de sa paume, l'empêchant de bondir et de hurler.

Plus tard, prostrée, elle avait écouté Heinz lui dire qu'il n'aurait même pas pu la protéger, qu'on l'aurait traitée de « canaille bourgeoise », d'« aristocrate étrangère », d'« ennemie du peuple », et peut-être l'aurait-on battue, violée, puis dénudée et pendue, et lui avec elle. Car la révolution avait transformé le peuple en taureau furieux, et c'était grâce à cette violence qu'elle avait triomphé, mais il faudrait des années pour que le calme soit rétabli, que ce noir animal cesse d'éventrer les chevaux et les hommes. Et si des soldats des Armées blanches s'étaient emparés de Julia, avait poursuivi Heinz, ils auraient agi avec la même fureur, la même haine, le même mépris ; ils lui auraient enfoncé un pieu entre les cuisses.

Il n'y avait qu'une seule issue, qu'une seule manière d'agir : tuer l'ennemi. Pousser le taureau noir contre les Blancs afin qu'il les écharpe à grands coups de cornes.

La révolution avait vaincu. Mais Julia avait gardé en elle le dégoût de ce qu'elle avait vécu, l'horreur de ce qu'elle avait vu, le remords d'avoir été complice de tant de carnages. Et c'est à ce moment-là, sans doute au mois de juillet 1920, qu'elle avait éprouvé le besoin de tenir son journal.

J'ai retrouvé dans le sanctuaire de Julia, à Cabris, ce premier carnet. C'est une jeune femme d'à peine vingt ans qui écrit. Elle vit seule à Moscou, souvent recluse dans sa chambre de l'hôtel Lux. Heinz Knepper est à Berlin. Dans les couloirs de l'hôtel ou au Kremlin, Julia côtoie les délégués étrangers venus participer au IIe congrès de l'Internationale communiste.

Presque à chaque pas, elle se heurte à Thaddeus Rosenwald qui la suit, tambourine à sa porte, et lorsqu'elle quitte sa chambre il est encore là qui la guette, lui prend le bras. Il a besoin d'elle, dit-il, pour l'aider à accomplir la mission dont l'a chargé Lénine.

Puis il baisse la voix, chuchote.

Il sait combien elle souffre de la solitude, dit-il. Pourquoi reste-t-elle enfermée dans la morale bourgeoise, pourquoi ne brise-t-elle pas ces chaînes qui entravent les femmes ? Une révolutionnaire comme elle doit saisir la vie et le plaisir à bras le corps. Il faut en finir avec l'hypocrisie. Ne sait-elle pas que Lénine, depuis des années, vit avec la Kroupskaïa mais a pour maîtresse une petite et jolie Française, Inessa Armand ? Il est libre ! Et croit-elle que Heinz, à Berlin...

Il s'interrompt, change de voix, lui explique qu'il doit vendre les objets précieux appartenant à la famille impériale. Lénine a pris cette décision. La révolution a besoin de devises pour financer les partis communistes étrangers.

Julia se laisse entraîner avec réticence dans ce minuscule bureau attenant à la grande pièce carrée où travaillent les secrétaires de Lénine.

Thaddeus Rosenwald ouvre le coffre qui occupe presque entièrement une des cloisons du bureau. Il lui montre ce sac de cuir fermé par une lanière qu'il dénoue. Elle voit des diamants, certains de la grosseur d'une noix, des bagues, des boucles d'oreilles, des colliers, des boutons de manchettes, des broches.

– Un trésor : le nôtre maintenant, inestimable, marmonne Thaddeus Rosenwald.

Il a besoin d'une assistante pour écouler ces bijoux à Anvers, Paris, Londres, Genève, peut-être même aux États-Unis. Julia voyagerait avec son passeport italien : « Comtesse Garelli », quelle meilleure couverture ?

– L'or peut tout, ajoute-t-il. Sans lui, pas de révolution. C'est l'or du Kaiser qui a permis notre victoire.

Julia fuit Thaddeus Rosenwald, le tentateur, le corrupteur, cette autre face sombre de la révolution.

Elle s'interroge, elle doute.

Peut-être a-t-elle préjugé de ses forces et n'est-elle pas capable d'admettre, comme le lui a répété Thaddeus Rosenwald, qu'il faut être pervers, plus riche, plus cruel que les bourgeois et les aristocrates, et plus libres qu'eux. C'est là la condition de la victoire.

Elle a la tentation de se retirer, de profiter de l'absence de Heinz Knepper pour quitter la Russie, rentrer à Venise, se ranger parmi ces « poltrons abjects » que dénoncent Thaddeus Rosenwald aussi bien que Heinz. Mais elle est seule, la nostalgie l'étreint, elle se mêle à un groupe de délégués italiens et français. L'un d'eux, Paolo Monelli, un député socialiste turinois qui a rallié l'Internationale communiste, l'attire. Il lui parle de Marco Garelli qu'il a connu dans les Arditi, ces corps francs qui, le visage maquillé de noir, traversaient la rivière Piave à la nage pour aller égorger les sentinelles autrichiennes.

Julia l'écoute, fascinée par la beauté, l'énergie de Monelli. Elle n'a jamais connu un homme aussi séduisant. Sa barbe et ses cheveux forment autour de son visage une couronne solaire. Elle l'appelle « Tête d'or ».

Ils vont et viennent sur la place Rouge, font côte à côte le voyage jusqu'à Petrograd où le congrès de l'Internationale communiste doit tenir séance dans la grande salle de l'institut Smolny, cet ancien collège des jeunes filles de la noblesse devenu, en octobre 1917, le quartier général de la révolution.

Julia raconte qu'elle y a vécu les jours et les nuits de l'enthousiasme, quand elle était emportée par le désir de détruire le vieux monde, d'en finir avec l'injustice, puis elle murmure : « etc., etc., etc. », comme si elle voulait faire comprendre à Paolo Monelli que sa conviction s'est émiettée.

L'a-t-il comprise ?

Il raconte les révoltes de Turin, la lutte contre ce qu'on appelle le fascisme, ce mouvement lancé par un socialiste, Mussolini. « Un révolutionnaire, à sa manière », dit Monelli, puis, après un long silence, comme s'il hésitait à poursuivre, il ajoute seulement que c'est ce mouvement-là qu'a rejoint Marco Garelli.

Puis il se penche vers Julia, tente de l'enlacer. Elle se dérobe. Elle se défie d'elle-même. Elle rentre à Moscou, note dans son carnet :

« Heinz absent, la solitude est comme la soif. Ma bouche est sèche. Je suis tentée de boire. L'un est l'alcool, l'autre l'eau de source. Mais je fuis Thaddeus Rosenwald et Paolo Monelli. Je traduis pour Lénine un rapport de Heinz. Je devrais être emportée par l'enthousiasme. Heinz assure que la révolution peut triompher en Allemagne. Mais, pour moi, le voyage de noces est achevé.

« J'erre dans les couloirs de l'hôtel Lux ou dans les salles du Kremlin comme si j'étais Lady Macbeth. J'ai vu trop de cadavres. Au commencement de ce que nous voulons construire, il y a la barbarie et la mort, cet homme empalé.

« Et nos mains sont couvertes de sang. »

7.

En cette fin d'année 1920, alors que des cauchemars ensanglantent toutes ses nuits, Julia a bu de l'alcool et de l'eau de source, entre bien d'autres boissons. Elle a l'écriture d'une femme ivre qui tâtonne, laisse échapper quelques confidences puis tout à coup se reprend comme on garde l'équilibre en s'accrochant au battant d'une porte.

Heinz est toujours en Allemagne et c'est souvent Thaddeus Rosenwald qui lui apporte des nouvelles. Mais, dans le journal de Julia, il est devenu seulement et familièrement « T.R. ». Et elles sont nombreuses, les initiales qui se succèdent jour après jour, nuit après nuit !

Certaines sont dépourvues de mystère et j'ai mis un nom, un visage, un destin derrière ces lettres :

« T.R. me propose à nouveau de l'accompagner dans son prochain voyage à Anvers et à Paris. Il m'offre même de passer quelques jours avec moi à Venise.

Il me tente, mais je crains, je sais que, retrouvant ma ville, mon palais, ma chambre, Marco et mon père, ma langue, je ne pourrais plus repartir, et que j'en serais à vie déchirée, me sentant coupable d'avoir trahi Heinz et saccagé mes souvenirs, d'avoir choisi de devenir une paisible spectatrice, une égoïste aristocrate vénitienne, médiocre descendante de mon ancêtre Vico

Garelli qui eut le courage de rester à son poste à Constantinople, attaqué par les Turcs.

Je ne veux pas faillir, me contenter de regarder les Russes perdre tout leur sang. Ce peuple est admirable parce qu'il est fou, sa tête slave débordante de rêves. »

À lire ces dernières phrases, j'ai pressenti qu'elles prolongeaient une conversation, mais non pas avec Thaddeus Rosenwald.

Avec lui, « T.R. », elle ne parle pas. Elle dîne, elle couche, même si elle n'évoque jamais cette liberté de jouir qu'elle s'est donnée.

J'ai d'abord pensé qu'elle était influencée par ce W.M. qui apparaissait de temps en temps. Il arrivait d'Allemagne. Elle l'interrogeait, s'inquiétant du sort de Heinz qui vivait en clandestin, dirigeant le Parti communiste allemand. Ce W.M. était un homme d'une trentaine d'années dont, sans doute au moment où il a cessé d'être son amant, Julia complète les initiales, livre le nom :

« Willy Munzer, écrit-elle, me rapporte cette phrase de Rosa Luxemburg, quelques jours avant qu'elle ne soit abattue par des officiers des corps francs nationalistes :

“La révolution est comme une locomotive, aurait-elle dit. Ou bien la locomotive escalade à toute vapeur la côte historique jusqu'à son point le plus extrême, ou bien, entraînée par son propre poids, elle redescend la pente jusqu'aux bas-fonds d'où elle est partie, entraînant définitivement avec elle dans l'abîme tous ceux qui tenteraient de la retenir à mi-chemin à l'aide de leurs faibles forces.”

L'angoisse m'étouffe. Heinz sera-t-il, comme Rosa, écrasé par la machine qui dévalera après avoir paru s'élever ? T.R. et Willy Munzer tentent de me rassurer. Mais comment pourrais-je quitter cette Russie, ce parti, renoncer à cette espérance, abandonner Heinz et ses camarades ? Longuement parlé de cela avec V.B... »

V.B. : nouvel inconnu que, durant plusieurs mois, je rencontre dans le journal de Julia. Il cohabite avec T.R. et P.M. (évidemment Paolo Monelli). Lorsqu'elle évoque ce dernier, je la devine attendrie comme on peut l'être d'un frère aîné dont on accepte les frasques. Il lui rappelle Marco. Il raconte leurs exploits sur la Piave. Elle note, un peu effarée et inquiète, que Paolo Monelli lui confie qu'en somme il y a peu de différences entre le désir de révolution des fascistes et celui des bolcheviks. Les uns brandissent le drapeau, noir, les autres, la *bandiera rossa.* Ils s'entretuent, mais c'est la même révolte qui les anime contre l'ordre repu, la vie mesquine, l'individualisme calculateur de la bourgeoisie, cette classe qui n'a ni les vertus héroïques des aristocrates, ni la générosité et le sens de la fraternité des hommes du peuple. Les bourgeois sont des boutiquiers aux ambitions médiocres, aux petites pensées. « Mussolini est le Lénine du fascisme, ajoute Paolo Monelli. Les deux hommes devraient se rencontrer, signer un pacte qui scellerait l'unité du fascisme et du communisme pour en finir avec l'hypocrisie de la société bourgeoise et sa prétendue démocratie. »

« Je fais part à V.B. de ces réflexions de Paolo Monelli. Longue conversation. Il est grave et résolu. Un an de moins que moi, dix-neuf ans, officier déjà. Il a accompagné Trotski, lors des rencontres de Brest-Litovsk avec les généraux allemands aux fins de signer un traité de paix. Il les a observés. Ces hommes n'accordent que peu de valeur à autrui et n'ont que peu d'estime pour eux-mêmes, dit V.B. Je l'observe. Sa détermination et ses convictions me rassurent. Il est persuadé de la force libératrice de la révolution russe.

Il a connu le mépris des aristocrates, les pogroms, les prisons de l'Okhrana, la police secrète du tsar. Je lui parle de l'homme empalé, des fosses communes, de ce commencement sanglant, barbare, cruel. V.B. m'interrompt : il a combattu les Armées blanches. Il pourrait dresser la liste de leurs crimes, les villages incendiés, les femmes violées, les hommes abattus. J'évoque les atrocités perpétrées du côté des bolcheviks, parle à nouveau de cet homme empalé, les rires des soldats rouges.

Il s'indigne de ma naïveté :

– Nous construisons dans la boue, le sang et la merde de l'ancien régime, dit-il, avec les hommes tels que nous les ont légués la servitude, la guerre, l'ignorance entretenue, la superstition. Mais nous changerons l'homme ! L'acte que nous accomplissons revêt une envergure historique mondiale dont les traces resteront marquées à travers les siècles.

Je veux croire V.B. lorsqu'il parle ainsi ; je ferme les yeux et j'ai l'impression de danser. »

La liaison entre Julia et V.B. durait encore en mars 1921 quand le pouvoir bolchevique écrasa la révolte des marins de Kronstadt, ceux-là mêmes qui avaient, par leurs interventions à Petrograd et par leur héroïsme, permis la victoire de la révolution, la prise du palais d'Hiver.

Sans commentaire, Julia recopie dans son journal du mois de mars quelques lignes d'un tract distribué à Kronstadt :

« Où sont les vrais contre-révolutionnaires ? Ce sont les bolcheviks, les commissaires. Vive la révolution ! Vive l'assemblée constituante ! »

Quelques lignes plus loin, elle écrit :

« V.B. a participé à l'attaque de Kronstadt. "Nous avons épargné la population de la ville, m'a-t-il dit d'un air sombre. Ce sont les mencheviks qui ont empêché toute solution pacifique. Ils espéraient casser ainsi le mouvement révolutionnaire. Mais ce sont eux que nous avons brisés. Pas de démocratie bourgeoise, pas d'élections-duperies ni d'Assemblée constituante qui ne serait qu'un leurre ! Dictature du prolétariat !"

La violence des propos de V.B. m'effraie. Je ne le verrai plus. »

Cependant, quelques semaines plus tard, V.B. réapparaît dans son journal :

« Rencontré V.B. le jour où Willy Munzer me remet une lettre de la main de Heinz, qui ne contient que quelques mots : "Lis ce texte de Rosa Luxemburg, de 1918. Il dit tout. Apprends-le par cœur, recopie-le. Fais-le circuler comme s'il s'agissait de dynamite, et ne donne pas ta source. On tue pour moins que ça." »

C'est Heinz Knepper qui écrit cela et elle en tremble. Julia lit, relit, recopie le texte de Rosa :

« Une liberté réservée aux seuls partisans du gouvernement, aux seuls membres du parti, ce n'est pas la liberté. La vraie liberté, c'est toujours la liberté pour ceux qui ne pensent pas comme vous... Sans élections générales, sans libre lutte d'idées, la vie se meurt dans toutes les institutions publiques, elle devient une ombre de vie... Pas la dictature du prolétariat, mais la dictature d'une poignée de politiciens ! »

« Ombre de vie : j'ai répété ces mots à V.B. Il s'est emporté. Il m'a accusée de ne plus être une révolutionnaire, mais une défaitiste, une oppositionnelle. J'ai été révoltée par ces accusations. Rosa Luxembourg a donné sa vie à la cause de la révolution ; sa prophétie, dès 1918, annonçait Kronstadt, l'inéluctable évolution d'un "gouvernement de clique". V.B. n'a pu que marteler que les meilleurs pouvaient perdre pied dans le feu et les péripéties de la lutte. Lui n'avait qu'une boussole, le parti de Lénine, qui servait la cause du prolétariat.

J'ai eu pitié de V.B. et en même temps j'ai eu peur de lui. Je n'ai plus lu dans ses yeux que la violence et le fanatisme. J'ai pensé qu'il pourrait m'accuser publiquement. Et on murmurait qu'une police secrète, la Tcheka, avait commencé à traquer les opposants, les mal-pensants. Lénine lui-même invitait à sévir, à arrêter, à déporter, à pendre, à fusiller. Et je connaissais ses colères, la violence dont il était capable.

Tout à coup, V.B. m'a prise par les épaules et m'a serrée contre lui. Il a murmuré que le doute aussi était en lui, mais qu'il voulait, qu'il devait l'étouffer :

"Oublie Rosa Luxembourg, oublions ce qui nous entoure", a-t-il dit.

Nous l'avons fait toute une nuit.

Quand je me suis réveillée, V.B. était parti. »

J'ai craint de ne jamais parvenir à identifier V.B.

J'ai feuilleté l'un après l'autre les carnets de Julia sans retrouver sa trace, et ce n'est que dans les toutes dernières pages de son journal de 1937, au moment où je m'apprêtais à renoncer, que j'ai vu surgir le nom de Vassili Bauman : V.B. !

C'était quelques semaines après l'arrestation de Heinz Knepper. Julia écrit :

« Rencontré Vassili Bauman, le camarade des commencements. L'émotion a été si forte qu'après des heures, je n'arrive toujours pas à la maîtriser.

Ce matin, je m'étais décidée à vendre les livres de Heinz. Mes dernières richesses. Je ne suis qu'une étrangère, l'épouse d'un traître, je n'ai donc plus le droit de travailler. Et comment vivre sans ressources ? Ni Gourevitch, le commandant de l'hôtel Lux, ni aucun des responsables auxquels je me suis adressée ne répondent à cette question. Et nous sommes sans doute des milliers d'étrangères à errer ainsi à Moscou comme à Leningrad, et peut-être des centaines de milliers de Russes sont-elles dans la même situation, et lorsqu'on les arrête à leur tour, leurs enfants restent seuls parfois plusieurs jours jusqu'à ce qu'on les place dans un orphelinat.

J'ai donc vendu tout ce que je possédais – presque rien ! – puis, au marché aux puces, les vêtements de Heinz et les miens. Maintenant, ce sont ses livres annotés dont je dois me séparer, et cette décision, que j'ai retardée autant que j'ai pu, m'a plongée dans le désespoir comme si j'abandonnais Heinz. Avant de me résoudre à me rendre chez un antiquaire proche du Kremlin, qui achète des livres d'occasion, je les ai feuilletés en sanglotant, déchiffrant les remarques manuscrites de Heinz. Toute ma tristesse contenue depuis des semaines m'a submergée.

Dans le sous-sol qui tient lieu de boutique, lorsque le vendeur s'est avancé vers moi, j'ai aussitôt reconnu Vassili Bauman que je n'avais pas revu depuis les années 1920, mais dont je venais de lire un court roman destiné aux enfants, *L'Oiseleur*, qui m'avait ému aux larmes. Mais je suis devenue émotive comme une vieille et en même temps insensible, m'attendant toujours au pire et prête à y faire face, reniflant et me plaignant à voix basse, pour moi seule. Et je n'ai pas osé dire à Vassili ces mots qui avaient empli ma gorge à l'instant même où je le reconnaissais : "Vassili, Vassili, est-il possible que nous soyons encore en vie ?"

Il était aussi stupéfait que moi. Il regardait autour de lui, murmurait des mots que je n'entendais pas. Puis il a examiné les livres, en a fixé le prix, très supérieur à celui que j'escomptais.

"En souvenir", a-t-il chuchoté, puis, plus bas encore : "attends-moi."

J'ai secoué la tête, j'ai voulu l'avertir du danger qu'il y avait à ce qu'on le vît à mes côtés. J'étais devenue un "élément socialement dangereux". Mais sans doute l'avait-il compris et en même temps qu'il me rendait les roubles il m'a pris la main et m'a entraînée.

« Dans la rue, il me prévient qu'il n'ira pas à l'hôtel Lux dont les abords sont étroitement surveillés et les trottoirs déserts, comme si chacun voulait éviter d'être vu dans ces parages maléfiques. Il ne m'interroge pas, c'est lui qui parle. Il est écrivain, mais, à l'exception d'un petit conte – je l'interroge, je murmure *L'Oiseleur*, il s'arrête, prend mon visage à deux mains, le presse, le caresse, puis poursuit –, ses livres sont interdits. Il vit de son salaire de vendeur, de quelques courts articles. En fait, dit-il d'un ton las, il survit.

– Je suis un oiseau en cage qui attend qu'on l'étrangle, murmure-t-il.

C'était le thème de *L'Oiseleur*. Mais, à la fin, un étrange chat noir ouvrait la porte de la cage et laissait l'oiseau s'envoler.

– Parfois Staline me téléphone, continue Vassili. Il s'enquiert de mon travail. Il me répète qu'il aime et protège les écrivains, ces ingénieurs des âmes. Et il est persuadé que je suis l'un des plus talentueux. Puis il m'explique d'une voix douce et grave que le moment n'est pas propice à la publication de mes manuscrits : "Ce peuple de moujiks patauge encore dans l'ignorance, dit-il. Il faut le guider. Et c'est ma tâche, celle d'un père. Mais continuez à écrire, je lirai vos manuscrits. Dans quelques années, le peuple sera capable de comprendre et de vous admirer. Il saura que Staline a veillé sur vous."

D'un mouvement de tête, Vassili Bauman me montre un "corbeau noir" qui passe.

Personne n'ose suivre des yeux le fourgon cellulaire qui roule lentement, tel un rapace cherchant sa proie.

– Un jour, dit Vassili Bauman, je serai là-dedans. Je ferai ce voyage. Heinz Knepper l'a fait. Demain, ce sera ton tour ou le mien.

Il m'embrasse. Il s'en va. »

8.

Vassili Bauman n'a jamais été enfermé dans l'une des huit cellules qui, de part et d'autre d'un étroit couloir central, sont les entrailles d'un de ces « corbeaux noirs » dont tous les Moscovites savent qu'ils transportent des individus « socialement dangereux », des « traîtres répugnants », « des vipères lubriques », d'une prison à l'autre ou bien à l'une des gares où on les poussera dans des wagons grillagés. Et ils rouleront des jours durant vers l'un de ces camps perdus au milieu des forêts et des neiges de l'extrême Nord et de la Sibérie, ou parmi les sables de l'Asie centrale.

Vassili Bauman n'aura fait aucun de ces voyages-là.

Mais, chaque jour et chaque nuit, des années 1930 à juin 1941, il a attendu que les agents des « Organes » frappent à sa porte. Et, pour ne pas hurler d'angoisse, ne pas se précipiter dans les rues en criant qu'il veut qu'on en finisse avec lui, qu'on le déporte, qu'on le tue, il a écrit, et deux ou trois fois l'an, sur ordre personnel de Staline, des agents d'un service spécial du NKVD sont venus saisir ses manuscrits dont parfois Vassili ne conservait pas même une copie.

Et il n'en écrivait qu'avec plus de passion, réduisant son sommeil à trois ou quatre heures par nuit, errant dans la journée comme un homme ivre, rangeant à gestes machinaux les livres entassés dans le sous-sol de cet antiquaire où, un matin de l'année 1937, Julia Garelli-Knepper l'a retrouvé par hasard.

Il parle d'elle dans ses souvenirs publiés en 1980 et qu'il a intitulés *Les Naufragés*, des mémoires que je ne cesserai de lire et de consulter, et que j'ai placés à côté des deux tomes de souvenirs de Julia, *Tu leur diras qui je suis, n'est-ce pas ?* et *Tu auras pour moi la clémence du juge.*

Vassili Bauman raconte comment, dès le mois de juin 1941, la guerre où il risquait à chaque instant, comme soldat du front, de perdre la vie, a été pour lui la fin de ces tourments qui l'avaient épuisé pendant une dizaine d'années.

Il a combattu les nazis et, au bout de quelques mois, il a été correspondant de guerre, ne quittant jamais les premières lignes, décrivant les actes d'héroïsme de l'Armée rouge, les atrocités commises par les troupes allemandes. En pénétrant dans les villages dévastés, il découvrait avec les avant-gardes les pendus par grappes, les corps recroquevillés des paysans brûlés aux lance-flammes, les fosses communes où s'entassaient les Juifs tués d'une balle dans la nuque et qu'on n'avait même pas eu le temps de recouvrir de terre.

Puis, revenu à Moscou, décoré, journaliste célébré, auteur de plusieurs récits de guerre, il a tout à coup senti à nouveau la poigne de Staline lui serrer le cou. Et jusqu'en 1956 – trois ans après la mort de Staline –, il a vécu dans l'attente d'une arrestation, d'une déportation. Il avait déposé près de la porte de son appartement un sac contenant des vêtements chauds et une bible, ce livre qui à lui seul valait condamnation.

Enfin, après 1956, le carcan s'est peu à peu desserré et il a commencé à écrire *Les Naufragés*, n'obtenant le droit de les publier qu'en 1980.

C'est lorsqu'il évoque les années 1920 que j'ai pour la première fois rencontré Julia Garelli :

« Comme nous tous, écrit Vassili Bauman, Julia est une naufragée, et comme chacun de nous elle s'accroche à un morceau de l'épave pour ne pas couler.

Moi, en 1921, après la révolte de Kronstadt, je commence seulement à prendre conscience que nos rêves ont fait naufrage. Et c'est Julia, sa lucidité douloureuse, les questions qu'elle me posait, qui m'ont contraint à ouvrir les yeux. Alors j'ai agrippé l'écriture et je ne l'ai plus lâchée.

Elle, elle s'étourdissait.

Elle s'affichait avec les uns et les autres, souvent des délégués étrangers, membres du Komintern qui logeaient comme elle à l'hôtel Lux. Je l'avais vue avec Paolo Monelli ou Willy Munzer. J'avais longuement parlé à ces deux camarades que j'estimais. Mais j'abhorrais Thaddeus Rosenwald, cet homme des bas-fonds et des labyrinthes du pouvoir, ce courtisan de Lénine et de Trotski, peut-être le mouchard de Staline. Or c'est à son bras que je rencontrais fréquemment Julia Garelli. Elle me semblait ivre alors que celle que je connaissais était une femme grave, exigeante, sans doute désespérée.

Comment avait-elle pu se laisser séduire par ce Thaddeus Rosenwald, ce hâbleur, ce mégalomane qui prétendait avoir négocié avec le haut état-major allemand le retour de Lénine en Russie, et avoir obtenu de Berlin l'or dont la révolution avait besoin ?

J'interrogeai Julia. Elle m'assura qu'il disait vrai, qu'il préparait, sur l'ordre de Lénine, une alliance avec Berlin. Que les généraux allemands y étaient favorables, façon de détourner le traité de Versailles qui les avait humiliés et désarmés.

À Berlin, Heinz Knepper œuvrait dans le même sens. Il fallait que l'Allemagne et la Russie, les deux nations "souffre-douleur", s'opposent ensemble aux impérialistes anglo-français.

Selon Julia, c'était là la grande politique des Soviets dont Thaddeus Rosenwald et Heinz Knepper étaient les exécutants, bien plus que notre ministre des Affaires étrangères, Tchitcherine.

J'avais écouté Julia sans l'interrompre, comme on laisse un enfant tenter maladroitement de vous conter une fable.

Peut-être Julia voulait-elle, en me révélant le dessous des cartes, se justifier, se persuader que sa liaison avec Thaddeus Rosenwald n'était pas seulement dictée par le désir de se griser, d'oublier, de partir avec lui à l'étranger, de jouir de l'opulence, du luxe des grands hôtels qu'il fréquentait, mais par le souci et le devoir d'agir dans l'intérêt de la révolution mondiale ?

Comment aurais-je pu croire à ce genre de prétexte ?

Je pensais que Julia Garelli était depuis bien plus longtemps que moi une naufragée qui cherchait des moyens de survivre, d'échapper aux désillusions, au désespoir, à la peur et à la solitude.

Moi, j'écrivais. Elle, elle voyageait avec Thaddeus Rosenwald. »

9.

Julia a quitté Moscou le 21 janvier 1922 et elle n'y reviendra que le 7 décembre 1923.

« Fin du voyage », écrit-elle dans les dernières pages de son carnet de l'année 1923 :

« Je rentre seule. Thaddeus est resté à Berlin, mais il m'a confiée à un "individu" – je me souviendrai toujours de la grimace de dégoût de Thaddeus – venu tout exprès de Moscou pour m'accompagner jusqu'à Petrograd. J'appelle cet homme *le Rat*. Il m'a annoncé avec arrogance qu'il appartenait à la Guépéou, cette police politique qui a été créée peu après notre départ de Moscou. Deux ans déjà ! Et ce Rat grignote bruyamment, rote, crache, me dit qu'il est géorgien, comme Staline. Et le voici tout à coup qui, d'une voix exaltée, me parle du Secrétaire général du Parti, qu'il nomme familièrement Koba, qu'il a connu autrefois à Tbilissi et sur qui repose le destin de l'Union des républiques socialistes soviétiques, puisque c'est ainsi maintenant qu'on désigne la Russie des Soviets.

Le Rat mange, boit, somnole. Et je suis tentée, à chaque arrêt du train, de sauter sur la voie, de me perdre dans cette Europe pantelante et meurtrie dont je me sens issue. Et pourtant je reste sagement assise dans le compartiment à subir les ronflements de Trounzé – c'est le nom du Rat. Et je regarde défiler cette terre grise et monotone, et j'ai l'impression de m'enfoncer dans la vase.

Et puis, tout à coup, Petrograd comme un soleil resplendissant, une Venise dorée, entourée de neige et de glace.

Je me souviens : c'était ce que j'avais appelé notre "voyage de noces". Je me pendais au cou de Heinz. Lénine haranguait la foule, parlait de chemin ouvert par le prolétariat russe vers la révolution mondiale. Une fanfare avait joué *La Marseillaise*. C'était en avril 1917. Nous arrivions de Zurich. La foule nous acclamait. Les marins de Kronstadt escortaient Lénine. Ils étaient, avait dit Heinz, la proue de la révolution. Quatre ans plus tard, ils se sont insurgés contre – criaient-ils – le pouvoir oppresseur des bolcheviks. Je descends sur le quai de cette gare de Finlande et je me souviens de mes illusions comme de belles fleurs rouges dont presque tous les pétales sont tombés.

« Trounzé me conduit jusqu'au bureau de la Guépéou.

Atmosphère enfumée, bruissante de chuchotements comme ceux qu'on entend dans les églises au moment du *Notre Père*. Je reconnais Willy Munzer qui est chargé de me surveiller – y-a-t-il un autre mot ? – dans la dernière partie du voyage jusqu'à Moscou.

Il représente le Komintern, me dit-il. Il m'accable de questions. Ai-je vu Paolo Monelli en Italie ? On dit qu'il a rejoint les fascistes et qu'il fait même partie de l'entourage de Mussolini.

Je ne réponds pas.

Est-ce bien le Komintern qui a envoyé Willy Munzer ? Qui veut que je raconte ce que j'ai vu et compris durant ces deux années ? Pourquoi ne pas attendre le retour de Thaddeus Rosenwald ? C'est lui qui a négocié, lui qui sait. Moi, je n'étais que le masque futile, le leurre, l'appât dont Thaddeus se servait pour distraire, séduire ces officiers prussiens qui voulaient obtenir le droit d'entraîner leurs troupes sur le territoire de la Russie, loin du regard des enquêteurs français ou anglais chargés de s'assurer que la Reichswehr respectait les obligations du traité de Versailles – ce *diktat*, comme disait Thaddeus.

C'était le mot de passe, la formule magique qui créait entre les Allemands et nous un climat de complicité. Thaddeus me présentait avec emphase comme “la comtesse Garelli, une patriote italienne issue de l'une des plus vieilles familles vénitiennes. Elle nous a rejoints parce qu'elle refuse la soumission de son pays à l'impérialisme franco-anglais”.

Puis il m'abandonnait quelques instants avec ces messieurs de la Reichswehr, le temps pour moi de les séduire, et j'ai pris plaisir à jouer ce rôle. Une nouvelle révolution dans ma vie...

Je n'ai rien raconté de cela à Willy Munzer. Je lui ai simplement dit que j'avais servi les Soviets, couchée dans des draps frais.

« Il en bégaie et c'est moi qui l'interroge.

J'ai appris à susciter les confidences. Tous ces hommes ont tant besoin de se confesser !

Je laisse Munzer poser sa main sur ma cuisse, appuyer son menton sur mon épaule. Il murmure à mon oreille.

Il faut que je sache que tout a changé, à Moscou. Lénine n'est plus qu'un vieil impotent aphasique, paralysé, sénile, incapable de lire, d'écrire. Il bave, il regarde le monde avec les yeux d'un enfant apeuré, dépendant.

– Staline a flairé le cadavre. Il a planté ses crocs dans toutes les nuques, et en une année il a pris le contrôle du Parti. Trotski est le seul à résister, mais la meute a reconnu en Staline le tueur qui va vaincre, elle se soumet. Staline la nourrit : par mois, chaque cadre supérieur du Parti touche douze kilos de viande, plus d'un kilo de beurre, autant de sucre, cinq kilos de riz, des cigarettes, des allumettes. On meurt de faim dans notre grande URSS, mais nous – Munzer sort un paquet de cigarettes, me le tend –, nous qui gouvernons pour le bien du peuple, nous ne maigrissons pas ! Et tout va bien. L'Angleterre et la France ont reconnu l'URSS. Et nous obéissons à un Géorgien, ancien élève du séminaire de Tbilissi !

Munzer baisse la tête, ferme les yeux et murmure : "Bon retour en Russie, comtesse Garelli !"

Il veut m'enlacer. Je le repousse lentement. Il me dévisage, puis dit encore plus bas :

– Moi, je ne serais pas rentré. »

J'ai suivi Julia pas à pas de ce mois de janvier 1922 jusqu'à son retour à Moscou, le 17 décembre 1923.

Dans l'Europe qu'elle avait parcourue avec Thaddeus Rosenwald, le sang de la guerre n'avait pas fini de sécher. Les tranchées étaient béantes, et presque chaque jour des obus explosaient, des mines sautaient, de nombreux morts s'ajoutaient encore aux millions de cadavres.

Des hommes en armes, avec ou sans uniforme, certains portant une chemise noire ou brune, continuaient d'assassiner, préparaient la conquête du pouvoir, rêvaient de revanche, et d'autres, ceux dont Thaddeus Rosenwald, Heinz Knepper et donc aussi Julia Garelli étaient les « camarades », espéraient en une révolution prochaine et criaient : « Les Soviets partout ! » On se battait à Memel, à Berlin, à Munich, dans les plaines du Pô, dans les quartiers ouvriers de Turin. Et parfois les corps s'abattaient devant les portes des palaces où la comtesse Julia Garelli était descendue en compagnie de son amant richissime aux identités multiples : prince Bachkine, exilé et fantasque, au Grand Hôtel Koenig de Berlin, diamantaire anversois, Samuel Stern, récitant la Torah, à l'hôtel Lutetia à Paris, et tout simplement Thaddeus Rosenwald à l'hôtel Excelsior de Rapallo.

J'ai imaginé Julia.

Je ne me suis pas contenté de lire et annoter son journal. J'ai dépouillé les archives rassemblées dans son sanctuaire de Cabris. J'ai lu les mémoires des diplomates allemands présents aux négociations de Rapallo, le 16 avril 1922, qui devaient aboutir à un traité de paix entre l'Allemagne et la Russie. C'était le but de la « Grande Politique » voulue par Lénine et dont Thaddeus Rosenwald et Heinz Knepper avaient été les artisans laborieux. Et dans laquelle la comtesse Julia Garelli avait joué sa partition.

Je l'ai donc imaginée.

Elle semblait n'avoir pour tous désirs que ceux de boire, de séduire et de jouir du luxe de ces grands palaces où elle entrait, hautaine, méprisante pour les portiers et les grooms qui se précipitaient.

Elle paraissait ignorer ce qui survenait autour d'elle, ce frémissement des domestiques qui la reconnaissaient comme l'héritière de générations de maîtres, ou bien ces détonations proches. Car on se battait dans les rues des villes allemandes.

À Munich, elle ne tournait même pas la tête quand les hommes en chemises brunes entraient dans l'hôtel

Prinz Eugen, traînant leurs camarades blessés par une salve de police. Parmi eux, Hitler allait de l'un à l'autre, puis il s'affalait, dans un fauteuil, homme blafard au regard fixe dans un corps flasque.

Sur les routes du bassin minier de la Ruhr où Thaddeus Rosenwald avait voulu se rendre pour jauger de la résistance allemande à l'occupation, Julia donnait l'impression de ne pas voir ces barrages dressés par des patrouilles de soldats français qui contraignaient toutes les voitures à s'immobiliser.

Elle descendait, indifférente, et cependant que Thaddeus Rosenwald palabrait avec l'officier français, elle allait et venait sur le bord de la route, altière, le col de son long manteau noir relevé sur sa nuque, ses cheveux courts dissimulés sous un chapeau cloche qui lui couvrait aussi les oreilles.

L'officier se désintéressait de Thaddeus, s'approchait d'elle, la saluait avec déférence, s'excusait des nécessités du maintien de l'ordre, mais les Allemands avaient la tête dure, ils refusaient de payer ce qu'ils avaient détruit, ils commettaient des attentats, des actes de sabotage, ils noyaient les galeries de mine.

– Mais croyez-moi, nous allons les mater, ils paieront !

Il rendait son passeport à Julia, s'inclinait, lui baisait la main.

– Honneur à nos alliés italiens, chère Comtesse, disait-il, et d'un geste il donnait l'ordre de lever le barrage.

Mais Julia ne quittait que rarement les salons des hôtels où Thaddeus Rosenwald l'abandonnait parfois pour plusieurs heures.

Assise jambes croisées haut, le buste droit, elle appelait le serveur d'un regard et d'un mouvement de tête autoritaire. Elle avait besoin de la chaleur d'un cognac pour se rassurer, jouer ce rôle que Thaddeus Rosenwald lui avait confié.

Elle devait être une courtisane, une aventurière, l'une de ces aristocrates ruinées par la guerre et les révolutions qui erraient de palace en palace, de bonne fortune en bonne fortune. Elle attendait, lisant les journaux, essayant de suivre la double partie qui se jouait en Europe, d'une part, entre l'Allemagne et la Russie et, d'autre part, entre ces deux puissances et les vainqueurs arrogants, en premier lieu la France qui envoyait ses troupes occuper la Ruhr ; elles s'y heurtaient à une résistance passive des ouvriers et aux actions violentes de petits groupes d'anciens combattants des corps francs qui refusaient d'accepter le diktat de Versailles.

Puis Thaddeus Rosenwald surgissait, les yeux brillants. Il faisait apporter une bouteille de champagne afin de fêter la vente d'un diamant de 64 carats ayant appartenu au tsar. Il frappait de la paume sa sacoche de cuir fauve. Il y avait là, disait-il, de quoi financer une « grande politique ».

Par une fin d'après-midi, Heinz Knepper les avait rejoints. Julia s'était efforcée de rester impassible alors que son corps tremblait en le revoyant, après des mois, si amaigri. Il raconta comment on l'avait enfermé à la prison de Moabit, mais sa cellule était devenue un « salon politique ». Les Allemands patriotes recherchaient l'entente avec la Russie et les officiers de la Reichswehr étaient les plus fervents partisans de cet accord avec l'« Est », contre l'« Ouest » et cette France rapace.

Julia avait écouté Heinz sans le quitter des yeux, mais il s'adressait d'abord à Thaddeus Rosenwald et elle avait eu l'impression que la passion politique avait englouti chez lui tout autre sentiment.

On avait rapporté à Heinz que le chef d'un nouveau parti nationaliste, Adolf Hitler, expliquait à ses camarades « qu'il aimerait mieux être pendu dans une Allemagne bolchevique que vivre heureux dans une Allemagne française, et qu'il préférait que 500 000 fusils soient donnés aux communistes allemands plutôt que de les voir remettre, comme le diktat de Versailles le prévoyait, à la France et à l'Angleterre ».

Rosenwald remplissait les coupes et Julia trempait ses lèvres dans les bulles frémissantes, cependant que Rosenwald murmurait qu'il allait leur laisser la nuit pour bavarder un peu – il riait –, mais, dès le lendemain, il fallait que Julia dîne avec le colonel Erwin von Weibnitz, l'aide de camp du chef de la Reichswehr, le général von Seeckt. Un pion majeur qu'il fallait définitivement convaincre que l'alliance avec la Russie bolchevique était, pour l'Allemagne, la seule manière de desserrer le nœud coulant avec lequel les Français voulaient l'étrangler.

– C'est un homme de votre caste, avait conclu Thaddeus Rosenwald. Il va s'agenouiller devant vous comme nous le faisons, n'est-ce pas ?

Il s'était levé, avait murmuré que la nuit serait brève, et, en souriant, leur avait conseillé de ne pas trop s'attarder au salon.

De cette nuit avec Heinz Knepper à l'hôtel Koenig de Berlin, Julia écrit seulement :

« Retrouvailles avec Heinz. Gestes ardents. Âmes glacées. Une autre passion dévore Heinz. Il a l'impression de tenir le sort de millions d'hommes entre ses mains.

Qui suis-je, face à cela ? Peut-être un souvenir.

“Ma chère camarade”, dit-il en me quittant, et il ajoute même : “Bonne chance. Beaucoup dépend de toi.” »

Le lendemain, dans ce même salon de l'hôtel Koenig, elle avait vu s'avancer vers elle le colonel Erwin von Weibnitz qui s'était étonné de la trouver seule, parce qu'il était censé rencontrer Thaddeus Rosenwald qu'il appelait le prince Bachkine. Sans lui répondre, elle l'avait invité d'un geste un peu dédaigneux à s'asseoir auprès d'elle.

Il avait claqué les talons, puis, lorsqu'elle avait dit qu'elle était la comtesse Garelli, il s'était exclamé : il avait eu l'honneur d'être présenté à Rome au comte Lucchino Garelli.

– Mon père, avait-elle murmuré.

Il avait alors égrené les noms de ses amis de la noblesse italienne, puis, tout à coup, il s'était interrompu : savait-elle que ce prince Bachkine n'était qu'un émissaire bolchevique dont la Reichswehr connaissait la véritable identité ?

– Dînons, avait seulement répondu Julia.

Il s'était levé, lui avait offert son bras.

Cet homme-là ne marchait pas, il frappait seulement le sol avec l'assurance d'un conquérant, viril de la pointe des cheveux aux talons des bottes. Mais Julia ne le craignait pas. Erwin von Weibnitz était incapable d'imaginer la joie funèbre qu'elle ressentait à le séduire, à le conduire là où elle voulait alors qu'il croyait être le maître du jeu. Elle l'avait interrogé tout au long du dîner et il s'était confié comme n'importe quel homme, avec complaisance.

Il n'était pas dupe, disait-il, des intentions de ce faux prince Bachkine. Les bolcheviks voulaient sortir de leur isolement et la Reichswehr avait besoin des plaines russes pour faire évoluer ses troupes, ses tanks, y construire des aérodromes, s'y entraîner. L'Allemagne devait, face à la France, trouver un allié à l'Est. Bolchevique ? Pourquoi pas ? Il fallait parfois souper avec le diable.

Il s'inclinait devant elle. Il n'était pas le diable. Les bolcheviks non plus, pas davantage que les membres des Sections d'Assaut du parti nazi. Chaque guerre, chaque révolution faisait surgir des hommes nouveaux. S'ils étaient décidés à combattre l'anarchie, alors il fallait que les forces de la tradition s'associent à eux, parce que mieux valait l'ordre, quel qu'il fût, qu'une société brisée, décomposée.

– Après, nous les ferons rentrer dans le rang à coups de crosse ou de sabre, si nécessaire.

Julia avait beaucoup bu, riant parfois un peu trop fort, puis elle avait quitté la salle à manger de l'hôtel Koenig en titubant au bras du colonel von Weibnitz.

10.

Le colonel Erwin von Weibnitz n'évoque jamais, dans ses mémoires restés inédits, mais dont j'ai trouvé une copie au sanctuaire des archives de Cabris, ses relations avec la comtesse Julia Garelli.

Il écrit seulement :

« Mes contacts personnels avec des membres de la délégation bolchevique, venue à Gênes pour participer à la conférence internationale sur la paix en Europe, m'ont permis de favoriser la conclusion du traité de Rapallo entre notre pays et la Russie soviétique. Ce fut l'acte diplomatique le plus important de l'après-guerre, et il joua un rôle majeur dans la reconstruction d'une armée allemande, celle-là même qui servit de noyau et de socle à la Wehrmacht. »

C'est peu, et grâce aux carnets de Julia Garelli-Knepper, eux-mêmes complétés par les souvenirs du ministre des Affaires étrangères russe, Tchitcherine, j'ai pu reconstituer cette semaine du mois d'avril 1922 où fut en effet conclu le traité de paix entre l'Allemagne et la Russie, dont la signature fut une surprise pour toutes les délégations de nombreux pays rassemblés à Gênes sous la présidence de Lloyd George et qui, aussitôt, se dispersèrent.

« Les diplomates anglais et français ne sont que des étourneaux, et notre traité les a affolés. Qu'ils piaillent ! », s'exclama Thaddeus Rosenwald dont

Julia Garelli rapporte le propos à la date du 17 avril 1922, au lendemain de la signature du traité entre Allemands et Russes.

Les Allemands étaient installés à Gênes à l'hôtel Miramar aux côtés des autres délégations.

Pour marquer leur différence – n'étaient-ils pas des bolcheviks opposés au monde capitaliste ? – les Russes avaient choisi de résider à Rapallo, à l'hôtel Europa. Mais Julia Garelli comme Thaddeus Rosenwald logeaient à l'hôtel Excelsior, sur l'autre rive du petit port italien.

Chaque jour, Erwin von Weibnitz quittait Gênes pour Rapallo, situé à trente-sept kilomètres. Il conduisait lui-même la voiture en empruntant la route côtière, ébloui par la luminosité du ciel et de la mer, les parfums de sel et de fleur, la douce légèreté de l'air. Il ne se rendait pas auprès des Russes, mais montait dans la chambre de Julia Garelli.

Julia ne bougeait pas. Elle était installée sur une chaise longue, au bord de la vaste terrasse qui prolongeait la chambre. Elle ne se lassait pas du panorama qui se déployait devant elle et qu'elle dominait, la chambre étant située au quatrième étage.

Elle écoutait cependant les propos qu'échangeaient à mi-voix Erwin von Weibnitz et Thaddeus Rosenwald.

Ces conversations devaient rester secrètes.

Lloyd George voulait constituer un front uni contre la Russie afin de forcer celle-ci à rentrer dans le droit commun, à renoncer à ses ambitions et à sa propagande révolutionnaires. Les Russes, eux, entendaient empêcher Lloyd George de réussir.

Thaddeus Rosenwald était convaincu que si le gouvernement allemand haïssait les bolcheviks de toute son âme, ses intérêts et la situation internationale ne l'en poussaient pas moins à un accord avec la Russie soviétique.

« Il faut qu'Erwin von Weibnitz soit l'agent de notre politique auprès des siens, avait-il dit à Julia Garelli. Il faut non seulement qu'il comprenne en raison que c'est l'intérêt de l'Allemagne, mais, Julia, il faut, pour qu'il emporte la décision, qu'il nous aime un peu. Et – Thaddeus ouvrait les bras, s'inclinait – vous êtes la seule, chère Julia, à pouvoir obtenir cela... »

Elle avait relevé le défi, à la fois par curiosité, par devoir et par désespoir, après cette froide et brûlante nuit passée avec Heinz Knepper dans la chambre de l'hôtel Koenig, à Berlin. Et puis le désir, le plaisir étaient venus la surprendre, et elle attendait avec un peu d'impatience que Thaddeus et Erwin eussent terminé de rédiger leurs propositions. Rosenwald faisait monter dans la chambre une bouteille de champagne, on trinquait sur la terrasse, puis il repartait pour l'hôtel Europa dont on percevait l'enseigne rouge.

Il reviendrait le lendemain matin, apportant les modifications souhaitées par Tchitcherine. Erwin von Weibnitz pouvait de son côté regagner l'hôtel Miramar, à Gênes, ne le quittant que pour une courte promenade sur les quais du port.

Un jour, Julia avait croisé un groupe de jeunes gens en chemises noires qui brandissaient des étendards à têtes de mort, des gourdins, criant qu'il fallait marcher sur Rome et donner le pouvoir à la jeunesse fasciste.

Ils chantaient – ils braillaient, plutôt –, mais elle avait retenu ces quelques mots de leur refrain :

« Noi altri siam fascisti
A morte i communisti... »
(« Nous sommes les fascistes
À mort les communistes... »)

Elle était rentrée à l'hôtel non pas apeurée, mais un peu plus désespérée.

Il lui semblait qu'elle participait à une comédie dont seuls les acteurs connaissaient les coulisses et dont ils étaient aussi les seuls à n'être pas dupes. Le public croyait ce qu'il entendait sur scène ; il oubliait que les acteurs interprétaient des rôles, que les décors n'étaient que des toiles peintes, non une épaisse forêt ou un ciel tourmenté.

Les jeunes gens pleins d'illusions, les survivants du massacre de la guerre qui rêvaient de révolution, qui, à Tours, à Berlin, à Livourne, dans la plupart des pays du monde, fondaient des partis communistes, et pour qui la Russie des Soviets était une espérance et un modèle, ne pouvaient imaginer ce qui se tramait ici, à Rapallo, entre les diplomates allemands et les délégués de la Russie des Soviets. Là, il n'était plus question de révolution, mais d'entente entre deux États, et de l'entraînement sur le sol russe des unités de la Reichswehr qui contribueraient pour leur part à la formation des officiers de la toute neuve Armée rouge. Or c'était des hommes de la Reichswehr qui avaient assassiné Rosa Luxemburg en 1919 ! Trois ans seulement s'étaient écoulés depuis lors.

Lorsque Erwin von Weibnitz s'était assoupi, Julia avait quitté la chambre, s'était installée sur la terrasse, sous le ciel qui scintillait.

Elle avait eu froid, mais cet air encore vif de la nuit d'avril la lavait. Frissonnant, elle avait attendu que l'aube rougeâtre incendiât la mer.

Erwin von Weibnitz n'a pas passé la nuit du 15 au 16 avril dans la chambre de Julia, à l'hôtel Excelsior.

Il est rentré à Gênes et, dans ses mémoires, il raconte comment, arrivant à l'hôtel Miramar au milieu de la nuit, il a présenté les dernières propositions russes au chancelier du Reich, Wirth, ainsi qu'au ministre des Affaires étrangères, Rathenau :

« Ils étaient en pyjamas, entourés de leurs conseillers assis ou à demi allongés sur les divans, les coussins, les fauteuils de la suite de Rathenau.

Celui-ci, réticent, ne voulait pas "rejeter" l'Allemagne à l'Est, aux côtés des bolcheviks.

J'ai dû employer toute ma passion pour convaincre Rathenau, lequel n'a cédé qu'après que le chancelier du Reich se fut rangé à mon avis.

Cette nuit-là, j'ai été utile à l'Allemagne, comme l'a toujours été ma famille depuis qu'elle s'est enracinée dans la terre de Poméranie, il y a plusieurs siècles déjà. »

Cette passion qui habitait Erwin von Weibnitz, Thaddeus Rosenwald n'a pas douté que Julia Garelli l'avait avivée.

Julia note pour sa part dans son journal à la date du 20 avril :

« Quitté Rapallo avec Thaddeus Rosenwald. Train bleu. Thaddeus est joyeux. Nous dînons au champagne au wagon-restaurant. Il m'offre une paire de boucles d'oreilles. Elles ont appartenu, dit-il, à je ne sais quelle princesse de la famille impériale.

Elles sont, ajoute-t-il, mes "décorations" pour l'œuvre accomplie.

Nausée. Je repousse le coffret. Je ne peux prononcer un mot. Je sais que certains des bijoux appartenant aux membres de la famille impériale ont été arrachés à leurs cadavres. Heinz m'avait raconté cette "exécution", ce massacre décidé pendant la guerre civile afin que ne subsistât aucun survivant de la dynastie. Et l'on n'avait donc pas épargné les enfants.

Thaddeus Rosenwald n'essaie pas de connaître les motifs de mon refus. Il rempoche prestement le coffret et ajoute qu'il est *nécessaire* – il répète le mot – que je revoie Erwin von Weibnitz.

– Tu l'as ferré, dit-il. Il faut le garder au bout de la ligne.

Je quitte la table et vais vomir.

11.

Julia Garelli est une énigme.

J'ai l'impression, à parcourir sa vie, de me perdre dans un labyrinthe dont je ne trouve pas l'issue.

Elle a quitté Rapallo en compagnie de Thaddeus Rosenwald. À lire son journal, il me semble qu'elle est décidée à ne plus se soumettre, qu'elle « vomit » ce que Rosenwald exige d'elle. Mais je la retrouve à l'hôtel Lutetia partageant une chambre avec Erwin von Weibnitz qui l'a suivie à Paris.

Puis elle disparaît plusieurs jours. Pas une ligne dans son journal, mais une coupure du quotidien *Paris Soir*, glissée entre les pages, qui annonce l'assassinat par un groupe d'anciens des corps francs – donc par des hommes liés à la Reichswehr – du ministre des Affaires étrangères allemand, Rathenau, accusé de ne pas appliquer le traité de Rapallo.

Quand Julia reprend la plume, elle est à Berlin, chez Erwin von Weibnitz, qui héberge Heinz Knepper traqué par la police.

Elle note :

« Nuits folles. L'un et l'autre. Est-ce possible ? C'est. Notre politique est démente et je le suis donc devenue. Heinz et Thaddeus pensent que la révolution est impossible en Allemagne et, cependant, ils ne renoncent pas.

Ils veulent constituer un front commun avec les nazis, la Reichswehr, les hommes des corps francs, les extrémistes de droite ; Heinz m'explique qu'il faut que le communisme s'allie au fascisme pour renverser la république bourgeoise, liquider les sociaux-démocrates qui sont les agents de l'impérialisme anglo-français.

Il me lit le discours qu'il doit prononcer dans une réunion clandestine où il espère que se rendront nationalistes et communistes. Il compte célébrer la mémoire des patriotes allemands d'extrême droite qui ont été condamnés à mort et exécutés par les Français. Il s'enflamme, pérore comme s'il avait devant lui une salle enthousiasmée par son éloquence : "Nous ferons tout pour que ces hommes qui étaient prêts à aller au-devant de la mort pour une cause collective ne soient pas des voyageurs pour le néant, mais fassent route avec nous vers un avenir meilleur pour l'humanité entière..."

Von Weibnitz a écouté cette péroraison et l'a applaudie. »

J'essaie de comprendre Julia, sans y parvenir.

Elle est entraînée par cette machinerie humaine, elle aussi énigmatique, qu'est l'Histoire, qui ne connaît qu'une seule loi : celle de la surprise.

Et bien que j'aie devant moi toutes ces archives, ces mémoires, les carnets de Julia, mes questions restent sans réponse.

Pourquoi ne rompt-elle pas avec Thaddeus Rosenwald, Heinz Knepper, les Russes, alors qu'elle prend conscience des compromissions de la politique des Soviets, de sa dérive ?

Elle sait aussi que la maladie frappe Lénine, que Staline avec férocité s'empare méthodiquement de tous les pouvoirs.

A-t-elle peur ? Elle écrit :

« On me suit, on ne s'en cache même pas. Un homme de la Reichswehr ? Un policier qui guette Heinz pour l'arrêter dans la rue, puisque la demeure du colonel Erwin von Weibnitz est inviolable !

Mais peut-être s'agit-il d'un agent de la Guépéou. Heinz m'a avoué que ce qu'il appelle le *Centre* – Moscou, le Komintern – le fait surveiller. Il ajoute : "La guerre de succession a commencé. Elle sera impitoyable." »

Quelques lignes plus bas, Julia a écrit :

« C'est nous qui sommes des voyageurs du néant. »

Et pourtant elle obéit à Thaddeus, elle rentre dans le rang.

Elle ne veut pas, elle ne peut pas saccager, par un abandon, le passé qui la lie à Heinz Knepper. Et l'incertitude, les périls qu'ils partagent les rapprochent.

Ils sont comme des *naufragés*.

Le titre des mémoires de Vassili Bauman me paraît chaque jour plus juste.

Julia et Heinz restent liés, persuadés que s'ils se séparaient, s'ils s'opposaient, ils seraient aussitôt entraînés vers le fond. Et dans leur vie chaotique ils sont l'un pour l'autre l'étoile fixe vers laquelle ils marchent par des routes différentes, unis par leurs regards levés vers le ciel.

Ils forment avec von Weibnitz un étrange trio qui, jusqu'en 1931, parcourra la Russie, se retrouvant souvent à Berlin entre chaque voyage, Erwin von Weibnitz devant accepter la présence de Heinz Knepper pour pouvoir disposer de Julia, sa comtesse vénitienne.

Et Heinz devra tolérer cette liaison pour surveiller l'officier allemand, pénétrer à l'intérieur de ces camps d'instruction, de ces aérodromes, de ces usines Krupp où l'on fabrique en pleine Russie des prototypes de tanks, des avions ou des gaz toxiques destinés à la Reichswehr.

Mais peut-être Julia ainsi que ces deux hommes trouvent-ils plaisir à voyager ensemble, à échanger et mêler leurs corps ?

Je ne dispose, pour étayer cette hypothèse qu'au début j'ai trouvée choquante, puis que j'ai considérée comme évidente, que de quelques notations de Julia.

Ils sont à Lipetsk, dans la province de Tambov, entre Moscou et Voronej. C'est là qu'est situé le centre d'entraînement de la Luftwaffe.

Julia écrit :

« Pilotes allemands et russes, nuques rasées, tous vêtus d'uniformes de l'Armée rouge. Erwin, qui a interrogé ses pilotes, nous dit que l'entente entre les deux armées est extraordinaire. Les officiers allemands et russes sont unis comme des frères d'armes. Il a un geste inattendu. Jamais il n'a été si familier, nous prenant par les épaules, Heinz et moi, comme s'il affichait un très bref instant la complicité de nos corps. Nous rions tous trois, lui entre nous, face à l'immense mer russe, cette plaine vide. Puis il semble tout à coup prendre conscience de ce qu'il vient de révéler, d'avouer ? Il s'écarte, tire sur les pans de sa veste comme pour recouvrer sa dignité, et il rit aux éclats, s'éloigne.

Je mesure combien je suis, malgré moi, liée à cet "ennemi de classe", cet officier prussien. Qu'y puis-je ? Nous sommes les exécutants d'une politique qui nous façonne, qui oriente nos vies.

Mais où allons-nous ?

Nous permettons, nous favorisons la renaissance de l'armée allemande et la constitution, à son flanc, de l'Armée rouge. Qui peut dire que demain ces frères siamois, qui ont grandi ensemble, ne se combattront pas ?

Les nations sont aussi des "voyageurs du néant". »

C'est dans le carnet de l'année 1933, au mois de septembre, alors que Hitler est chancelier depuis neuf mois, que Julia note :

« Heinz m'apprend que le général Erwin von Weibnitz, qui avait cessé toute activité depuis deux ans, a été retrouvé mort dans une chambre de l'hôtel Excelsior, à Rapallo.

Weibnitz m'avait dit un matin – peut-être le 14 avril 1922, quand les négociations n'étaient pas encore achevées – qu'il vivait les jours les plus heureux de sa vie. J'avais gardé la tête baissée, gênée de ne pas lui répondre, de le laisser ainsi dans le vide de mon silence. Il avait murmuré, et j'en avais été émue : "Je ne vous demande rien."

Sa mort, dit Heinz, a paru suspecte à la police italienne et la presse a évoqué l'hypothèse d'un empoisonnement, donc celle d'un suicide ou d'un crime.

Heinz s'est interrompu, a regardé avec un air affolé autour de lui, comme s'il prenait conscience que nous étions dans notre chambre de l'hôtel Lux. Avec de grands gestes, sans me dire un mot, il m'a invitée à me coucher, à m'enfouir sous les couvertures.

Je me suis rebiffée contre cette précaution, cette paranoïa ridicule, mais il m'a saisie par le poignet, m'a entraînée et j'ai cédé.

Il a alors chuchoté qu'il avait appris l'existence, au sein des "Organes" – aujourd'hui le NKVD, hier la Guépéou ou la Tcheka –, d'un laboratoire de toxicologie créé dès 1921 sur ordre de Lénine.

Et chacun savait à quelles fins.

J'ai repoussé les couvertures, j'étouffais. »

12.

Julia se souvenait.

Elle avait éprouvé la même sensation de suffocation en arrivant à Moscou, dix ans auparavant, le 17 décembre 1923.

Elle avait d'abord cru qu'elle était victime de la fatigue du voyage, du fait d'avoir quitté Heinz et même Thaddeus Rosenwald, mais aussi – elle s'en était étonnée, se l'était reproché – Erwin von Weibnitz, restés tous trois à Berlin.

Puis elle avait pensé que la cause de son malaise avait été la présence de ce « Rat », ce Géorgien de la Guépéou, Trounzé, ce dévôt de Staline, puis, à partir de Petrograd, par la compagnie de Willy Munzer et l'angoisse qui émanait de lui, de ce qu'il lui avait confié, cette guerre que les dirigeants du Parti se livraient autour de Lénine, corps impotent dont l'esprit était déjà mort.

Et sans doute tout cela l'avait-il affectée, oppressée, et elle avait imaginé que, retrouvant sa chambre de l'hôtel Lux, elle se reposerait, se calmerait, desserrant ce carcan qui lui enserrait la poitrine.

Mais, au contraire, l'impression d'étouffement s'était accentuée.

Le ciel au-dessus de Moscou n'était qu'un immense drap noir et froissé. La neige ressemblait à un châle de deuil grisâtre et effiloché. Les visages des passants étaient fermés, las. Tous paraissaient se rendre à une veillée funèbre.

Et Lénine, en effet, agonisait, même si les communiqués des médecins, nombreux, qui le soignaient, affirmaient que son état s'était amélioré.

Julia avait erré quelques dizaines de minutes dans les rues envahies par une neige boueuse et elle avait eu si froid qu'elle était rentrée à l'hôtel Lux, s'installant au bar, tentant de se réchauffer en versant des verres de vodka dans ses tasses de thé.

Willy Munzer, un jour, puis d'autres camarades, le lendemain, étaient venus s'asseoir auprès d'elle.

Ils chuchotaient, regardant autour d'eux comme s'ils avaient craint d'être épiés. Munzer semblait avoir oublié les jugements sévères qu'il avait portés sur Staline au cours du voyage entre Petrograd et Moscou, et peut-être n'était-il là que pour les rectifier, dire que c'était Lénine et non pas Staline qui était responsable de la répression qui s'était abattue sur les écrivains, les opposants, ces derniers mois :

– Lénine a ordonné qu'on dresse des listes de gens à arrêter, à expulser, à déporter. Il veut se débarrasser des intellectuels. Il s'est emporté. Hulmann, de la Guépéou, m'a décrit la scène. Lénine était hors de lui, ses nerfs commençaient à lâcher, il avait déjà eu plusieurs spasmes violents et il gesticulait : « Arrêtez-en plusieurs centaines et, sans fournir la moindre explication, dehors ! »

« Il a exigé quelques jours plus tard qu'on lui renvoie les listes en indiquant qui avait été exilé, emprisonné, déporté, et pourquoi certains avaient été laissés en liberté. Voilà Lénine, et Staline a été contraint d'exécuter ses ordres.

« Hulmann m'a lu la lettre que Lénine a envoyée à Gorki qui s'inquiétait du sort de ses amis poètes, dramaturges, professeurs. Sais-tu ce que Lénine lui a répondu ? "Les forces intellectuelles des ouvriers et des paysans grandissent et se renforcent dans la lutte contre la bourgeoisie et ses complices, les intellectuels, les laquais de la bourgeoisie qui se croient le cerveau de la nation..." »

Willy Munzer s'était penché vers Julia, lui avait entouré le cou et avait murmuré à son oreille :

– Lénine a ajouté : « En réalité, ces intellectuels ne sont pas le cerveau de la nation, mais sa merde ! »

Il s'était écarté :

– Mais oui, sa merde ! Je suis de la merde ! Voilà Lénine !

Il avait de nouveau chuchoté :

– Staline est le centre du Parti. Trotski est isolé. On n'a pas besoin de quelqu'un qui jouerait à être un nouveau Lénine, mais d'un organisateur, d'un homme qui tiendra le pays, d'un réaliste. Staline est cet homme-là.

Il avait semblé à Julia que le regard de Willy Munzer contredisait ces propos, cette certitude verbale, peut-être obligée, et elle avait cru lire dans les yeux de son interlocuteur un doute mêlé d'effroi.

En regagnant sa chambre, elle avait été surprise de trouver, glissé sous sa porte, un texte dactylographié intitulé « Le testament de Lénine », où Staline était accusé de n'être « ni poli, ni équilibré, ni loyal », et d'avoir été d'une « brutalité inouïe » à l'égard de Nadia Kroupskaïa, l'épouse de Vladimir Ilitch.

Or ces défauts-là étaient inacceptables chez un Secrétaire général du Parti.

Comment n'aurait-elle pas été oppressée ? Comment n'aurait-elle pas souhaité être chargée d'une nouvelle mission en Allemagne ?

Elle avait sollicité l'appui de Willy Munzer qui lui avait présenté un des responsables du Komintern, David Piatanov, un homme d'une quarantaine d'années aux cheveux ébouriffés, de petites lunettes rondes enfoncées dans ses orbites, les deux branches de la fine monture métallique collées à ses tempes.

Piatanov l'avait observée, les yeux plissés comme s'il était gêné par la fumée de la cigarette qu'il tenait serrée entre ses dents, le menton un peu levé :

– Tu veux repartir, camarade ? avait-il enfin lâché d'une voix enrouée.

Il avait secoué la tête, et c'était à la fois un signe de réprobation et d'incompréhension.

Comment une bolchevik aguerrie comme elle pouvait-elle ignorer qu'on ne choisissait pas le lieu de son combat révolutionnaire ? C'était au Parti de décider. Il fallait renoncer à l'individualisme petit-bourgeois, au « je veux ceci, je préfère cela ». Ne comprenait-elle pas qu'à l'heure où Lénine agonisait – car il agonisait, sa mort pouvait survenir d'un moment à l'autre –, il fallait resserrer la discipline, préserver l'unité du Parti, plus précieuse que la prunelle de nos yeux ?

David Piatanov s'était levé, allant et venant dans la petite pièce, allumant une nouvelle cigarette au mégot qu'il écrasait dans un cendrier déjà plein.

– Si chacun chante en solo, la révolution est perdue. Mais, heureusement, Staline a une poigne de fer.

Il s'était appuyé des deux mains à son bureau, se penchant en avant vers Julia.

– J'ai noté ton souhait, camarade. Le Parti décidera. Mais ta demande, formulée en ce moment, a quelque chose d'indécent. Tu as peur de Staline ?

Qu'est-ce qui avait poussé Julia à bondir, à mentir, à clamer d'une voix forte qu'elle connaissait et aimait le camarade Staline, et qu'elle s'adresserait à lui directement ?

Elle avait perçu le désarroi de Piatanov. Après un silence, il avait expliqué qu'il ne connaissait pas encore suffisamment les camarades étrangers ; cependant, il allait appuyer sa demande, mais, pour l'heure, toutes les décisions étaient suspendues. On attendait...

Elle lui avait tourné le dos.

Et Lénine était mort le 21 janvier 1924 au matin.

On assurait que c'était une lointaine séquelle de la blessure que lui avait infligée la socialiste révolutionnaire Dora Kaplan, le 30 août 1918, tirant sur lui : la balle avait déchiré le cou, près de la carotide, laquelle s'était contractée, resserrée, et le sang avait eu de plus en plus de mal à irriguer le cerveau.

Six ans après, Lénine avait succombé.

Julia Garelli avait lu les communiqués médicaux. Elle était restée prostrée comme si cette mort ensevelissait sa jeunesse, ses espérances, les souvenirs de Zurich, ceux de son « voyage de noces » avec Heinz.

On racontait que Staline était entré le premier dans la chambre mortuaire, qu'il avait saisi la tête de Lénine à deux mains, l'avait embrassée sur les joues et le front en disant : « Adieu, adieu, Vladimir Ilitch, adieu ! »

Et Julia avait répété ces mots qui peu à peu étaient devenus les siens.

Elle avait oublié tout ce qu'elle avait appris et connu de Lénine, ses colères, cette détermination à « liquider » par n'importe quel moyen cette « merde de la nation » qu'étaient les opposants, ces intellectuels qui invoquaient la liberté et la démocratie et qui n'étaient que les laquais de la bourgeoisie.

Elle l'avait vu gesticuler, entendu proférer menaces et injures.

Elle savait maintenant qu'il avait été un exterminateur, comme eux tous, parce que la révolution et la guerre civile n'étaient pas un dîner de gala, mais un abattoir.

Et, cependant, elle avait pleuré comme si la mort de Lénine scellait le temps des illusions, et que ce qui allait survenir serait pire.

Pour elle, ce futur avait pris le visage de Trounzé, le Géorgien, cet agent de la Guépéou.

Les prudences d'un Willy Munzer, la trouille d'un David Piatanov annonçaient aussi ce que serait l'avenir.

Et chaque jour qui passait avait aggravé l'angoisse de Julia.

Lénine était devenu une idole. On lui construisait un mausolée. On embaumait son corps. On organisait son culte, et chacun le célébrait. Petrograd s'appelait dorénavant Leningrad.

Pour une voix comme celle du poète Maïakovski qui s'y opposait, que de discours dévots !

Julia avait longtemps conservé dans son sac le texte que le poète avait publié dans sa revue qui avait traîné un jour seulement sur une des tables du bar de l'hôtel Lux :

« Ne faites pas de Lénine une icône. Ne le moulez pas dans le bronze. Lénine n'est pas à vendre. Ne faites pas commerce des objets du culte ! »

Mais on vendait son buste partout dans Moscou et on avait placé l'un d'eux, en bronze, dans l'entrée même de l'hôtel Lux.

En le découvrant, Willy Munzer avait, entraînant Julia vers le bar, dit que le peuple avait besoin d'adorer et que mieux valait qu'il célébrât le culte de Lénine que celui du tsar.

Puis il avait chuchoté que, selon des enquêtes réalisées par la Guépéou, le peuple craignait que le pouvoir ne tombe entre les mains des youpins, or Trotski était l'un d'eux. Le peuple souhaitait que Staline succède à Lénine.

– Mais c'est déjà fait, avait ajouté Willy Munzer.

Accoudé au comptoir, un homme que Julia n'avait jamais aperçu à l'hôtel Lux pérorait en français. Devinant que Willy Munzer et Julia Garelli le comprenaient, il avait demandé qu'ils traduisent « pour les camarades ». D'un geste, il avait montré la salle où une dizaine de personnes étaient attablées.

En France, disait cet homme, on compte au moins cent mille bustes de Jaurès ; il faut que nous, communistes français, nous réussissions à diffuser et à vendre deux fois plus de bustes de Lénine !

Et il en faisait le serment au nom des descendants de la grande Convention de 1792 et de la Commune de 1871. Savait-on qu'il avait apporté de Paris un étendard rouge des communards pour qu'on en enveloppe le cercueil de Lénine dans son mausolée ?

Il avait levé son verre à Lénine, à Staline, à la révolution mondiale, puis était venu s'asseoir à la table de Munzer et de Julia Garelli.

DEUXIÈME PARTIE

13.

Le nom de ce « camarade français » un peu éméché que Willy Munzer et elle ont rencontré au bar de l'hôtel Lux, quelques semaines après la mort de Lénine, Julia ne le livre pour la première fois qu'à la fin de son journal de l'année 1926.

Elle séjourne alors à Paris en compagnie de Thaddeus Rosenwald qui a endossé avec jubilation l'identité de Samuel Stern, diamantaire anversois, venu vendre aux joailliers de la place Vendôme quelques pièces uniques, diamants de plusieurs dizaines de carats, bijoux divers que les experts ne peuvent s'empêcher de qualifier d'« extraordinaires », de « fabuleux », et dont ils ne cherchent pas à connaître l'origine, se contentant d'échanger entre eux de longs regards, de hocher la tête, puis de proposer un prix que Thaddeus accepte le plus souvent avec une sorte d'indifférence.

Mais Julia sait.

La nuit, dans la chambre qu'ils occupent au dernier étage du Lutetia, Thaddeus Rosenwald, les coudes appuyés sur la table ronde en marbre rose, le menton reposant sur ses paumes, contemple les liasses de billets déposées devant lui.

Il a exigé d'être payé en dollars et les joailliers se sont exécutés, acceptant que la transaction ne laisse aucune trace écrite.

Thaddeus raconte une nouvelle fois à Julia comment le bolchevik Piatnitski, chargé des fonds secrets, l'a conduit dans la chambre forte qui se trouve au bout de l'un des souterrains du Kremlin. C'est là qu'est entreposé le trésor des tsars, devenu celui du Parti, de l'Internationale.

Rosenwald avait déjà pénétré à plusieurs reprises dans ce qu'il appelait la « caverne sacrée », mais, à chaque fois, devant ces coffres ouverts, il avait été saisi, émerveillé. Il avait hésité à plonger les mains dans cet amoncellement de colliers, de bagues, de pierres précieuses, de lingots, de croix constellées de rubis et de diamants, et même de couronnes. C'était une profusion irréelle.

– Prenez, prenez, prenez encore, prenez davantage ! lui avait dit Piatnitski. Ne lésinez pas sur l'argent ! Vous en avez beaucoup ! Nous vous en donnerons encore ! Il faut que ce vieux monde crève la gueule pleine d'or, qu'il en étouffe !

Et Thaddeus Rosenwald avait rempli son sac de cuir, laissant lentement glisser les bijoux et les pierres entre ses doigts.

Il avait organisé son voyage méticuleusement, exigeant d'être accompagné, comme lors de ses précédentes missions, par la comtesse Julia Garelli, la meilleure des couvertures. Il voulait aussi le soutien de Heinz Knepper et de Willy Munzer, deux camarades dont il avait pu apprécier les qualités, en Allemagne, dans la préparation du traité de Rapallo. Il s'était emporté contre les bureaucrates, contre ce Piatanov soupçonneux, paraissant craindre une désertion de l'un ou de l'autre, refusant de prendre une décision.

Après plusieurs incidents, Rosenwald avait été convoqué au Kremlin, au Secrétariat général du Parti.

« On » voulait le voir.

« On », c'était Staline, le nouveau maître, que Rosenwald n'avait jamais côtoyé mais dont on disait qu'il étudiait les biographies de tous ceux qui avaient été proches de Lénine et de Trotski, les artisans et les témoins de la révolution d'Octobre, qui en connaissaient tous les secrets et qui ne se laissaient donc pas prendre aux légendes faisant de Staline le meilleur disciple de Lénine.

Mais Lénine était mort et Staline avait ouvert les portes du Parti à des dizaines de milliers de nouveaux adhérents pour, disait-il, « renforcer l'outil révolutionnaire ».

Rosenwald, comme aucun des vieux bolcheviks, n'avait pas été dupe.

Il fallait noyer sous le nombre, sous une masse inculte de jeunes prolétaires, ceux dont Staline craignait la lucidité et la mémoire, l'indépendance d'esprit, l'habileté manœuvrière.

Alors Staline s'était allié avec les uns – Kamenev, Zinoviev – contre les autres – Trotski, Boukharine. Et il s'était fait le grand prêtre du culte de Lénine, le divinisant pour préparer ainsi sa propre béatification.

– C'est un Géorgien, un ancien séminariste, avait confié Willy Munzer à Julia Garelli et à Rosenwald. Le Kremlin va devenir une sacristie. Et si nous ne baisons pas la main du Grand Pope, on nous damnera !

Rosenwald avait tout cela en tête lorsqu'il était entré dans le bureau de Staline.

La pièce était plongée dans la pénombre et ce n'est que peu à peu que Rosenwald avait distingué le corps et le visage de Staline. Le Secrétaire général fumait sa pipe, taciturne, les yeux plissés, tassé sur lui-même, son bras gauche, plus court que l'autre, replié.

Il avait commencé à parler d'une voix monotone et rugueuse.

La révolution allemande avait échoué, lui dit-il. Mais il fallait continuer à souffler sur ses braises, et surtout maintenir les liens avec la Reichswehr.

– C'est leur intérêt et le nôtre, Thaddeus. Vous avez bien travaillé à Rapallo. Il faut rester collé à l'Allemagne.

Il s'était interrompu, baissant un peu la tête comme s'il cherchait un nom, puis avait repris après quelques secondes de silence, disant qu'il ne fallait à aucun prix rompre avec des hommes comme le colonel Erwin von Weibnitz. Et les camps d'entraînement pour la Reichswehr et l'Armée rouge devaient être étendus.

– À nous de prendre plus que nous ne leur donnons.

Mais le centre de gravité de la politique des Soviets s'était déplacé, avait-il poursuivi. Il fallait faire porter tous les efforts sur la France. Là était le cerveau et le cœur de l'impérialisme. On devait bolchéviser le Parti communiste français, ce nouveau-né qu'on transformerait en une organisation révolutionnaire hargneuse, efficace et indestructible.

– Avec les Français, ne lésinez pas sur l'argent, avait repris Staline.

Et Thaddeus Rosenwald avait reconnu les mots mêmes de Piatnitski qui n'avait donc fait que répéter les termes employés par le Secrétaire général.

– Il faut que les Français puissent financer leur propagande, former puis payer des permanents, avait continué Staline. Il n'y a pas de réussite possible sans révolutionnaires professionnels. C'est l'essentiel de l'enseignement de Lénine. Et je suis léniniste. Nous devons tous l'être !

Il avait ajouté que Thaddeus Rosenwald obtiendrait les moyens dont il aurait besoin.

– En argent, c'est le plus facile, n'est-ce pas ? En hommes, il faut soupeser chacun avec soin. C'est un art de précision : certains hommes rouillent vite, d'autres sont inaltérables. Mais, souvent, mieux vaut la corrosion d'un vil métal que la pureté de l'or. Vous êtes parfois diamantaire ? Expert, en somme... Et puis il y a les femmes...

Et, pour la première fois, Staline avait esquissé un sourire.

Au Komintern, David Piatanov s'était exécuté avec la fébrilité d'un serf qui craint le knout.

Les passeports avaient été établis en une journée.

Heinz Knepper et Willy Munzer pourraient, en fonction des besoins de Rosenwald et selon sa décision, rejoindre Paris, même s'ils devaient continuer à agir en Allemagne.

Et naturellement Julia Garelli – « la Comtesse », avait répété avec ironie Piatanov – accompagnerait Thaddeus Rosenwald ou plutôt le diamantaire Samuel Stern.

14.

Combien de fois, en ces années 1920, ces années 1930, Julia Garelli et Thaddeus Rosenwald se sont-ils rendus à Paris ?

À quels moments Willy Munzer et Heinz Knepper les ont-ils rejoints ?

Les carnets de Julia sont imprécis, lacunaires, et ne m'ont pas permis de répondre précisément à ces questions.

Jamais, à lire le journal de Julia de ces années-là, je ne l'ai sentie aussi distraite, aussi tentée par les frivolités. Elle paresse dans sa grande chambre du dernier étage de l'hôtel Lutetia.

Je me suis assis sur le lit où elle a couché – le plus souvent seule, Thaddeus Rosenwald « perdant » – « gagnant », corrigeait-il – ses nuits dans les bordels.

– Profiter de la décadence, c'est le pourboire du révolutionnaire ! dénonçait-il.

Je me suis installé dans le salon attenant à la chambre. Le mobilier en bois de rose n'a pas changé. Accoudé à la rambarde du petit balcon qui surplombe le carrefour de la rue de Sèvres et du boulevard Raspail, j'ai imaginé Julia Garelli s'étirant, titubant un peu, comme à la lisière de l'ivresse.

Il est vrai que Rosenwald, presque chaque jour, comme pour se faire pardonner ses absences nocturnes, commandait une ou deux bouteilles de champagne.

« Thaddeus, note Julia, veut d'abord oublier ce qu'il a vu dans la journée : taudis, banlieues, misère, ateliers enfumés, et ces camarades qui se réunissent dans une arrière-salle de café, qui tentent, comme ils disent, d'organiser le prolétariat et veulent qu'il leur parle de la patrie des Soviets, de la révolution mondiale, etc.

Il remet quelques minces liasses de billets pour l'impression des tracts, d'une brochure qui dénonceront "Poincaré la Guerre", "Poincaré l'homme qu'on ne voit que dans les temps de malheur", et exalteront l'union des classes ouvrières française et allemande contre leurs bourgeoisies qui rêvent de les faire s'entr'égorger à nouveau.

Thaddeus rentre. Il boit pour effacer les vices de sa nuit, ces filles dont il n'ose pas me parler mais dont le souvenir le hante.

Il feint même de célébrer chaque jour passé sans tragédie comme une grande victoire.

– Être vivant un jour de plus, pouvoir boire et jouir, voilà l'éternité, voilà la vraie, l'unique révolution !

Il esquisse un pas de danse, grimace comme un clown, et tout à coup son visage se ferme, des rides se creusent autour de sa bouche.

Il pousse vers moi un livre à couverture brune paru il y a deux mois en Allemagne et que Willy Munzer vient de lui remettre. Il voudrait que je lise ce livre dont le titre seul, *Mein Kampf*, m'inquiète.

« Rosenwald a demandé à Heinz et à Willy d'enquêter sur l'auteur dont il me rappelle que nous l'avons vu à Munich dans le hall de l'hôtel Prinz Eugen, un jour de novembre 1923, après l'échec d'une tentative de putsch. Il y avait des blessés allongés sur les tapis et Adolf Hitler affalé dans un fauteuil.

Heinz est arrivé. Il m'embrasse distraitement, mais répond avec passion aux questions de Thaddeus.

– Adolf Hitler, dit-il, est une sorte de bolchevik nationaliste qui peut, si les circonstances le favorisent comme elles nous ont favorisés, dévorer les démocrates, terroriser les socialistes. Après, nous nous débarrasserons de lui...

Je voudrais ne pas écouter ces prophéties, mais comment ne pas les entendre quand Heinz et Thaddeus évoquent l'antisémitisme délirant de *Mein Kampf* comme s'il ne les concernait pas personnellement, alors qu'ils sont juifs l'un et l'autre ?

Heinz ajoute :

– Staline est lui aussi antisémite, mais à la manière d'un pope. J'espère que vous en êtes conscient, camarade Rosenwald ?

Ils rient en chœur. »

Julia quitte le salon sans répondre aux questions que lui posent Rosenwald et Heinz Knepper.

Elle a besoin d'être seule, de marcher dans cette ville vibrante, de se perdre dans les étages du Bon Marché, de se griser au rayon des parfums, d'essayer des chapeaux, de nouer des foulards de soie peinte autour de son cou, de bavarder avec les vendeuses de ces choses futiles.

– Celui-ci vous va mieux, Madame.

– Vous croyez ?

Il lui semble que cela fait des années qu'elle n'a pas connu une telle sensation de légèreté. Pourquoi a-t-elle perdu son insouciance ? Elle ne quitte le Bon Marché qu'à la fermeture, et elle s'attarde encore devant les boutiques de la rue de Sèvres et du boulevard Saint-Germain.

Un homme la suit, l'aborde. Elle est séduite, prête à dîner avec lui, et puis elle se cabre, refuse, s'éloigne à grands pas.

« Je suis folle, écrira-t-elle. Nous sommes fous ! Pourquoi nous couper de la vie des gens, de cette majorité pour qui la révolution est suscitée d'abord par la peur ? Pourquoi ne pas nous laisser porter par le courant qui entraîne les sociétés ? Qu'apportons-nous de plus ou de mieux ?

Je me souviens des enfants en haillons agglutinés devant l'hôtel Lux, mendiant un morceau de pain et s'égaillant quand la police survenait pour les chasser, les arrêter. Nous, nous avions le droit de manger à notre faim par ces temps de famine. Thaddeus, à qui j'avais raconté la scène, avoué mon malaise, m'avait répondu, mais sa voix était pleine de sarcasmes :

– Nous devons être bien nourris, nous sommes les constructeurs du socialisme. Si nous cédons à la compassion, si nous donnons des miettes de ce que l'on nous alloue – vive Staline ! –, le but que nous poursuivons ne sera jamais atteint. Les malheureux seront secourus plus tard. Pour l'instant, hors de notre vue !

Ici, aucun enfant n'écrase son visage contre la devanture vitrée des restaurants.

Paris regorge de victuailles, de tissus. Les passants sont gras, les femmes élégantes. Quelques mendiants. Et il faudrait détruire ce monde pour le remplacer par quoi ? Les taudis d'ici feraient le bonheur des citoyens de la Russie soviétique !

Je n'ose dire cela à ces communistes français réunis dans un hangar à Bobigny.

Heinz Knepper incite ceux qui seront des révolutionnaires professionnels à soutenir la lutte des ouvriers allemands contre les troupes françaises qui occupent la Ruhr :

– Si vous ne voulez pas que le peuple allemand tout entier soit collé au mur comme l'ont été les communards, fusillés au Père-Lachaise, aidez-nous !

Le discours de Heinz m'émeut.

J'oublie le Bon Marché et ses fragrances. Je suis touchée par l'attention fervente de ces jeunes hommes. Je voudrais retrouver ma foi des années 1917-1918. Je croyais. Je ne doutais pas. C'était le temps de notre "voyage de noces".

J'ai cessé d'être aveuglée, mais je bois pour que mes yeux se voilent. Thaddeus s'enivre pour les mêmes raisons. J'envie ceux qui, comme Heinz et peut-être Munzer, ne ferment pas les yeux, restent lucides. Ils me sont devenus aussi étrangers que les mystiques qui se laissent torturer sans pousser un cri.

Je ne dis rien de ce que je pense à B.S. »

Quand Julia utilise ainsi des initiales, je sais qu'elle vit une liaison et qu'elle hésite à l'avouer. Et il ne m'a pas été difficile d'identifier ce Boris Serguine, un communiste français d'origine russe, à qui elle remet régulièrement des liasses de billets afin qu'il puisse publier une revue, organiser cette école de Bobigny où Julia s'est rendue en compagnie de Heinz.

« B.S. au premier rang. Assis près de lui, Jacques Miot dont Willy Munzer prétend qu'il peut avoir un grand destin politique.

Le visage de B.S. exprime l'intelligence et la finesse ; celui de Miot, la brutalité et la bêtise : il a la vulgarité d'un débardeur, il ne parle pas, il vocifère. Mais Munzer me dit qu'il est courageux. Il a affronté à plusieurs reprises la police et a été emprisonné pour avoir blessé gravement au bas-ventre un policier au cours d'une manifestation.

Mais quel peut être le sens d'une révolution quand elle est conduite par des hommes tels que Miot ? Je me rassure en écoutant Heinz et en regardant B.S. »

Elle est partie pour Rome avec Boris Serguine au mois de mai 1925 :

« Train bleu. Parodie de voyage de noces. Nous avons les gestes d'un couple de jeunes mariés. Le personnel des wagons-lits a pour nous des prévenances attendries. Mais notre âme est glacée.

Je dois rencontrer Paolo Monelli. Souvenirs de l'hôtel Lux : sa tête d'or, sa séduction d'Apollon du bolchevisme, comme je l'avais un jour appelé. Et il avait ronronné.

On assure qu'il est devenu l'idéologue du fascisme. Il a écrit le discours de Mussolini du mois de janvier dans lequel le Duce a parlé “les couilles sur la table”. Monelli serait l'inventeur de l'expression *État totalitaire* qui définit le système fasciste italien.

J'ai d'abord refusé cette mission, puis cédé à la tentation de retrouver l'Italie, de pouvoir peut-être me rendre à Venise, et aussi de partir en compagnie de B.S.

J'ai osé exiger que B.S. soit du voyage. Thaddeus Rosenwald et Willy Munzer se sont contentés d'un sourire ironique ; Heinz a baissé la tête et n'a plus desserré les lèvres.

Ma mission est simple : je dois sonder Monelli, tenter de comprendre ce qui l'anime, si on peut l'utiliser, faire de lui un informateur au cœur du pouvoir fasciste, ou le charger de transmettre directement à Mussolini des propositions de l'État soviétique sans risquer de les voir déformées, ralenties, arrêtées par des intermédiaires diplomatiques italiens conservateurs et monarchistes. »

Julia avait rencontré Paolo Monelli dans le Forum romain, devant les thermes de Caracalla, et avait été à nouveau éblouie par sa beauté, son élégance plus maniérée pourtant. Au lieu d'aborder d'emblée les raisons de leur rencontre, Paolo l'avait enlacée et elle s'était laissé entraîner jusqu'à son appartement de la piazza di Spagna.

Après quoi ils s'étaient installés à la terrasse d'un des cafés de la piazza Navona et Paolo Monelli, d'une voix enjouée, avait expliqué qu'au vrai, il n'avait pas changé de camp, comme on l'en accusait.

En fait, continua-t-il, il y avait une grande parenté entre le communisme et le fascisme. Il s'agissait dans les deux cas d'imposer un ordre, une hiérarchie, de construire un État fort agissant non sous la pression des intérêts capitalistes, mais de l'intérêt national, avec un chef indiscuté, qu'il se nomme Duce ou Secrétaire général du Parti. Il n'existait que deux formes d'organisation sociale : la démocratie bourgeoise, qui était le règne de l'argent, et l'État totalitaire, qui exprimait l'intérêt collectif.

En Russie, l'État totalitaire était rouge. En Italie, Paolo Monelli, après avoir analysé les forces en présence, avait compris que l'État totalitaire ne pouvait être que noir. D'ailleurs Mussolini avait été un révolutionnaire, exilé comme Lénine en Suisse. Mais il avait saisi plus vite que Lénine que la guerre était l'acte fondateur de la révolution.

Qu'attendait donc Julia, elle qui était italienne, pour retrouver sa patrie au lieu de perdre sa vie dans un pays de moujiks, ou bien dans la poursuite d'une révolution mondiale qui n'était qu'un mirage propagé et entretenu par des Juifs allemands ou apatrides ?

Elle le savait – il lui avait caressé la cuisse – et son corps n'avait-il pas déjà choisi ?

Elle s'était levée et l'avait giflé, puis elle avait regagné Paris sans même avertir Boris Serguine.

Elle ne l'avait plus revu, évitant de se rendre dans les réunions auxquelles il participait, et lorsque son nom était prononcé par Thaddeus Rosenwald, Willy Munzer ou Heinz Knepper, elle se réfugiait dans sa chambre, laissant les trois hommes au salon continuer d'évaluer les qualités de tel ou tel camarade français apte à diriger le Parti, ce qui ne pouvait se faire qu'avec l'accord du Komintern et donc de Staline.

Julia ne voulait pas donner son avis sur Boris Serguine, mais elle entendait Rosenwald l'exécuter en quelques phrases :

– Serguine, disait-il, est le contraire de Jacques Miot. Celui-ci n'est qu'une tête brûlée, un agitateur de rue, non un révolutionnaire. Serguine est réfléchi, habile. C'est un fin politique, un manœuvrier, un esprit créatif, donc porté à l'indépendance et, de ce fait, susceptible de forger sa propre ligne politique, et de ne pas suivre celle qu'élaborera le Centre. Il nous faut quelqu'un qui obéisse *perinde ac cadaver*.

Elle avait entendu le bruit du bouchon de champagne qui sautait.

– Nous sommes un ordre, à l'instar des Jésuites, camarades !

Ils avaient ri, puis Munzer avait ajouté que Boris Serguine était proche de Trotski, qu'il l'admirait. Et voilà qui le condamnait sans même qu'on eût besoin de s'interroger sur ses qualités intellectuelles.

Julia était rentrée au salon et Heinz Knepper l'avait longuement regardée. Tous s'étaient tus. Elle avait baissé la tête, ne la relevant qu'au moment où Munzer commençait à égrener les noms de trois camarades que Staline semblait avoir retenus. Le premier, Maurice Thorez, était blond et poupin comme un Russe, et « notre Géorgien a été séduit » ; le deuxième, Jacques Duclos, avait la faconde, la souplesse, l'agilité d'un marchand ambulant. Et cela aussi avait plu à Staline.

Willy Munzer s'était tourné vers Julia : se souvenait-elle de ce Français un peu éméché qui s'était assis à leur table, au bar de l'hôtel Lux, quelques semaines après la mort de Lénine ? C'était un ouvrier électricien qui avait réussi à étonner Staline en affirmant que, durant les trois années de la guerre civile, on avait tué moins de gens en Russie que les Versaillais pendant les huit jours de la semaine sanglante, en mai 1871. Le Français avait même prétendu que notre Russie était un modèle pour la sauvegarde des libertés individuelles.

Ils avaient tous trois hoché la tête, puis Heinz Knepper avait murmuré que ce camarade-là avait les capacités pour diriger, aux côtés de Thorez et Duclos, le Parti communiste français.

Heinz avait alors demandé à Willy Munzer le nom de « son petit Français qui avait si bien compris l'essence du régime soviétique ».

Dans les dernières lignes de son journal de l'année 1926, Julia Garelli écrit :

« Willy Munzer propose de confier la direction du parti français à trois camarades : “Nous payons, donc nous seront entendus.” Il a écarté Boris Serguine et Jacques Miot. Je ne connais ni Thorez, ni Duclos, qui vont les remplacer. Je me souviens du troisième, déplaisant, sans gêne, flatteur, rencontré au bar de l'hôtel Lux : un fanatique et donc un exécutant servile du nom d'Alfred Berger. »

15.

Je suis le petit-fils d'Alfred Berger.

Lorsque j'ai découvert que Julia Garelli-Knepper l'avait connu et l'avait jugé de cette manière impitoyable et méprisante, j'ai eu le sentiment d'avoir été floué, manipulé par cette femme que j'admirais et dont je tentais de raconter la vie héroïque.

Elle incarnait le siècle et j'expliquais ses faiblesses par les contradictions d'un temps qui faisait que les plus valeureux, les plus vertueux des hommes avaient été contraints à chaque instant de choisir entre plusieurs fidélités à eux-mêmes, à leur foi, à leurs camarades, aux illusions de leur jeunesse.

Julia était pour moi une héroïne tragique et j'aurais voulu qu'un Shakespeare ou un Sophocle s'emparât de son destin pour l'inscrire dans la mémoire des hommes.

Je connaissais les limites de ce que je tentais. Je n'étais pas un grand dramaturge ; je voulais seulement rassembler les éléments oubliés de sa vie.

Et puis, tout à coup, dans les toutes dernières lignes du journal de l'année 1926, ce nom de Berger, le mien, et cette question qui m'a aussitôt tenaillé : pourquoi Julia avait-elle feint de l'ignorer quand je m'étais présenté à elle ?

Depuis cette rencontre inattendue avec Alfred Berger, je ne pouvais plus croire à l'innocence ni à la sincérité de Julia Garelli-Knepper.

Elle était rentrée dans le rang, personnage ambigu, habile et calculateur comme nous le sommes tous.

Mais, comme j'avais aussi honte de cette pensée, j'ai voulu comprendre les raisons de son silence.

Elle m'avait dit, quelques jours avant sa mort :

– Prenez la vérité pour horizon, David, que rien ne vous arrête, ne nous trahissez pas, nous qui sommes morts !

Or j'étais désormais persuadé que c'était moi qu'elle avait trahi en ne m'interrogeant pas d'abord sur cette homonymie qu'elle n'avait pu que remarquer, qui avait dû la frapper, peut-être l'inquiéter puisque, si souvent – je l'ai vérifié depuis lors – entre 1926 et 1937, puis à nouveau entre 1946 et 1949, elle mentionne ce nom de Berger dans ses carnets successifs.

Or, au contraire, elle avait feint d'entendre pour la première fois mon nom, elle l'avait répété comme pour s'y accoutumer. Elle s'était même étonnée qu'il s'agisse là d'un nom français. Elle était persuadée que ce patronyme était germanique. Et elle l'avait prononcé à l'allemande.

En même temps, j'avais été troublé par la façon dont elle le murmurait comme si j'avais été bien autre chose que l'auteur des *Prêtres de Moloch* venu lui présenter ce roman sur l'ubiquité du Mal, solliciter d'elle peut-être un avant-propos, en tout cas l'autorisation de le lui dédier.

Elle avait même dit :

– Je ne sais qui vous envoie, David Berger... David Berger...

Je m'étais rengorgé.

J'avais voulu montrer à Julia Garelli-Knepper que j'étais lié, moi aussi, à cette grande histoire tragique qui l'avait emportée.

Et j'avais commencé à lui décrire mon roman familial, qui était un petit paragraphe de la rouge et sanglante épopée du communisme.

Mon père, Maurice Berger, instituteur dans son village du Têt, à quelques kilomètres de Vaison-la-Romaine, avait animé toute sa vie une cellule communiste. Il était mort en 1985 à soixante ans, sans ajouter une virgule à ses convictions, ni corriger cette dictée jamais modifiée, sans fin recommencée.

J'avais été tenté d'évoquer la figure tutélaire d'Alfred Berger qui vivait en solitaire, refusant de nous rencontrer, mon père et moi, son petit-fils.

Durant toute mon enfance il avait été le grand-père mystérieux, le héros, celui dont mon père parlait avec une sorte de terreur respectueuse.

On disait *Lui*, et c'était avec un L majuscule.

Lui, Alfred Berger, avait été l'un de ces hommes qu'une seule et noble idée habite. Lui, un mystique, avait vécu à Moscou, avait commandé l'un des maquis du mont Ventoux, et Lui était décoré de la Légion d'honneur à titre militaire.

Et Lui nous méprisait.

– C'est un héros, il ne respecte que les héros, disait mon père. Pour Lui, je ne suis qu'un pleutre qu'il a poussé à prendre le maquis en 1943, j'avais dix-huit ans, à coups de pied au cul. Quand j'ai pris ma carte au Parti, il ne m'a même pas adressé un mot. C'est un grand, nous sommes des petits. Mais Lénine et Staline n'avaient pas cette indifférence, ce mépris pour les simples militants. Et je suis son fils. Mais Lui, il ne vit qu'avec lui-même.

Je n'avais rien pu dire de tout cela à Julia Garelli-Knepper. À peine avais-je commencé à lui parler de Maurice Berger, l'instituteur, mon père, qu'elle m'avait interrompu d'un geste impatient.

– C'est vous, qui m'intéressez, m'avait-elle dit. Gardez pour vous vos histoires.

C'était sans appel.

Je lui reprochais de m'avoir ainsi fait croire que c'était à mes seules qualités que je devais de l'avoir conquise, décidée en quelques heures à me confier l'administration de sa Fondation, l'inventaire de ses archives, le droit d'en user comme je l'entendais dès lors que j'en respectais la lettre et l'esprit.

Cette confiance qu'elle m'accordait, cette porte qu'elle ouvrait devant moi, ce changement de vie qu'elle m'offrait – et j'en avais été ébloui –, elle m'avait dissimulé que je les devais, j'en suis aujourd'hui persuadé, à Alfred Berger, mon grand-père, qui avait été son ennemi, qui avait peut-être tenté de la faire assassiner.

En me recrutant, elle remportait sur Alfred Berger une victoire absolue.

Je devenais un transfuge, je passais dans son camp !

Belle, théâtrale ct légitime vengeance posthume, car mon grand-père était mort en 1989, peu de temps après que je me fus rendu chez Julia Garelli-Knepper. Et naturellement il avait ignoré que je changeais de vie, puisqu'il n'avait jamais manifesté la moindre curiosité à mon égard.

Mais Julia Garelli-Knepper avait agi méthodiquement dans l'intention de se servir de moi contre le souvenir d'Alfred Berger.

J'ai retrouvé entre les pages de son dernier carnet qui contient son journal – ses notes, plutôt – des années 1989-1990, la notice nécrologique de mon grand-père publiée par *Le Monde*. Elle l'a donc découpée après l'avoir lue, glissée entre ses pages où son écriture morcelée, à peine lisible, difficile à déchiffrer, témoigne de sa volonté de rester lucide jusqu'au bout.

Or, dans cette note, il est écrit : « L'écrivain et cinéaste David Berger est le petit-fils d'Alfred Berger. »

Julia Garelli-Knepper savait donc que j'étais uni à Alfred Berger par le lien d'une filiation directe, et non par une banale homonymie.

Or elle ne m'avait posé aucune question, m'empêchant même d'évoquer la personnalité de mon père comme si elle avait craint qu'à dérouler le fil de mon ascendance on n'atteignît cet Alfred Berger qui était à l'origine de l'intérêt qu'elle me manifestait.

Car – j'en avais été blessé – elle avait à peine feuilleté mes *Prêtres de Moloch* et j'avais été étonné qu'après avoir ainsi écarté avec mépris ce livre que je voulais lui dédier et qui lui aurait permis de me connaître, elle me confiât sa Fondation, ses archives, la mission de recomposer sa vie.

Elle comptait sur le choc, l'émotion que je ressentirais lorsque je serais confronté au nom d'Alfred Berger.

Je serais alors lié charnellement à elle, je partagerais la souffrance de tous ceux qui avaient été victimes du fanatisme de ces dizaines de milliers d'Alfred Berger, qui avaient proclamé et sans doute cru qu'ils guidaient l'humanité vers des « lendemains qui chantent ».

Or ils avaient été des assassins, des cyniques, des aveugles ou des lâches. Ils étaient coupables.

Et moi, leur petit-fils, accablé par le remords, je ne pourrais me séparer d'eux qu'en les condamnant, qu'en les trahissant.

Tel était le piège que m'avait tendu Julia Garelli-Knepper en me dissimulant le nom d'Alfred Berger.

16.

Je ne savais presque rien d'Alfred Berger avant de le débusquer et de le traquer dans les carnets et les archives de Julia Garelli-Knepper.

Il apparaissait au détour d'un paragraphe en 1934, en 1936 :

« J'essaie d'entrer en contact avec Alfred Berger, écrit ainsi Julia en novembre 1936. On le dit influent au Komintern. Il pourrait appuyer la demande de Heinz de partir pour l'Espagne combattre aux côtés des républicains dans les Brigades internationales. Manière d'échapper à la surveillance oppressante des agents des "Organes".

Alfred Berger le voudra-t-il ?

Willy Munzer me confie que Berger a l'indépendance d'esprit du rouage d'une machinerie. Il ne fera rien d'autre que tourner dans le sens qu'on lui aura indiqué.

Et Alfred Berger serait le modèle du révolutionnaire ? Pauvre et défunte révolution dont un homme comme lui serait le héraut !

C'est peu de dire que Munzer le méprise. En fait, il le hait plus encore qu'il ne hait un nazi !

Nous sommes ainsi, désormais. Le mot camarade n'est plus qu'un masque conventionnel qui dissimule les sentiments les plus contradictoires, le plus souvent la peur et la lâcheté qu'on appelle "esprit de parti".

Où allons-nous ? »

Julia espère en 1937, après l'arrestation par les agents des « Organes » de Heinz Knepper, qu'Alfred Berger, qui séjourne à Moscou, pourra lui fournir des informations sur son lieu de détention.

« Alfred Berger, note-t-elle, feint de ne pas me connaître, et lorsque je l'agrippe par la manche de la veste, il se dégage brutalement comme s'il avait été mordu par une chienne enragée. Je ne suis qu'une femme qui implore que quelqu'un l'aide à retrouver son époux. Mais, dans les yeux d'Alfred Berger, je ne lis que la colère et la panique. Il craint sans doute qu'un agent des "Organes" ne me suive en permanence et ne relève les identités de ceux auxquels je parle.

Berger me repousse, m'accuse de n'être qu'une contre-révolutionnaire, une trotskiste au comportement dangereux, porteuse du virus petit-bourgeois et qui ne peut accepter les impératifs de la lutte des classes internationale.

J'espère qu'un jour, dans un autre siècle, quelqu'un étudiera cette langue folle qui peu à peu a rempli toutes les bouches. Elle me donne envie de vomir.

Je crache au visage d'Alfred Berger qui m'en semble satisfait et qui cherche des yeux les témoins de cette agression qui le disculpe de toute complicité avec moi. »

Cet homme-là, qui porte mon nom, disparaît ensuite pendant plusieurs années des bribes du journal qu'entre 1939 et 1945 Julia a réussi à écrire, à conserver et à transmettre, bien qu'elle eût été d'abord déportée en Sibérie – de janvier 1939 à février 1940 –, puis livrée aux nazis par Staline et enfermée jusqu'en 1945 au camp de Ravensbrück. Mais, durant ces six années, je n'ai pas perdu la trace d'Alfred Berger. Je l'ai suivi pas à pas en furetant dans toutes les archives dont je disposais. Le sanctuaire de Julia à Cabris contenait des dossiers inédits, accablants pour Alfred Berger.

Je sais quelles actions il a accomplies en juin 1940, puis en 1943, et pourquoi il réapparaît en 1946 dans le journal que Julia Garelli-Knepper, survivante de deux enfers complémentaires, recommence alors à tenir.

Elle ne cessera que quelques jours avant sa mort.

Et c'est entre les pages de ce dernier carnet consacré aux années 1989-1990 que j'ai retrouvé la notice nécrologique de mon grand-père où, pour la première fois, mon nom est associé au sien.

J'ai ainsi suivi le destin d'Alfred Berger. Il est devenu un fil majeur de cette trame noire qu'est l'histoire du communisme dont j'ai le sentiment, au fur et à mesure que je la reconstitue, qu'on ne sait plus rien d'elle. Ou plutôt qu'on ne veut rien dire d'elle, hormis l'espoir qu'elle a représenté et dont l'évocation vaudrait amnistie, amnésie.

On s'attarde sur l'héroïsme des bourreaux : n'ont-ils pas fait la révolution ? triomphé du tsar, du capitalisme, des Armées blanches, etc., et, plus tard, ne sont-ils pas entrés en vainqueurs dans Berlin, terrassant le nazisme ?

On innocente les uns – le talentueux Trotski, assassiné à l'instigation du sinistre Staline –, en somme on choisit son chef de bande et on le vénère.

Mais on oublie toujours les victimes et des uns et des autres !

Celles du nazisme sont honorées, font l'objet d'un culte légitime, d'une mémoire sourcilleuse et vigilante, mais celles du communisme sont oubliées, parfois même encore suspectées !

Et que deviennent celles qui ont été persécutées par les deux camps ?

Qui connaît aujourd'hui Julia Garelli-Knepper, livrée en février 1940 par les soldats du NKVD aux SS, passant ainsi du *goulag* soviétique au *Lager* nazi, de la Sibérie à Ravensbrück ?

Rappeler les souffrances de ces victimes, telle était la mission morale que m'avait confiée Julia Garelli-Knepper, et elle avait pensé que je saurais d'autant mieux les comprendre et les exprimer que j'étais coupable d'être le petits-fils d'Alfred Berger.

Mais j'avais tout à apprendre.

Mon père, en effet, m'avait rarement parlé d'Alfred Berger et je m'étais bien gardé de l'interroger.

J'avais le sentiment que ce vieil homme nous méprisait.

Il habitait à quelques kilomètres de notre village du Têt, mais quand mon père est mort, il n'a pas jugé bon d'accompagner son fils en terre.

Et je n'ai appris son décès, survenu en 1989, quatre ans après celui de mon père, qu'à la lecture de sa notice nécrologique, celle-là même que j'ai retrouvée, bien plus tard, découpée et glissée entre les pages du dernier carnet de Julia Garelli-Knepper.

Jusqu'alors, je n'avais pas cherché à savoir qui était cet homme dont mon père évoquait le destin avec admiration, déférence, mais aussi souffrance.

Et je me révoltais contre cette soumission du fils au père, qui semblait s'être nourrie de l'indifférence hautaine – du mépris, je l'ai pensé – d'Alfred Berger pour son fils. J'en avais voulu à mon père et j'avais même pensé qu'il avait souhaité mourir avant Alfred Berger pour offrir à ce dernier un ultime triomphe, sa vie en sacrifice, le vieillard dévorant symboliquement le corps du fils.

Comment n'aurais-je pas ressenti de la haine envers ce personnage dont les carnets de Julia et les archives me révélaient la lâcheté, le fanatisme, peut-être plus simplement le cynisme ?

J'ai désiré en savoir plus long et je me suis enfin décidé à ouvrir cette longue boîte métallique que m'avait léguée mon père, me confiant qu'il avait entassé à l'intérieur toutes sortes de papiers et de documents qui me permettraient de connaître mes origines.

J'avais haussé les épaules. Je voulais être l'arbre solitaire dressé dans le désert.

J'étais con.

– Tu y viendras, m'avait dit mon père d'une voix lasse. Tu n'y échapperas pas. Un jour, tu voudras savoir.

Le moment était venu d'ouvrir cette boîte que j'avais appelée par défi le « cercueil de mes ancêtres », et j'avais dit à l'une de mes compagnes – Judith, ou Karine – que c'était là que je cachais, comme Barbe-Bleue, des « restes humains ».

J'étais vraiment con.

Mais je cherchais à exorciser le passé et à faire disparaître cette crainte irraisonnée qui m'habitait.

J'ai transporté le « cercueil de mes ancêtres » dans le sanctuaire des archives de Julia, à Cabris.

Je l'ai vidé sur la table et des papiers jaunis – quittances, diplômes, tracts, lettres –, des cahiers d'écolier, des photos qui ressemblaient à des cartes postales vieillies, sont venues se mêler aux carnets de Julia et aux cartons d'archives sur lesquels je travaillais.

J'ai commencé à identifier et à classer ces « restes humains ».

J'ai rêvé de renouer les fils, de reconstituer le puzzle de ces vies qui se croisaient, celle de Julia Garelli-Knepper et celle d'Alfred Berger.

Et de toutes les autres, émiettées, destins des victimes et des bourreaux uniformément écrasés par la meule impitoyable de ce XXe siècle rouge et noir.

17.

« Alfred Berger est un enfant trouvé. »

Je n'ai pu détacher mes yeux de cette phrase écrite par mon père à la première page de l'un de ces cahiers d'écolier qu'il avait remplis de son écriture d'instituteur, régulière et violette.

J'avais le sentiment que j'étais précipité dans un abîme. Avant Alfred Berger, il n'y avait donc que l'inconnu. Mais, en même temps, cette chute qui m'angoissait me fournissait une explication rassurante.

J'ai voulu croire que c'était pour combler ce vide qu'Alfred Berger était devenu un fanatique, un exécutant servile, un cynique qui avait refusé d'aider Heinz Knepper et Julia Garelli en 1936, en 1937.

Il s'était ainsi construit une identité et avait eu besoin d'obéir à ceux qui l'incarnaient.

Les circonstances avaient fait de lui un communiste, mais il aurait tout aussi bien pu brandir le drapeau noir du fascisme.

Son adhésion à une foi collective, sa fidélité aveugle, son obéissance à une hiérarchie lui avaient permis de s'inventer et de vivre un roman personnel alors que la réalité de son passé était inacceptable.

On l'avait déposé devant une bergerie, dans un couffin.

Il devait être âgé d'une quinzaine de jours déjà, même si sa date de naissance officielle – mais suivie d'un point d'interrogation – était celle inscrite sur le registre des entrées de l'orphelinat de Carpentras où il avait été accueilli.

Il était donc né le 31 juillet 1893.

Il serait l'un de ces millions de jeunes adultes d'à peine une vingtaine d'années, en août 1914, parmi lesquels la mort allait moissonner avec un entrain sauvage.

Mais il avait été l'un des survivants de ce siècle et je me souviens de mon père murmurant comme s'il énonçait une certitude et acceptait une fatalité :

– Je mourrai avant Lui.

Et le plus douloureux pour moi était de l'entendre ajouter :

– C'est bien comme ça. Les gens comme Lui, avec ce qu'ils ont fait, ils doivent vivre plus longtemps, plus que des gens comme nous qui sommes restés à l'abri dans notre coin.

C'était à hurler de colère, et mon indignation aujourd'hui est encore plus vive parce que je sais ce qu'Alfred Berger a fait, laissé faire, approuvé, ne tendant jamais la main à ses camarades qui avaient rompu avec la « ligne du Parti », qui étaient devenus des « oppositionnels ».

Ceux-là, il avait trouvé naturel et légitime qu'on les enferme, qu'on les tue.

Et je sais désormais qu'il avait aidé à le faire.

Je l'accable, je le condamne, mais je ne puis oublier ce gouffre en lui, une trouée noire, une brèche qu'il lui avait fallu colmater pour survivre.

Et il l'avait fait en transformant cette béance cruelle en fosse commune où il avait aidé à précipiter – cela le rassurait, le « comblait » – tant de camarades devenus des ennemis.

Mais il y avait cette circonstance atténuante originelle.

Il n'avait eu qu'un prénom et un nom d'emprunt, donc une identité d'apparence, une vie qu'on lui avait donnée comme une obole.

Alfred, c'était le prénom du gendarme auquel Antoine Baron, propriétaire de la bergerie, l'avait remis.

Les chiens avaient aboyé, avait raconté Baron. Il les avait trouvés, tournant autour du couffin, écartant les moutons qui tentaient de s'en approcher.

Les vêtements de l'enfant étaient ceux d'une famille riche. On n'en voyait pas comme ça dans les campagnes d'ici. Il devait être né au-delà du Ventoux, peut-être même en Italie ou en Suisse – on en fait, du chemin, en quinze jours –, à moins qu'il ne fût venu de l'autre côté du Rhône, d'Avignon, qui sait ?

Mais Antoine Baron n'avait pas voulu de cet enfant.

Les inconnus qui sont nés sans qu'on sache ni où, ni comment, ni de qui, avait-il dit, ils portent toujours en eux quelque chose de malfaisant. C'est pas leur faute, mais ça n'est pas de la bonne graine.

Et pourtant, Antoine Baron avait été flatté quand le gendarme lui avait dit qu'on avait inscrit l'enfant à l'orphelinat de Carpentras sous le nom de Berger, puisque Baron l'était.

18.

Alfred Berger est mort le 27 janvier 1989 à près de quatre-vingt-seize ans dans le mas qu'il avait baptisé « Les Lendemains », situé à quelques kilomètres de l'orphelinat de Carpentras où il avait été inscrit sur le registre des entrées le 31 juillet 1893.

Souvent, en remontant le cours de sa vie, en le voyant échapper à une arrestation – et donc à la déportation et sans doute à la mort –, ou bien être libéré de prison alors qu'il aurait dû être reconnu, torturé jusqu'à ce qu'il livrât les secrets qu'il détenait, je me suis demandé si des dieux bienveillants, pleins de remords et de compassion pour cet enfant rejeté, abandonné, n'avaient pas veillé sur lui. Ou bien – c'était plus prosaïque, plus sinistre – s'il n'avait pas offert à la mort les noms de ceux qui l'entouraient pour qu'elle s'en repût et le laissât avancer encore.

Si tel a été le cas – ma raison me pousse à accepter cette hypothèse –, alors Alfred Berger n'aura été qu'un dénonciateur, un mouchard, un lâche qui veut sauver sa peau en vendant celle des autres. Et ce marché, il le déguise en stratégie politique. Il se donne le beau rôle d'homme de fer, insensible, sachant sacrifier les camarades au nom de l'intérêt supérieur du Parti.

Mais peut-être a-t-il eu seulement de la chance, a-t-il été servi par un hasard improbable ? Un dossier qui ne parvient pas à temps à l'inspecteur qui l'interroge en 1942, et qui se laisse convaincre que cet homme-là a été suspecté à tort, et les portes de la prison s'ouvrent sur Alfred Berger. À moins qu'il n'ait livré tout le réseau de partisans qui opéraient dans la région parisienne, abattant des officiers allemands – et, dans ce cas, il serait responsable de l'exécution d'une dizaine de jeunes hommes, de l'assassinat de Willy Munzer, de la déportation – et de la mort – de plusieurs autres. Mais sans doute ne faisait-il qu'appliquer là les consignes du Parti qui suspectait depuis longtemps Munzer de ne plus être dans la ligne ?

Qui saura ?

Le puzzle d'une vie ne peut jamais être totalement reconstitué. Le caractère d'un homme est un chaos, son destin, un labyrinthe, et vouloir les débrouiller, ça n'est jamais que créer un autre chaos, dessiner un autre labyrinthe.

Je me suis cependant obstiné.

La longévité d'Alfred Berger me paraissait une injustice. Lui qui avait été mêlé aux combats les plus douteux, les plus tortueux, les plus dangereux du siècle, vivait les dernières années de sa vie en patriarche, recevant de jeunes historiens respectueux, émus.

Son mas s'appelait donc « Les Lendemains » : pourquoi ? interrogeaient-ils.

Il souriait, murmurait :

– Les lendemains qui chantent, bien sûr ! Et ils chanteront, croyez-moi ! On réévaluera l'œuvre de Staline, on mesurera que cet homme a plus fait pour l'humanité que tant de ceux qu'on nomme des bienfaiteurs du genre humain. Il a brisé les reins de Hitler. Il a empêché le règne de la barbarie, une régression millénaire. Et vous voudriez que je ne sois pas fier d'avoir été stalinien ?

Ce discours d'aliéné, ces historiens l'avaient écouté, reproduit, le nuançant ici, l'approuvant là, le prenant toujours en considération, avec respect. Alfred Berger était un vénérable vieillard, témoin et acteur exceptionnel de ce XXe siècle.

En lisant leurs livres et leurs articles je me suis souvent emporté, la bouche pleine d'injures.

J'en ai voulu aux dieux protecteurs d'Alfred Berger ou au hasard qui avaient choisi de le faire mourir au début de l'année 1989, lui évitant ainsi de voir les peuples d'Europe et d'Asie se soulever contre l'URSS, le mur de Berlin être démantelé, Leningrad redevenir Saint-Pétersbourg, et les dirigeants russes, pareils aux tsars, se faire bénir, au milieu de l'encens et des chants, par les popes.

Je m'étais indigné qu'on (qui ? les dieux, le hasard ?) eût offert à Alfred Berger la chance de pouvoir pérorer alors que la révolution mondiale n'était plus qu'une momie semblable à celle qui continuait de se racornir dans le mausolée de la place Rouge.

Quant au communisme qu'Alfred Berger avait pu encore vanter à la veille de sa mort, il servait une fois de plus de masque à quelques régimes dictatoriaux.

Mais Alfred Berger avait pu penser et prétendre qu'il ne s'agissait là que d'un creux de la vague humaine, que la houle révolutionnaire allait s'élever à nouveau, balayer les continents.

Et ses propos qu'avait rapportés la presse locale, sous le titre « À quatre-vingt-quinze ans, Alfred Berger est mort, l'espérance révolutionnaire au cœur », m'avaient scandalisé.

Face à cette longue vie, à cette vieillesse préservée, à cette obstination dans l'illusion et le mensonge, j'avais pensé à tous ces cadavres qui jalonnaient depuis son adolescence le destin d'Alfred Berger.

Il avait eu dix-sept ans en 1910.

Dans l'un des cahiers d'écolier de mon père entassés dans le « cercueil de mes ancêtres », j'ai trouvé un cliché pris dans la cour de l'orphelinat de Carpentras. Brodequins, chaussettes grises qui tire-bouchonnent, blouse noire trop courte serrée à la taille par un large ceinturon, béret basque incliné à droite ; Alfred Berger est au centre du cliché, entouré de trois jeunes gens qui se tiennent épaule contre épaule.

Tous trois ont souscrit un engagement dans l'armée. Alfred Berger est le seul à avoir choisi la marine, et l'abbé Marchandeau, qui dirige l'orphelinat, a obtenu des autorités militaires que cette demande soit prise en considération.

Depuis dix ans, l'abbé a souvent dû punir cet enfant indiscipliné, solitaire, singulier, rebelle. Dans la marine, on va le dresser, même si on ne fouette plus les mousses avec une corde à nœuds.

Et puis, on leur apprend un métier.

Sur la photo, les quatre jeunes gens ont le visage émacié, les yeux fixes.

Au dos de ce cliché cartonné, mon père a inscrit : « Un seul survivant, Alfred Berger, les trois autres orphelins sont tombés dans les deux premières années de la guerre en Alsace, en Champagne, à Verdun. »

Il m'a semblé qu'Alfred Berger était celui que la mort ne voulait pas nommer, comme si elle aussi avait oublié l'identité véritable de cet enfant trouvé, de cette vie cachée sous un prénom et un nom d'emprunt, *Alfred Berger*.

Mon père, lui, ne l'écrit jamais. Alfred Berger, pour lui, c'est le grand *Il*, l'immense *Lui*.

Mon père rassemble des documents, des témoignages, autant de matériaux pour la construction d'un mausolée dont il sait qu'il ne posera pas la première pierre, qu'il ne le verra donc jamais bâti, puisque, il le répète, il mourra avant. Lorsqu'il m'a confié ce « cercueil de mes ancêtres », il m'a dit :

– Tu es écrivain, tu travailles dans le cinéma, tu pourras écrire un livre, faire un film, Il le mérite, *Lui*, ça n'est pas n'importe qui.

Mon père se pensait, s'acceptait pour sa part en « n'importe qui ».

Et moi, je suis devenu enragé en suivant Alfred Berger depuis cet orphelinat de Carpentras.

« Il n'a pas été maltraité, écrivait mon père. "Les curés, disait-Il, m'ont beaucoup appris. Les meilleurs maîtres sont ceux qui ne vous pardonnent rien."

Alfred Berger a été privé de vacances – où serait-il allé ? On n'osait le confier à une famille : trop indiscipliné, trop révolté, capable de s'enfuir dès la première nuit – alors on le gardait à l'orphelinat avec quelques autres têtes déjà brûlées, Pozzo, Marinelli, Ardoin, ces trois qui se sont engagés avec lui en 1910, mais Lui est parti pour Rochefort à l'école des mousses, et les autres sont devenus chasseurs alpins, viande de premier choix quand il a fallu nourrir la guerre à grandes pelletées de jeunes corps.

Il a appris le métier d'électricien, et en 1914 il était quartier-maître au 5e dépôt des équipages de la flotte de Toulon. »

Il y a des pages et des pages, dans ces cahiers d'écolier, sur les années de guerre d'Alfred Berger, comme si, à un moment de sa vie, peut-être dans le maquis du mont Ventoux, en 1944, le père avait eu pour la première fois le temps de raconter ses années de jeunesse à son fils. Et celui-ci, les consignant, en a le cœur plein de gratitude :

« Il m'a beaucoup parlé. J'ai eu l'impression de faire la Grande Guerre à ses côtés alors que nous participions à un autre conflit. Il disait que si la Première Guerre mondiale avait vu le triomphe du socialisme dans un seul pays, celle-ci allait accoucher de la révolution mondiale qui balaierait le capitalisme, l'impérialisme et le colonialisme... »

J'ai tenté, lisant le récit de mon père, de retrouver l'émotion qu'il a ressentie, l'admiration qu'il a éprouvée pour Alfred Berger, celui qui semblait enfin se soucier de lui.

Mais, devant cet homme qui parle avec complaisance et emphase, je ne suis pas bouleversé, comme mon père. Ma raison seule est concernée.

Je comprends la révolte de ce jeune quartier-maître de vingt-cinq ans qui a survécu à deux torpillages, qui a vu ses camarades se noyer près de lui, ou bien être broyés par les tôles brûlantes du navire qui explose.

J'imagine même qu'il est l'un de ces matelots qui, à coups de rame, empêche les officiers, les premiers maîtres, d'approcher des embarcations de sauvetage. Quand on recueillera les survivants, on ne comptera parmi eux aucun galonné. Et les marins resteront muets, solidaires. On ne les sanctionnera pas, car on est en 1917, l'année de la révolution, des mutineries.

On transmet cependant un rapport à la Sécurité maritime sur ce quartier-maître, Alfred Berger, forte tête, et on l'embarque sur le *Duguay-Trouin*, un croiseur qui, en 1919, jette l'ancre devant Odessa.

Le commandant décide d'envoyer à terre deux compagnies de fusiliers marins pour rétablir l'ordre dans la ville, protéger les Français et leurs intérêts, donc combattre les bolcheviks aux côtés des soldats des Armées blanches.

« Alfred Berger a refusé de descendre dans la chaloupe, a harangué les fusiliers marins qui ont mis crosse en l'air, exigeant qu'on les démobilise. Nombreux étaient à la mer depuis 1913, cela faisait donc six ans et l'armistice était signé depuis un an. On devait laisser les Russes faire leur révolution, on l'avait bien faite en 1789 ! On avait pris la Bastille. On avait raccourci Louis XVI, la boulangère et même le petit mitron, et si les Russes voulaient faire de même avec leurs tsars, ils en avaient le droit.

Et lorsque un premier maître, accompagné du piquet de garde, a voulu entraîner Alfred Berger, tout l'équipage s'est rebellé. Le commandant, après quelques heures de face-à-face entre les officiers, la maistrance, jugulaire au menton, et l'équipage, a donné l'ordre de remonter les chaloupes et les échelles de corde. Puis il a fait pousser les feux et viré de bord.

Cap sur Toulon ! Et hourras de l'équipage pour Berger, le mutin ! »

Il est né en ces années-là, dans les geôles des arsenaux de Bizerte ou de Toulon, quand il faut tuer les heures et qu'il découvre ainsi la lecture, lisant et relisant *La Mère*, les yeux brouillés de larmes, puis passant de Gorki à Lénine, s'efforçant de comprendre l'impérialisme, annotant les livres qu'un avocat nommé par le Parti, maître François Ripert, lui apporte et que souvent la prévôté maritime confisque.

Alfred Berger proteste, apprend à s'exprimer, à lutter mot à mot, à jouir de la victoire remportée : ce livre qu'il pose sur ses genoux et qu'il caresse, paumes ouvertes.

Là est le savoir, là est la révolte, le moyen de naître vraiment.

On l'oublie malgré les campagnes que mène *L'Humanité : « Liberté pour Alfred Berger ! »* Il ne se lasse pas de contempler son nom, sa photo en première page du journal. Il est vraiment Alfred Berger, il ne s'agit plus d'un prénom et d'un nom d'emprunt, mais des siens, seulement des siens.

Et les dieux veillent sur lui.

L'amirauté et le gouvernement préfèrent ne pas le juger, donc ne pas le condamner, le garder jusqu'à la fin de son engagement, matelot qui traîne dans l'arsenal, qui n'a droit à aucune permission, consigné comme il l'a été à l'orphelinat de Carpentras.

Mais il n'est plus l'orphelin Alfred Berger.

Quand, enfin, un matin à l'aube, on le libère et qu'il pose son « sac à terre » devant l'entrée du 5e dépôt des équipages de la flotte, à Toulon, maître François Ripert est là qui l'attend, lui donne l'accolade, et tout à coup surgissent des dizaines de camarades scandant son nom : « Alfred Berger ! Alfred Berger ! »

On l'embrasse. On trinque. On l'héberge. On le gave. De jeunes femmes se pendent à son cou. Il est le mutin de la mer Noire, le héros du prolétariat révolutionnaire.

On le pousse à la tribune. Les murs de la salle enfumée sont couverts de calicots rouges. On crie « Vive les Soviets ! », puis c'est le silence et il lui suffit de laisser jaillir de sa poitrine les mots de la souffrance et de la colère accumulées depuis qu'on l'a déposé sur le seuil d'une bergerie, les mots de la révolution qu'il a appris en prison, dans les livres.

On l'applaudit, on l'acclame. On chante *L'Internationale.*

« Du passé, faisons table rase ! »

Ce refrain, il l'entonne à pleine voix.

Il a pour la première fois l'impression que tout est en ordre dans son corps et dans sa tête, qu'il est en harmonie avec le monde.

Il devient un « dirigeant », un « permanent », un « révolutionnaire professionnel ».

Il connaît les « planques » où l'on se terre pour échapper à la police. Il partage les secrets de la révolution. Il rencontre un envoyé de l'Internationale, un « bourgeois » coiffé d'un feutre à large bord, serré dans un manteau au col de fourrure. Ses mains gantées lui tendent des liasses de billets. Longtemps Alfred Berger ignorera le nom de cet émissaire, jusqu'au jour où, en signe de confiance, on lui apprendra qu'il s'agit d'un camarade belge, Samuel Stern, un richissime diamantaire rallié à la cause révolutionnaire.

Alfred Berger est entré dans le cercle restreint de ceux qui sont désignés pour se rendre à Moscou. Il rencontre Jacques Miot et Jacques Duclos, Maurice Thorez, Boris Serguine, et à nouveau l'avocat François Ripert.

Puis c'est son tour de traverser l'Europe, de représenter les camarades français au secrétariat du Komintern.

Lorsqu'il entre et sort de l'hôtel Lux, il détourne le regard pour ne pas voir ces bandes de gosses en haillons qui tendent furtivement la main.

C'est son passé qui doit et va disparaître.

Et il lui suffit de quelques pas pour oublier ces silhouettes chétives, faméliques, leurs regards d'animaux traqués.

Il dispose d'un bureau. Dans les couloirs, on s'efface pour le laisser passer. Les femmes russes, blondes et grasses, s'ouvrent pour lui comme des fruits mûrs.

Il sent peu à peu que cette brûlure qui le tenaillait en permanence et dont il avait cru qu'elle était la vie même s'atténue, s'efface.

Il parle. On l'écoute. Il commande. On lui obéit. Il désire. Il baise. Il apprend à jouir.

Souvent, un cauchemar le hante : il pourrait redevenir cet enfant rejeté, cet orphelin. Alors il veut être le meilleur des fils de la révolution, l'exécutant le plus obéissant des tâches fixées par le Centre.

Il veut appliquer sans l'ombre d'une hésitation, sans la discuter le moins du monde la ligne du Parti telle qu'elle a été tracée par le Secrétaire général.

Alfred Berger ne quitte pas des yeux Staline.

Il imite même la démarche lente, presque hésitante, de celui qu'on commence à appeler le « meilleur disciple de Lénine ». Il se range parmi ses partisans. Cet homme-là, aux gestes maladroits, à la voix rauque, est issu du peuple. Il vient d'« en bas ». Il n'est pas comme ces Trotski, Boukharine, Kamenev, Zinoviev, un fils de puissant, un rallié à la révolution. Il doit tout au Parti. Sans lui, il ne serait qu'un orphelin.

« Je ne suis pas un homme libre, dit-il ; si le Parti me donne un ordre quelconque, je dois me soumettre. »

Alors Alfred Berger acclame Staline, mêle sa voix à ceux qui injurient Trotski, « ce menchevik, ce traître, cette fripouille, ce libéral, ce menteur, cette canaille, ce misérable phraseur, ce renégat ! »

Qu'on le fasse taire ! Tout le pouvoir au Parti ! Tout le pouvoir à Staline !

Et il approuve ce dernier qui confie :

« Oui, camarade, je suis brutal vis-à-vis de ceux qui manquent de parole, qui décomposent et détruisent le Parti. »

Pas de complaisance, pas de compassion ni de pitié, pas d'excuses pour les traîtres, pour ces privilégiés, ces journalistes, ces écrivains, ces bourgeois et même ces aristocrates qui ont rejoint le Parti et qui en sont devenus des dirigeants.

Alfred Berger les a connus à Moscou, au bar de l'hôtel Lux. Il s'est assis à leur table. Il a trinqué avec eux à la santé de Staline, mais il a perçu leurs réticences, leur ironie. Il les a vus échanger des regards pleins de commisération à son endroit.

Il ne parle ni le russe, ni l'allemand, ni l'anglais, ni l'italien, comme cette comtesse vénitienne qui se prétend une camarade. Mais quand il a posé la main sur le genou de Julia Garelli comme il l'a fait tant de fois avec d'autres jeunes femmes, elle s'est écartée comme s'il avait eu la gale.

Il les a revus à Paris, ces Willy Munzer, Heinz Knepper, et naturellement cette Julia Garelli qui partage sa chambre avec ce Juif, ce Samuel Stern, diamantaire, dont la sacoche de cuir noir est toujours pleine de liasses de billets qu'il remet à Alfred Berger comme s'il s'agissait de son argent personnel, alors que c'est celui du Parti.

Et c'est avec cet argent-là que Stern paie ses notes à l'hôtel Lutetia ou dans les bordels qu'il fréquente.

Ça, des communistes ?

Une Internationale de la noce qui s'est terrée dans les boîtes de nuit quand les ouvriers ont manifesté pour protester contre l'exécution aux États-Unis de Sacco et Vanzetti, deux anarchistes. Les manifestants ont mis le feu au Moulin-Rouge, repoussé les charges de la police, lancé des billes sous les sabots des chevaux des gardes mobiles, et les noceurs – peut-être, parmi eux, Samuel Stern – n'ont pas osé montrer le bout de leur nez !

Ça, des camarades ?

19.

Lorsque Alfred Berger prononçait ce mot de « camarade », Julia Garelli-Knepper détournait la tête, feignait de ne pas avoir entendu, évitant ainsi de regarder et donc de reconnaître cet homme dont chaque geste, chaque mot la mettaient mal à l'aise :

« Visage gris, main moite, cet homme m'inquiète, a-t-elle écrit en 1934. J'ai l'impression qu'il me guette, prêt à bondir comme un fauve. Mais ce n'est pas un lion, plutôt une hyène ou un chacal.

Je m'en veux d'employer ces mots qui sont ceux dont on accable les camarades accusés d'être "déviationnistes". Berger est tout le contraire. C'est l'un des meilleurs staliniens français, proclame-t-on au secrétariat du Komintern. J'approuve par mon silence les propos de Piatanov. Et Thaddeus Rosenwald, Heinz Knepper et Willy Munzer gardent la tête baissée.

Mais, dès que nous avons quitté le bureau de Piatanov, Thaddeus Rosenwald, qui vient d'être chargé d'une mission à Berlin, qui sait quel sort les nazis réservent aux agents de l'Internationale, murmure en me prenant par le bras :

– Cela fait bien longtemps que nous sommes vivants, Julia, peut-être trop longtemps. Avec des camarades comme Alfred Berger ou Piatanov, et l'Autre, le Successeur, le meilleur disciple...

Thaddeus s'interrompt comme s'il prenait conscience de son imprudence, de sa témérité suicidaire :

– Pourquoi est-ce que je me confie à toi, Julia, comtesse Garelli ? Quand on t'interrogera, tu diras : tel jour, Rosenwald le renégat a calomnié celui-ci, celui-là, il a même osé...

Il s'interrompt une seconde fois, puis, peu après, au bar de l'hôtel Lux, il ajoute :

– Oui, je suis fou ! Mais nous n'avons en réserve que deux possibilités d'avenir : ou bien nos ennemis nous pendront, ou bien les nôtres nous fusilleront. »

Julia se méfiait donc d'Alfred Berger, cherchant à l'esquiver lorsqu'elle l'apercevait dans les couloirs ou au bar de l'hôtel Lux, ou encore dans la salle d'un congrès de l'Internationale.

Mais Berger insistait, répétait :

– Ma chère camarade, tu te souviens ?

Il la contraignait à lever la tête. Elle s'efforçait alors de le défier du regard, mais il demeurait impassible, inexpressif, malgré une esquisse de sourire.

Il égrenait d'une voix calme leurs rencontres : cette première fois, ici à Moscou, dans ce bar de l'hôtel Lux, quelques semaines après la mort de Lénine – il inclinait un peu la tête en signe de deuil, d'émotion, et murmurait "Notre Grand Lénine", puis poursuivait : ils s'étaient vus plusieurs fois à Paris dans les salons de l'hôtel Lutetia, à Bobigny, à l'école du Parti, et rue Lafayette lors d'une réunion du Secrétariat, en présence de Jacques Miot, de Jacques Duclos, de Maurice Thorez. Il plissait un peu les yeux, comme pour affûter son regard, scruter les réactions de Julia, car il ne citait pas le nom de Boris

Serguine, mais il voulait lui faire comprendre qu'il savait qu'elle avait eu une liaison avec ce dernier qui, depuis lors, avait été exclu du Parti pour activité fractionnelle, trotskisme, collusion avec les socialistes, lesquels n'étaient que des sociofascistes, et donc trahison.

Thaddeus Rosenwald, comme Heinz Knepper ou Willy Munzer en avaient conclu que le dénonciateur, le procureur, l'exécuteur n'avait été autre qu'Alfred Berger.

Il se tenait dans l'ombre, « visage gris, main moite », écrit une nouvelle fois Julia Garelli.

Il laissait Jacques Miot et Maurice Thorez pérorer, déchaîner l'enthousiasme des salles du congrès. Lui, était assis auprès de Jacques Duclos.

« Ces deux-là, chuchotait Willy Munzer – et Thaddeus Rosenwald approuvait – sont les correspondants français des "Organes" : Guépéou, NKVD, services secrets. Ce sont eux qui nous surveillent, qui rédigent les rapports adressés à Piatanov, et donc à Staline.

– À Berlin, c'est Trounzé qui tient le même rôle, ajoutait Rosenwald. Trounzé, tu te souviens ? »

Elle avait surnommé ce Géorgien « le Rat ». C'était il y avait des années. Il l'avait raccompagnée en Russie. Depuis, il était « monté dans le Parti », dans la hiérarchie des « Organes » et des Services. On savait qu'il était souvent reçu au milieu de la nuit par Staline, qu'ils buvaient ensemble et chantaient en chœur des refrains géorgiens.

Alfred Berger avait lui aussi gravi les échelons de l'appareil.

Il était devenu secrétaire du Secrétariat du Parti, chargé d'établir les « biographies » de chaque camarade et de transmettre ces « bio » au siège de l'Internationale. Le Centre décidait si on pouvait faire confiance à ce camarade ou, au contraire, le priver peu à peu de toute responsabilité afin qu'il ne se rebelle pas, qu'il s'enfonce lentement dans l'anonymat, que ses liens avec ses camarades se relâchent, puis se rompent. Et lorsqu'il n'était plus qu'un homme seul, sans pouvoir, presque oublié, on le couvrait tout à coup d'un monceau d'immondices, de calomnies, on le condamnait à la mort sociale.

– Bienheureux celui-là, ajoutait Thaddeus Rosenwald. Ou bien malheureux, c'est l'un ou l'autre, question d'individu, affaire d'âme, de point de vue, de sensibilité. À la Loubianka, ils choisiront pour nous, la mort sociale coïncidera avec la mort physique. Ils ont des souterrains pour ça !

Thaddeus Rosenwald riait, levait sa coupe de champagne.

Et chaque fois que Julia Garelli croisait Alfred Berger, qu'elle le voyait avancer les lèvres pour prononcer ce mot de « camarade », elle frissonnait.

Mais que faire ? Comment rompre ? Où aller ? Quitter la Russie, l'Internationale, ne plus rien espérer, renier sa jeunesse et ses illusions, se retrouver face au noir du fascisme ou du nazisme ?

– Nous sommes condamnés à être fidèles, à attendre qu'on nous tue, murmura un jour Willy Munzer.

Et lorsqu'il avait vu Alfred Berger s'approcher, il avait ajouté plus bas encore, remuant à peine les lèvres :

– Berger, lui, ils l'ont enchaîné. Ils le tiennent.

Comme Julia Garelli-Knepper le regardait avec étonnement, Munzer avait chuchoté :

– Je te raconterai.

Puis il avait répondu d'un hochement de tête au doucereux « Salut, camarade » d'Alfred Berger.

20.

J'ai voulu connaître la face obscure du destin d'Alfred Berger, celle qu'une confidence de Willy Munzer, chuchotée à l'oreille de Julia Garelli, avait dévoilée.

Alfred Berger aurait donc été « enchaîné », « tenu », contraint d'exécuter les ordres des maîtres chanteurs de Moscou.

Quels actes avait-il accomplis pour que Piatanov, Trounzé, les agents des « Organes » et des Services, et, au-dessus d'eux, Staline aient barre sur lui, le « tiennent » ?

La recherche de la réponse à cette question devint pour moi une quête obsessionnelle.

Alfred Berger était mon origine. Je portais son nom. J'avais passé des mois à recomposer le puzzle de sa vie. Et j'étais fier de mon récit.

L'abîme de sa naissance, cette vie d'emprunt dont on lui avait fait l'aumône expliquaient – avais-je cru et écrit – ses révoltes, son engagement, ses fidélités, ses haines, ses bassesses et ses lâchetés.

Je lui avais ainsi accordé des circonstances atténuantes, et ma raison en était apaisée.

J'avais même élaboré une théorie selon laquelle les fanatiques – Torquemada, Robespierre, ou « mon » Alfred Berger – étaient tous des hommes blessés dans leur enfance, des fous de douleur, prêts à tout pour trouver un peu d'apaisement et de répit.

Exercer le pouvoir, martyriser les autres les calmaient.

Mécanique par trop simpliste !

Les quelques mots de Willy Munzer m'en ont tout à coup convaincu.

Et j'ai eu le sentiment de m'être laissé égarer dans l'un de ces labyrinthes où se perdent les intrus, les pillards, les profanateurs qui ne parviendront jamais à la salle funéraire et ne découvriront jamais, dans le sarcophage, le visage de la momie.

Or rien, dans les carnets de Julia Garelli-Knepper, ne m'avait permis de trouver la salle sacrée ou même de regagner l'air libre, d'échapper à l'enfouissement.

J'avais suivi Julia qui avait erré en vain, comme moi : son journal de 1935 – puis, presque dans les mêmes termes, celui de 1936 – rapportait qu'elle s'était heurtée au silence de Willy Munzer lorsqu'elle l'avait interrogé, lui demandant de « raconter » ce qu'il savait d'Alfred Berger.

« Willy Munzer se dérobe quand je lui rappelle ses propos, écrit-elle en 1935. Il hausse les épaules. À l'entendre maintenant, Alfred Berger est "tenu" comme nous le sommes tous, ni plus ni moins. Nous avons chacun nos chaînes. Et, ajoute-t-il, ce n'est ni le moment de les dénoncer, ni celui de les briser.

Alfred Berger serait devenu, m'explique-t-il, un pion essentiel dans la nouvelle stratégie de Staline. Mais il ne m'en dit pas plus.

Les bribes de confidences que j'arrache à Piatanov, ce que je lis, et, une fois la gangue du langage officiel brisée, ce que j'entends du frémissement de "la source", puis les analyses de Heinz Knepper et de Thaddeus Rosenwald, tout cela me permet de comprendre ce qu'est ce fameux "nouveau cours", le tournant que Staline vient de prendre.

Fini, le social-fascisme ! L'heure est à l'unité d'action avec les socialistes, les républicains, aux fronts populaires, et Alfred Berger est chargé, à Paris, de transmettre ces nouvelles directives et de surveiller leur application.

Les rapports qu'il a fait parvenir au Komintern sur les réticences – ou plutôt les initiatives personnelles – de Jacques Miot ont conduit à la mise à l'écart de ce dernier.

Mais, loin de s'incliner, de quitter la scène, Miot gesticule, tonitrue, crée son parti populaire, attaque, en citant son expérience de dirigeant, le Parti communiste, l'accuse de n'être qu'un rouage de la politique soviétique et d'être financé par l'"or de Moscou".

La formule est triviale, mais vraie.

Je sais que Thaddeus Rosenwald se rend régulièrement à Paris, muni de son passeport établi au nom de Samuel Stern, diamantaire.

J'ai exposé ce que j'ai compris de la nouvelle orientation de l'Internationale à Willy Munzer qui me caresse la main, puis la joue comme on calme une enfant :

– La marche de la révolution a peut-être repris, me dit-il. Utilisons les hommes tels qu'ils sont. Il ne te sert à rien d'en savoir davantage à propos d'Alfred Berger. »

Mais l'homme continue de mettre Julia Garelli mal à l'aise, de l'intriguer :

« La transformation d'Alfred Berger me fascine, écrit-elle encore en 1935. Son visage s'est affiné. Il me semble que ses yeux ont changé de couleur, en tout cas son regard brille. Il est celui d'un homme sûr de lui.

Je n'imagine pas que cet homme soit "enchaîné", "tenu", comme me l'a confié Willy Munzer. Ou alors Berger s'est accommodé de ses chaînes. Elles ne lui pèsent pas, au contraire, elles lui garantissent qu'on se soucie de lui, qu'il est vraiment une pièce importante dans l'offensive stalinienne.

D'ailleurs, à Moscou il dispose, fait exceptionnel, d'une voiture personnelle, d'un chauffeur et d'un garde du corps, un agent des "Organes".

Je l'ai vu dîner avec Trounzé et Piatanov à l'hôtel Lux.

Il a même appris des rudiments de russe et d'allemand, et c'est en usant de l'une et l'autre de ces langues qu'il m'a invitée à déjeuner. Il a savouré mon étonnement, esquissant un sourire : "Ne sommes-nous pas des internationalistes ?" a-t-il dit. Puis son visage s'est refermé, rembruni :

– Vous, vous avez trouvé tout ça dans votre berceau. Moi, dans mon couffin il n'y avait rien, pas même un nom, pas même un prénom.

Puis il s'est levé comme s'il avait craint que je ne l'interroge à propos de cette phrase énigmatique. »

Elle l'était pour Julia Garelli.

Elle ne pouvait imaginer le couffin devant la bergerie, les chiens qui le reniflaient, l'orphelinat de Carpentras, ce 31 juillet 1893, ce prénom et ce nom d'emprunt : Alfred Berger.

Elle ne voyait qu'un homme dont l'influence en France et à Moscou paraissait s'accroître. On prétendait qu'il avait été reçu par Staline qui l'aurait félicité pour son « travail révolutionnaire auprès des camarades français ».

En novembre 1936, Julia s'était adressée à Berger malgré le dégoût et la crainte qu'il lui inspirait. Elle aurait souhaité qu'il facilite les démarches de Heinz Knepper, lequel voulait s'engager dans les Brigades internationales et combattre en Espagne, échapper ainsi à l'atmosphère de terreur qui peu à peu asphyxiait Moscou.

Mais Alfred Berger, comme tous les membres du Parti ou de l'Internationale, était soucieux de ne pas se compromettre, de ne pas risquer sa vie pour quelques phrases échangées avec l'épouse d'un suspect – or Heinz Knepper l'était déjà.

Et, après son arrestation en 1937, Alfred Berger avait fait mine de ne pas reconnaître Julia Garelli-Knepper.

Tel avait été l'homme dont je portais le nom.

Julia Garelli ne le mentionnait plus dans les quelques lignes qu'elle avait pu écrire, conserver et transmettre durant ses déportations en Sibérie et à Ravensbrück.

Mais, grâce à d'autres sources, je n'avais pas perdu la trace d'Alfred Berger entre 1938 et 1945. J'y reviendrai.

Il reparaît dans le journal de Julia en 1949. Elle est alors, pour l'opinion, la rescapée des camps soviétiques et nazis, celle que Staline a livrée avec quelques dizaines d'autres exilés allemands à la Gestapo, celle qui témoigne en faveur d'un Russe, Victor Kravchenko, calomnié par la presse communiste, accusé d'être un affabulateur, un faussaire, un agent américain lorsqu'il décrit le régime stalinien, ses exécutions, ses déportations, cette société soviétique inégalitaire, totalitaire, que les communistes français persistent à présenter comme une oasis de bonheur dans l'enfer capitaliste mondial.

Et l'un des accusateurs de Kravchenko, l'homme qui, présenté comme un héros de la Résistance, accable Julia Garelli-Knepper, la qualifie d'agent des nazis, n'est autre qu'Alfred Berger.

« Alfred Berger ose prêter serment de dire la vérité, écrit Julia dans son journal. Une telle imposture, qui ne devrait pas me surprendre après ce que j'ai vécu, me désespère encore.

Il ne s'agit pas ici du procès.

Je doute des valeurs humaines, je m'interroge sur l'Homme, je suis, comme je l'ai été dans les camps, tentée de penser que la barbarie est la plus forte, et je ne veux pas que cette conviction me gangrène.

Si elle me ronge, je n'ai plus qu'une issue – et tant de mes compagnes l'ont empruntée : la mort. J'ai trop hurlé en moi quand l'une ou l'autre de mes camarades se précipitait sur les barbelés électrifiés afin de mourir, pour choisir moi-même, qui ai survécu, cette voie du désespoir.

Pour elles, mes camarades mortes, je ne le peux pas, je ne le dois pas.

Mais les propos d'Alfred Berger me plongent dans une amère tristesse. C'est comme s'il insultait tous ces morts, Heinz, Willy, Thaddeus, mes camarades proches, et les déportées, mes compagnes de misère.

J'ai eu alors besoin de retrouver Isabelle Ripert.

« Nous nous sommes connues à Ravensbrück. Notre fraternité dans la souffrance rend nos divergences politiques dérisoires. Nous ne les évoquons pas. Elle me réconforte. Elle me parle de son père, maître François Ripert, qui a bien connu Alfred Berger. Mais elle refuse de s'attarder à parler de ce dernier, bien qu'elle soit – c'est un mystère pour moi – politiquement proche de lui, et donc hostile à Victor Kravchenko.

Mais, me dit-elle, il faut se détourner d'hommes comme Berger. Ce sont des sables mouvants. On croit marcher sur un sol ferme, et, subitement, on s'enfonce, ils vous engloutissent.

C'est pour cela qu'elle n'a jamais voulu lire les *Mémoires* de son père, qu'il a terminés peu avant sa mort en janvier 1944. Elle devine qu'ils sont pleins d'hommes pareils à Berger, et d'Alfred Berger lui-même. À quoi bon les lire ? Elle préfère le souvenir de son père à l'évocation de ses activités politiques qui lui ont coûté la vie et qui sont aussi à l'origine de la mort de son fils, le frère d'Isabelle, Henri.

– À quoi bon ? a-t-elle répété. N'avons-nous pas tout appris, au camp, de ce dont les hommes sont capables ? Avons-nous besoin de nouvelles preuves de leurs turpitudes et de leur cruauté, ou de leur générosité et de leur héroïsme ? Tout n'est-il pas dit depuis les premiers temps sur l'entremêlement du Bien et du Mal, sur la vie d'Abel et de Caïn ! »

Je n'ai assurément pas la sagesse d'Isabelle Ripert.

Et je n'ai eu de cesse de lire les *Mémoires* de maître François Ripert, l'avocat d'Alfred Berger dans les années 1920.

21.

J'ai donc rencontré Isabelle Ripert.

Elle était assise dans un grand fauteuil noir, les mains cramponnées aux accoudoirs, la nuque raide, le dos droit, les jambes enveloppées dans un plaid.

Elle ne pouvait plus se mouvoir, le corps déjà serré par la poigne de la mort.

Mais, dans son visage exsangue, creusé et griffé par les douleurs, les yeux étincelaient de vie et de volonté.

Il émanait d'elle une énergie semblable à celle qu'irradiait Julia Garelli-Knepper.

En me souvenant de Julia, déjà morte depuis une douzaine d'années, j'ai eu l'impression qu'Isabelle Ripert était sa sœur cadette.

Aussi intraitable et déterminée qu'elle.

Elle s'est mise à parler d'une voix limpide, me racontant qu'elle devait d'avoir survécu à la déportation au camp de Ravensbrück à l'intrépide, l'inconscient courage de Julia qui avait osé plusieurs fois défier les SS, les kapos, obtenir qu'elle fût admise à l'infirmerie, puis, quand le commandant du camp avait décidé d'exécuter toutes les prisonnières malades parce qu'il fallait évacuer Ravensbrück, Julia avait réussi à l'arracher à la mort, à la cacher dans un baraquement, puis à la soutenir durant cette marche de plusieurs jours au long de laquelle les SS tuaient toutes celles qui s'arrêtaient. Puis, un « beau jour », les nazis avaient disparu et les Soviétiques étaient arrivés.

– Nous avons été sauvées, libérées par l'Armée rouge, a conclu Isabelle Ripert.

Elle a souri, fermant à demi les yeux comme pour mieux revivre ce moment où les déportées avaient compris qu'elles avaient échappé à l'enfer, même si la mort allait encore poursuivre son œuvre, agrippée à ces silhouettes dont les os perçaient la peau.

Isabelle Ripert a ajouté d'une voix déterminée :

– J'ai survécu grâce à Julia – de nouveau elle a souri – et à Staline !

D'une mimique elle m'a défié du regard puis, avant que je puisse proférer un mot, elle a commencé à raconter qu'elle n'avait jamais voulu oublier cette journée-là, ce « beau jour », quand les soldats de l'Armée rouge, ceux-là mêmes qui avaient déjà renversé les barbelés de Treblinka et d'Auschwitz, avaient tenté de les soigner, de les nourrir – et elle les avait vus pleurer.

Cependant, elle connaissait le destin de Julia.

Dans les baraquements, ou bien marchant côte à côte entre les aboiements des kapos et des chiens, elles avaient eu le temps d'échanger les récits de leurs vies.

Julia lui avait confié que si les SS ne la tuaient pas, les agents des « Organes », les hommes du NKVD le feraient, car les uns valaient les autres. Elle avait répété la prophétie de l'un de ses camarades tués depuis lors, Thaddeus Rosenwald : « Nous n'avons en réserve que deux possibilités d'avenir : ou bien nos ennemis nous pendront, ou bien les nôtres nous fusilleront. »

Julia avait donc fui les Russes et Isabelle Ripert ne l'avait retrouvée qu'à Paris, en 1949, au moment du procès intenté par Victor Kravchenko à l'hebdomadaire communiste *Les Lettres françaises*.

– Elle était le témoin de Kravchenko, raconte Isabelle, et moi j'étais dans l'autre camp, mais, le soir, nous nous retrouvions ici, nous restions assises l'une en face de l'autre, nous tenant les mains comme autrefois, dans le baraquement, quand nous puisions l'une en l'autre l'énergie de survivre, quand cette fraternité qui unissait nos mains était notre seule source d'espoir.

« Après, le lendemain, Julia me quittait et s'en allait assister à l'audience, et moi je recevais Alfred Berger qui me mettait en garde contre elle. Il prétendait que les services de renseignement américains avaient recruté Julia, tout comme ils payaient Kravchenko, et il me répétait que moi, fille de maître François Ripert, sœur de Henri Ripert, deux héros communistes, moi, la déportée de Ravensbrück, celle que l'Armée rouge avait libérée, ne pouvait pas trahir les siens, "les nôtres".

Isabelle Ripert avait flanqué Alfred Berger à la porte.

– En ce temps-là, je marchais, j'étais capable de me battre, de frapper, et Berger n'est plus jamais revenu.

Tout à coup, elle a fermé les yeux, s'est tue un long moment et j'ai été aussi ému que lorsque j'avais rencontré pour la première fois Julia Garelli-Knepper. Ces deux femmes-là, les bourreaux qui s'étaient acharnés sur elles pour les briser n'avaient réussi qu'à les rendre aussi résistantes que du métal forgé.

J'ai prononcé quelques mots, expliquant quelles tâches m'avait confiées Julia Garelli et comment, depuis sa mort, je m'en étais acquitté. Mais, au point où j'en étais parvenu, il me fallait...

Isabelle Ripert m'a interrompu :

– Que voulez-vous ? m'a-t-elle demandé d'une voix plus grave, dure, chargée de défiance.

Avant que j'aie pu lui répondre, elle a continué à parler, les yeux toujours clos.

Elle avait vu à Ravensbrück des femmes généreuses, des communistes allemandes qui avaient résisté à la torture, et qui, brusquement, après quelques jours de camp, devenaient les servantes des assassins, endossaient l'uniforme des kapos, frappaient les déportées à coups de nerf de bœuf, les tuaient en martelant leurs corps avec les talons de leurs bottes.

– J'ai vu ce qu'on peut faire de l'homme, et comment, pour sauver sa peau, pour un morceau de pain, une louche de soupe, on oublie l'idéal et on redevient barbare. Mais quoi ! Faudrait-il ne plus espérer ?

Ç'a été presque un cri.

Elle n'a pas renoncé à l'idéal, a-t-elle repris, et rien ne pourrait l'y contraindre. On aurait beau lui présenter toutes les preuves, elle n'avait nul besoin de les examiner. Elle les connaissait et ne les contestait pas. Elle savait bien que Julia ne lui avait pas menti, que ce qu'elle racontait de l'arrestation et de la disparition de Heinz Knepper, de celles de Thaddeus Rosenwald, de la vie dans le camp de Karaganda, au milieu des steppes, aux confins de la Chine, était vrai !

Mais qu'est-ce que cela changeait à l'espoir de justice, à cette volonté qui s'était incarnée dans le dévouement, le sacrifice de millions d'hommes ?

Elle a rouvert les yeux et a évoqué la vie de son frère Henri, étudiant en philosophie, manifestant avec une poignée d'autres étudiants, parmi eux beaucoup de communistes, le 11 novembre 1940, sur les Champs-Élysées, et essayant d'atteindre l'Arc de triomphe. C'était plusieurs mois avant l'entrée en guerre de l'URSS, en juin 1941. En 1942, on avait arrêté Henri qui venait d'être reçu à l'agrégation de philosophie, et sans doute l'avait-on tant torturé qu'on ne l'avait plus jamais revu, pas même dans le couloir d'une prison. Abattu alors qu'il tentait de s'évader, avaient expliqué les autorités allemandes.

Quelques mois plus tard, c'était son père qu'on allait abattre. On l'avait retrouvé tué d'une balle dans la tête, à l'orée du bois de Vincennes, sans doute jeté là d'une voiture. Après, ç'avait été le tour d'Isabelle d'être arrêtée.

– Julia, a poursuivi Isabelle Ripert, ne m'a jamais demandé de renier les miens, mon frère, mon père, ni leur idéal communiste qu'aucune boue, aucune perversion ne pourra ternir.

J'ai voulu lui répliquer. Elle m'a interrompu, irritée. Elle voulait me réciter quelques vers d'Aragon extraits de ce poème intitulé *Le Nouveau Crève-Cœur*.

Elle savait tout ce dont on pouvait accabler Aragon, mais il avait écrit ceci qu'elle se répétait presque chaque jour comme une prière :

« C'est déjà bien assez de pouvoir un moment
Ébranler de l'épaule à sa faible manière
La roue énorme de l'Histoire dans l'ornière
Qu'elle retombe après sur toi plus pesamment

Car rien plus désormais ne pourra jamais faire
Qu'elle n'ait pas un peu cédé sous la poussée
Tu peux t'agenouiller vieille bête blessée
L'espoir heureusement tient d'autres dans les fers. »

Que pouvais-je rétorquer à cela ?

Qu'il y a loin de la poésie à la réalité et que cette roue énorme de l'Histoire avait écrasé des dizaines de millions d'hommes, de femmes, d'enfants qui avaient voulu l'ébranler, la soulever, et ils avaient agonisé dans les cellules de la Loubianka ou dans les sables de Karaganda. L'utopie était devenue meurtrière, le révolutionnaire, un bourreau.

Mais j'avais la gorge trop serrée pour parler, et comment aurais-je osé contester Isabelle Ripert, moi qui n'avais connu qu'un versant du siècle, sa seconde moitié, celle où, sur notre continent, la barbarie avait semblé reculer ?

Je me suis donc tu, tenté pourtant de parler à Isabelle Ripert de ce livre que j'avais écrit, *Les Prêtres de Moloch*, et de celui que j'avais en cours, bâti à partir des archives et des carnets de Julia Garelli-Knepper, et c'est pour le continuer que j'avais besoin de lire les *Mémoires* de maître François Ripert.

– Que voulez-vous ? m'a demandé Isabelle Ripert.

Puis, sans me laisser répondre, elle m'a indiqué qu'elle avait déposé aux Archives nationales, en 1946, le manuscrit des *Mémoires* de son père avec interdiction de le communiquer à qui que ce soit pendant une durée de soixante années, prolongées si elle était encore en vie après cette date.

– Je vis, a-t-elle dit.

J'ai baissé la tête.

Je n'ai pas eu le courage d'insister. Mais, croisant son regard, j'ai eu le sentiment qu'elle attendait de moi que je la convainque.

Alors je me suis souvenu de l'une des premières phrases que Julia Garelli-Knepper avait prononcées après m'avoir confié le secrétariat de sa Fondation et ouvert la porte du sanctuaire de ses archives : « Prenez la vérité pour horizon, David, m'avait-elle dit. Que rien ne vous arrête. Ne nous trahissez pas, nous qui sommes morts. »

Puis j'ai voulu citer les titres des deux livres que Julia avait écrits.

J'ai murmuré le premier : *Tu leur diras qui je fus, n'est-ce pas ?*

Mais c'est Isabelle Ripert qui a chuchoté le second : *Tu auras pour moi la clémence du juge.*

Trois jours plus tard, j'ai pu commencer à lire les *Mémoires* de maître François Ripert.

22.

Un homme, François Ripert, était là, qui criait.

J'ai entendu sa voix brisée, son souffle haletant.

Il disait : « Ils ont tué mon fils, je n'ai pas su le protéger, l'avertir. Je l'ai laissé sans défense parce que je n'ai pas osé m'avouer que j'étais le complice d'une imposture criminelle, et que les hommes dont j'avais clamé qu'ils étaient des héros n'étaient que des assassins.

Ainsi je leur ai livré mon fils. J'ai accompli cet acte infâmant.

Ma vie n'est qu'un cloaque. Et je n'en peux plus de m'y vautrer. Le temps est venu de rendre des comptes. Il faut que je parle... »

François Ripert écrivait agenouillé, le cahier posé sur une caisse, dans la cave où il s'était réfugié. Une bougie éclairait faiblement la page sur laquelle il traçait au crayon, d'une main crispée, ces mots tremblés, difficiles à déchiffrer. Les premières lettres étaient complètement formées, les dernières, au contraire, n'étaient plus que des bribes qu'il fallait rapprocher si l'on voulait comprendre le mot.

« Quand j'aurai terminé de rapporter ce que je sais, continuait François Ripert, je sortirai de ce trou. Ils m'attendent. Les uns pour se saisir de moi, me faire parler ; les autres, pour me réduire au silence.

Ceux-ci seront les plus rapides, parce qu'ils me haïssent, parce qu'ils ont compris que je ne suis plus dupe, que je ne veux plus – que je ne peux plus – croire et prétendre que le Grand Mensonge est la vérité. Ils me traqueront comme des chiens de meute. Et Alfred Berger les a dressés à tuer sans s'interroger, sans hésiter. Il a besoin de ma mort. Si je survivais, son avenir serait à ma merci.

Mais je veux mourir, parce que c'est un juste châtiment, parce que seulement ainsi et pour la première fois j'agirai en père qui doit donner sa vie pour son fils.

Il est une autre raison : si les hommes de l'"équipe spéciale" d'Alfred Berger me tuent, ils imagineront m'avoir réduit au silence, et ma relation des faits, cette bombe à retardement, explosera un jour, peu importe quand, au visage des imposteurs et des criminels. »

J'ai lu.

Et c'est comme si j'avais vu et entendu François Ripert, pénitent accablé, condamné qui n'espère aucune grâce, qui écrit une confession dont il attend l'absolution ; rien, ni orgueil, ni prudence, ni calcul, ni raison, ne pourra l'empêcher d'aller jusqu'au fond de sa mémoire.

Il vit un étrange moment.

C'est comme si tout ce qu'il n'avait pas compris des événements auxquels il avait été mêlé, tout ce qu'il avait laissé dans l'ombre, souvent par lâcheté, ou au nom de la fidélité à ses engagements, lui apparaissait désormais en pleine lumière.

Le passé s'ordonnait. Les mots jaillissaient. Il avait tant de faits à relater qu'il écrivait vite, commençant un mot, l'abrégeant, passant au suivant...

Il se souvenait des années 1920, quand, à peine démobilisé, jeune capitaine de trente ans, décoré de la Croix de guerre avec palmes, il avait choisi, comme la majorité des adhérents du Parti socialiste, d'adhérer à la IIIe Internationale de Lénine et de fonder ainsi, à Tours, en décembre 1920, la Section française de l'Internationale communiste, ce Parti communiste qu'il n'avait plus quitté, exécutant toutes les tâches dont on le chargeait.

On lui avait ainsi demandé d'assurer la défense d'un quartier-maître électricien, Alfred Berger, accusé de mutinerie en mer Noire, devant Odessa. L'homme risquait les travaux forcés et la presse communiste avait lancé une grande campagne pour obtenir la démobilisation et la libération d'Alfred Berger, l'internationaliste, l'honneur de la classe ouvrière française.

Et, en 1943, dans cette cave où les rats trottinent entre les caisses, François Ripert écrit :

« La première compromission, la première lâcheté, le premier mensonge sont les taches noires d'une gangrène qui va s'étendre, tout ronger, tout détruire. Pour moi, je le sais aujourd'hui, ce fut en janvier 1921, le jour où j'ai rencontré à l'arsenal de Toulon Alfred Berger et qu'il m'a suffi d'un regard pour le jauger : cet homme n'était pas le héros dont on vantait le courage, la détermination, la foi révolutionnaire, mais un habile, prêt à tout pour éviter d'être jugé, dont j'ai soupçonné qu'il s'était effondré devant les officiers qui l'interrogeaient ; il avait dû livrer les noms des marins qui s'étaient mutinés et en échange on lui avait promis de lui épargner le tribunal militaire. Et, en effet, il ne fut pas jugé.

Lorsque j'ai fait état de mes doutes auprès des dirigeants du Parti, ils ont paru ne pas me comprendre, et moi je me suis tu, refusant de m'avouer qu'ils savaient que, délibérément, ils transformaient en héros un pleutre, un ambitieux, un cynique, afin de le tenir et se servir de lui dans leurs luttes pour le pouvoir.

J'ai accepté ainsi que le rêve d'égalité et de justice, l'idéal révolutionnaire, devienne un Grand Mensonge.

Et au bout de ma compromission, de mon silence, il y a la mort de mon fils.

Je suis le plus coupable de ses assassins, parce que je suis son père. »

Ainsi s'exprimait dès les premières lignes François Ripert. Et, les ayant lues, j'ai été aussitôt persuadé qu'Isabelle, à son retour de déportation, quand on lui avait fait parvenir – sans doute ceux qui avaient caché son père durant quelques semaines – ce que j'appellerai non plus des mémoires, mais des aveux, s'était emparée avec émotion et angoisse de ce texte.

Que, contrairement à ce qu'elle avait prétendu, elle l'avait lu et relu.

Puis elle avait tourné autour de lui comme s'il s'était agi du cadavre contagieux d'un pestiféré.

Elle s'était demandé si elle ne devait pas le brûler, car elle avait décidé d'emblée de le garder secret.

En ces temps de Libération, de sacre de la Résistance communiste, et avec ce qu'Isabelle pensait devoir à l'Armée rouge, elle ne se sentait pas la force de devenir une hérétique, de faire entendre un cri de discorde alors qu'on prêchait l'Unité.

Et tant pis s'il s'agissait du cri de vérité de son père ! Il était arrivé à Isabelle de penser que si c'était en effet l'Équipe spéciale d'Alfred Berger qui avait tué son père, le Parti avait peut-être eu de bonnes raisons d'agir de la sorte. Et si le Parti s'était trompé, pouvait-on, compte tenu des circonstances de la guerre clandestine, l'en accabler ?

Et le Parti avait habilement joué avec Isabelle comme s'il avait deviné qu'il fallait l'étouffer sous les honneurs. On l'avait couverte d'éloges. On avait multiplié les cérémonies à la gloire de Henri et de François Ripert, héros de la Résistance communiste. On avait poussé Isabelle Ripert sur les tribunes. Elle était la déportée, la survivante, elle aussi héroïque, la sœur et la fille digne du frère et du père.

Elle avait inauguré des noms de rue, d'avenue ou de place. Et Alfred Berger lui avait même proposé, au nom du Secrétariat du Parti, d'être candidate aux élections législatives. Le Parti avait besoin d'héroïnes incarnant et symbolisant, face aux calomniateurs, la résistance du « Parti des fusillés », le grand Parti communiste français.

Isabelle Ripert avait refusé. Elle avait passé une licence de philosophie, réussi à l'agrégation – c'était un geste de fidélité à la mémoire de son frère Henri –, puis elle avait enseigné au lycée Arago.

Silencieuse et attentive, elle participait aux réunions de la cellule communiste. On louait sa modestie. Les quelques professeurs anticommunistes du lycée la respectaient. Elle avait beaucoup souffert, disaient-ils. En fait, plus qu'une communiste, c'était une humaniste.

Elle n'avait confié à personne qu'elle avait déposé aux Archives nationales un cahier de souvenirs de son père, mais interdit sa consultation.

Alfred Berger avait questionné Isabelle dans les semaines qui avaient suivi son retour à Paris.

– Il n'a rien laissé ? avait-il demandé. Ce pourrait être précieux, pour le Parti.

Elle avait appris au camp à maîtriser ses émotions, à cacher aux kapos et aux SS sa peur, ou un croûton de pain qu'elle avait volé, ce qui valait condamnation à mort.

Alors elle était restée impassible face à Alfred Berger, comme quelqu'un qui ne comprend même pas la question qu'on lui pose, et il l'avait embrassée, serrée contre lui.

– Tous les trois, vous êtes la fierté et la gloire du Parti, avait-il dit. Le nom de Ripert, il faut que tout le peuple de France le connaisse !

Elle avait repoussé Berger, desserrant son étreinte, protestant qu'il l'étouffait.

23.

Je n'ai pas revu Isabelle Ripert.

La mort l'a saisie avant que j'aie pu l'interroger et peut-être l'accuser de complicité passive avec des assassins.

Car elle s'était tue.

Elle avait enterré aux Archives nationales les révélations que contenait le manuscrit de son père, et donc étouffé le cri de colère et de désespoir qu'il avait poussé avant d'être tué.

Avec l'innombrable foule des « croyants » et des dupes, mais sans l'excuse de l'ignorance et de la naïveté, elle avait ainsi permis que, des décennies durant, se perpétue le Grand Mensonge.

Elle avait refusé de joindre sa voix à celle de sa camarade de camp Julia Garelli-Knepper.

Elle s'était rangée, silencieuse, aux côtés d'Alfred Berger, l'organisateur des Équipes spéciales d'assassins qui, dès les années 1930, étaient chargées de liquider tous ceux qui s'opposaient à la mise en œuvre des projets de Staline.

Et ces tueurs les avaient traqués dans toute l'Europe, à Paris comme à Barcelone, sur les bords du lac Léman ou à Bruxelles, et ils avaient brisé le crâne de Trotski d'un coup de piolet, au Mexique, mais c'est à Paris que le complot contre le grand adversaire de

Staline s'était noué. Et Alfred Berger avait participé à la préparation de ce meurtre.

Jusqu'à ce que je lise le cahier griffonné par François Ripert, je n'avais pas imaginé ce grouillement criminel, cet entrelacs d'intrigues, cette association de malfaiteurs rassemblant indicateurs, délateurs, policiers, et rapprochant même, une fois Paris occupé par les troupes allemandes, en juin 1940, communistes et nazis.

L'un des ordonnateurs en France, sans doute le plus discret et le plus efficace, de cette organisation clandestine au service de Staline, avait été Alfred Berger.

J'ai été fasciné, révolté, accablé par cet homme dont je portais le nom et dont j'avais découvert, page après page, dans les « aveux » de François Ripert, la vérité toujours travestie.

« Je me repens, avait écrit Ripert. Durant vingt ans, j'ai partagé la plupart des secrets d'Alfred Berger. J'ai su pourtant dès l'origine que cet homme n'était pas le héros qu'il prétendait avoir été.

Il avait, pour éviter le tribunal militaire, livré ses camarades. Il n'ignorait pas que je l'avais démasqué, mais ce commun mensonge, qui était celui de la direction du Parti, nous liait.

On me faisait confiance, puisque je m'étais tu.

On avait besoin d'un avocat "militant", donc compréhensif, pour maquiller les entreprises de Berger, le protéger.

J'ai ainsi rédigé son contrat de mariage avec Irina Golovkine.

J'ai été le témoin de leur union devant le maire du 11e arrondissement, et je savais qu'il n'avait séduit cette jeune immigrée russe, blonde, à la peau laiteuse, que parce qu'elle était la fille du général Golovkine, réfugié à Paris, président d'une association d'anciens officiers tsaristes.

Le mariage s'était fait naturellement à l'insu du père, comme le départ en voyage de noces. Mais, au lieu de séjourner à Rome, le couple avait poursuivi sa route vers Belgrade, et, de là, direction Kiev et Moscou.

Alfred Berger était revenu seul et "on" avait fait savoir au général Golovkine que, s'il voulait retrouver sa fille, il lui fallait proclamer son ralliement à l'URSS et dénoncer les complots des "Blancs".

Le général s'était suicidé, et j'avais entamé au nom d'Alfred Berger une procédure de divorce pour abandon du domicile conjugal par l'épouse.

Irina Golovkine n'était plus jamais revenue d'Union soviétique, mais j'avais reçu de Moscou toutes les déclarations nécessaires, lettres et documents officiels attestant que la jeune femme était bien vivante, désireuse de rester dans sa patrie où, d'ailleurs, elle s'apprêtait à se remarier.

« J'ai participé à ces machinations.

J'étais flatté de connaître le dessous des cartes, grisé à l'idée que je faisais partie d'une avant-garde révolutionnaire que la morale bourgeoise n'entravait pas !

J'œuvrais dans l'ombre, menais une guerre permanente et juste contre l'ordre capitaliste et le fascisme, les deux faces d'un ennemi unique.

Dans ce combat impitoyable, je luttais pour un avenir meilleur. La fin radieuse justifiait l'emploi de tous les moyens.

« J'ai donc refusé de m'interroger sur le sort d'Irina Golovkine. Il m'aurait été pourtant facile d'imaginer ce qu'elle était devenue.

Des Russes qui avaient réussi à fuir leur pays se confiaient, dénonçaient le régime de terreur qui emprisonnait la Russie, évoquaient le rôle de la police politique, du NKVD, décrivaient les camps qui s'ouvraient en Sibérie, les exécutions sommaires.

Aujourd'hui, j'ose penser à Irina Golovkine, abattue dans un souterrain de la Loubianka ou déportée.

Mais, au temps de ma cécité volontaire, je réfutais les propos de ceux que j'appelais les Émigrés, les Russes blancs, les traîtres. Ils étaient à Coblence, j'étais à Valmy.

Et vivent la révolution et la patrie du socialisme !

Vive le camarade Staline !

« J'ai honte d'avoir pensé et crié ces mots-là, d'avoir défilé, le poing fermé, en scandant : "Le fascisme ne passera pas !"

J'étais pris par l'enthousiasme, entraîné par la sincérité et la détermination de ceux aux côtés de qui je marchais au coude à coude de la Bastille à la Nation.

Front populaire à Paris et en Espagne. Lutte contre Mussolini, Hitler et Franco : ces mots d'ordre emplissaient ma tête.

J'étais un combattant de la Juste Cause.

« Je ne voulais pas prêter attention aux procès qui s'ouvraient à Moscou contre les "traîtres", les "renégats", les "hitléro-trotskistes" ou ces généraux qui rêvaient de jouer les Bonaparte et, avec l'appui des nazis, de renverser le pouvoir soviétique, d'étrangler la révolution comme elle l'avait été en France, le 18 Brumaire, ou en mai 1871, quand la Seine coulait, rouge du sang des communards !

Pas de temps à perdre à pleurer sur le sort des “traîtres”, et s’il y avait un innocent parmi eux, qu’il se lève et fasse entendre sa voix !

Mais les inculpés avouaient leurs crimes.

Et notre Ligue des droits de l’homme, celle qui avait été créée au temps de Dreyfus, affirmait que les procès étaient réguliers, qu’il y avait suffisamment, de par le monde, de condamnés qui clamaient leur innocence pour ne pas se soucier de ceux qui, bourrelés de remords, imploraient qu’on les châtie !

« J’ai donc, durant toutes ces années, servi Alfred Berger.

Je l’ai accompagné en Espagne, à Albacete où il mettait sur pied un service de renseignement destiné à contrôler les volontaires qui affluaient pour s’enrôler dans les Brigades internationales.

Moi, j’organisais l’achat, le transport et la distribution des armes.

Je n’étais qu’un avocat d’affaires préparant des contrats, mettant sur pied la compagnie maritime France-Navigation dont les bateaux chargés d’armes sillonnaient la Méditerranée.

Qui aurait pu me faire douter que j’étais dans le camp des Justes ?

« Et pourtant, j’ai vu un homme qui gesticulait, je l’ai entendu hurler : “Camarades, ils vont me tuer ! Camarades, je suis un militant révolutionnaire !”

On le poussait sur la passerelle d’un cargo à bord duquel je me trouvais et qui devait appareiller pour Odessa.

On l’entraînait vers les profondeurs du navire.

J’ai interrogé du regard Alfred Berger.

Il a haussé les épaules, murmuré qu'il s'agissait d'un espion, que les fascistes et les trotskistes cherchaient à s'infiltrer dans les Brigades internationales, qu'il fallait être vigilant.

Je ne sais pourquoi, ce jour-là, peut-être à cause du visage de cet homme qui exprimait le désespoir et la sincérité, j'ai continué d'interroger Alfred Berger.

Il m'a dévisagé, puis a dit d'une voix pateline :

– Moins tu en sais, mieux cela vaut pour toi. Il faut cloisonner, c'est la première règle qu'on nous enseigne à Moscou. Et, là-bas, ils sont impitoyables avec les camarades qui ne la respectent pas.

« Je savais qui “ils” étaient.

J'avais été parfois chargé, à Paris, de procurer à ces hommes silencieux une “planque”, un passeport, et même de les convoyer jusqu'à Bruxelles ou Barcelone.

Ils étaient les agents des “Organes”, des services secrets de Staline, et ils me fascinaient. Ils avaient la responsabilité de surveiller tous les camarades, quel que fût leur rang dans la hiérarchie. Et ils éliminaient ceux qui, par leur comportement, leurs questions, leurs hésitations, devenaient un danger pour le Parti.

– Staline veille en personne sur l'unité et l'efficacité du Parti, avait ajouté Alfred Berger. La lutte des classes s'exacerbe. La situation mondiale est révolutionnaire. Le fascisme est le dernier stade de l'impérialisme. C'est *eux ou nous*. Staline ne peut tolérer aucune défaillance. Le Parti est la prunelle de nos yeux. Et c'est ici, en Espagne, qu'on veut le corrompre. Nous devons nous débarrasser du poison, de la pourriture, de tous ceux qui portent les germes de la division !

J'ai su et accepté qu'on exécute dans les caves de Barcelone et en pleins champs, à Albacete, des hommes que j'avais connus comme autant de camarades intègres.

Mais j'ai enfoui sous de bonnes raisons mes doutes et mes interrogations.

C'était la guerre contre le fascisme. Le front passait parmi nous, en chacun de nous.

Je n'allais pas pleurnicher sur le destin de quelques traîtres quand le sort de l'humanité était en jeu ! »

24.

C'était la dernière partie du manuscrit de François Ripert.

La mort en imprégnait chaque ligne et j'avais l'impression qu'elle s'infiltrait en moi au fur et à mesure que je recopiais ce texte, que j'y exhumais un cadavre.

Là, celui de Thaddeus Rosenwald.

Quelques pages plus loin, j'identifiais le corps de Willy Munzer.

Mais je ne réussissais pas toujours à reconnaître ces visages qu'on avait martelés à coups de crosse et à coups de talon.

Et je cherchais en vain dans cette fosse commune le corps de Henri Ripert, le fils trahi, livré avec plusieurs de ses camarades à la Gestapo.

François Ripert s'accusait d'avoir été complice des assassinats et des trahisons commis ou ordonnés par Alfred Berger.

Il se reprochait d'avoir fermé les yeux, de s'être interdit de comprendre tant qu'il n'avait pas été lui-même concerné, menacé, blessé.

Il écrivait :

« En tuant mon fils, ils m'ont tué.

C'est la mort de Henri qui a arraché les masques.

J'ai vu ce que je refusais de voir.

Le choix s'imposait : ou bien j'acceptais d'être un père qui légitime le meurtre de son fils, qui banquette avec ses assassins, qui nettoie leurs coutelas ; ou bien je rompais avec eux, je dénonçais leurs crimes et leurs impostures.

Comment hésiter ? J'ai commencé, au fond de ma cave, à écrire ce que je savais, ce que j'avais vécu.

Pour cela, ils allaient me tuer, et c'est ce que je souhaitais.

Mais il fallait d'abord que je termine ce réquisitoire. »

Et moi, le rejeton d'Alfred Berger, moi dont la chair, le sang, le nom étaient issus de cette personnalité maligne et criminelle, je devais poursuivre ma lecture et m'obliger ainsi à savoir d'où je venais.

Je ne pouvais plus accorder à Alfred Berger des circonstances atténuantes, de bonnes excuses ou, pire, de bonnes raisons politiques et idéologiques.

Alfred Berger n'était pas un révolutionnaire, un militant, mais l'exécuteur des basses œuvres d'un tyran auquel il avait voué sa vie par goût de la puissance et par lâcheté.

Les révoltes, les convictions qui, peut-être, à l'origine, l'avaient poussé à s'engager, à agir, n'étaient plus depuis longtemps que des alibis.

Et de cela aussi le manuscrit de François Ripert apportait l'implacable démonstration.

« J'avais, jusqu'à cette fin d'année 1942, écrivait Ripert, aidé Alfred Berger.

Je n'étais pas seulement aveugle, mais satisfait de moi. Je faisais partie du petit nombre qui était resté fidèle à Staline au moment où, après l'annonce de la signature du Pacte germano-soviétique, en août 1939, les adhérents avaient par dizaines de milliers déchiré leur carte du Parti.

– Les rats quittent le navire, avait répété Berger.

Je restais à bord avec lui. Je me vivais fidèle et courageux, et cela m'exaltait. Je prenais des risques. Je l'hébergeais, je le conduisais jusqu'à Bruxelles, ma qualité d'avocat nous permettant de franchir deux barrages de gendarmes.

J'étais fier de moi.

Je sais aujourd'hui que je n'étais qu'un homme qui refuse de comprendre, l'un de ces malades qui s'obstinent à ignorer la plaie purulente qui les ronge, et qui rejettent toute idée d'amputation.

« Pourtant, quelques jours après mon retour à Paris, j'avais appris par la presse, qui en faisait ses gros titres, qu'un diamantaire anversois, Samuel Stern, avait été tué d'une balle dans la nuque au moment où, semblait-il, il s'apprêtait à quitter la Belgique pour la France ou l'Angleterre.

Je connaissais Samuel Stern. Je l'avais rencontré à plusieurs reprises et nous avions mis au point les mécanismes financiers qui permettaient des transferts de fonds entre Moscou et Paris.

Je l'avais revu pour la dernière fois en mai 1937 et les sommes qu'il m'avait transmises m'avaient permis de créer la compagnie maritime France-Navigation, dont les navires assuraient le transport des armes vers les ports de l'Espagne républicaine. J'avais été frappé, lors de cet ultime entretien, par la lassitude et le désespoir de cet homme dont j'avais senti qu'il voulait se confier.

Nous avions dîné ensemble au Café de la Paix, place de l'Opéra. Il avait beaucoup bu et j'avais été gêné qu'il me révélât sa véritable identité, qu'il me racontât comment il avait organisé le voyage de retour en Russie de Lénine, au printemps 1917, et comment l'argent allemand avait financé le parti bolchevique.

Je ne l'avais pas interrogé lorsqu'il m'avait saisi le bras, l'avait serré, me répétant que je ne devais jamais me rendre à Moscou :

– C'est un abattoir, m'avait-il dit. On patauge dans le sang des camarades. Personne n'y échappe. Ils tuent d'abord les meilleurs, nos généraux, puis ils frappent au hasard, pour terroriser.

Il avait baissé la tête, puis, après un long silence, avait ajouté :

– Lui, c'est un paranoïaque. Il se terre au Kremlin, mais ordonne chaque meurtre. Il veut qu'on lui communique des listes de noms. Il raye. Il tue. Il est fasciné par Hitler.

« Quand j'ai appris l'assassinat de Samuel Stern, je me suis souvenu de ces confidences, de son nom, Thaddeus Rosenwald, et aussi des propos que m'avait tenus Alfred Berger cependant que nous roulions vers Bruxelles :

– Ce pacte avec Hitler, m'avait-il dit, ce n'est pas seulement un coup de génie diplomatique de Staline, mais il va nous permettre de purifier le Parti, l'Internationale. Les opposants vont sortir de leur trou !

Il avait ri :

– Ils vont se réfugier dans leurs synagogues ! avait-il repris. Et nous les écraserons comme des poux. »

La presse avait rapporté à longueur de colonnes que Samuel Stern avait avoué, quelques jours avant sa mort, avoir été un agent de l'Internationale communiste. Mais il rompait avec le stalinisme, qui était le dévoiement criminel d'un grand idéal. Le pacte Hitler-Staline venait de le confirmer. La guerre en Europe serait le fruit empoisonné de cette alliance des deux dictateurs.

Stern-Rosenwald avait demandé la protection de la police, qui lui avait été refusée. C'est pourquoi il avait songé à quitter la Belgique. Les tueurs l'en avaient empêché.

François Ripert ajoutait :

« Je n'ai posé aucune question à Alfred Berger lorsqu'il est rentré à Paris sous une fausse identité, peu de temps après la déclaration de guerre à l'Allemagne, le 3 septembre 1939.

M'inquiéter du sort de Thaddeus Rosenwald m'aurait rendu suspect. J'ai "cloisonné", même si je m'accuse aujourd'hui de lâcheté.

Mais, en cet automne et en cet hiver 1939-1940 – la "drôle de guerre", disait-on ! – je me justifiais en pensant que Rosenwald n'était que l'une des innombrables victimes de la lutte des classes internationale à laquelle je voulais continuer de participer.

Elle était impitoyable.

Le Parti communiste avait été interdit par le gouvernement d'Édouard Daladier. La police traquait les militants. Les responsables avaient "plongé" dans la clandestinité.

Mon statut d'avocat me protégeait et j'étais d'autant plus précieux pour le Parti. Je me grisais de mots, d'actions. J'étais le soldat discipliné de l'avant-garde d'une armée rouge.

"Nous" – je me dissolvais dans cette communauté –, nous, les persécutés, n'étions pas responsables de la barbarie du monde dont la cause était le capitalisme, l'impérialisme.

Il fallait les combattre, leur résister. Je justifiais tout : l'exécution de Rosenwald ; la désertion de Thorez qui, mobilisé, avait réussi à gagner Moscou. Je plaidais pour de jeunes ouvriers qui, appliquant à la lettre les mots d'ordre communistes, avaient saboté des moteurs d'avions. J'argumentais avec fougue devant les juges. Il fallait que la France choisisse, comme l'URSS, de négocier avec l'Allemagne. Ces ouvriers n'étaient pas des traîtres, mais des patriotes qui luttaient pour la paix. Et les pilotes morts du fait des sabotages de leurs avions étaient victimes de la politique gouvernementale.

Parfois, un président de tribunal indigné m'interrompait. J'invoquais alors les droits sacrés de la défense !

Et les pauvres jeunes hommes étaient condamnés à mort.

« J'ai été un partisan de cette politique devenue folle qui ne se souciait que de servir Staline.

Et je suis allé au bout de ce qui m'apparaît maintenant bien plus qu'une aberration, une abjection !

« Quand les Allemands sont entrés dans Paris, le 14 juin 1940, après leur offensive éclair, Alfred Berger, plein d'enthousiasme, m'a annoncé que le Parti allait profiter de la défaite de la France pour sortir de l'ombre, reprendre la lutte au grand jour, obtenir des autorités d'occupation le droit de faire reparaître les journaux communistes, et d'abord *L'Humanité*.

Je me souviens de ma stupeur.

J'ai murmuré, je crois : “Mais ce sont des nazis !”

– C'est leur intérêt et le nôtre, m'a répondu Alfred Berger.

Son ton n'admettait aucune réplique.

Je me suis incliné.

Et j'ai ainsi livré mon fils à la mort. »

25.

« Mon fils... »

Je sais que François Ripert écrit ces mots d'une main tremblante. Et sa bouche s'emplit de terre quand il lui faut ajouter que ce fils est mort.

Il voudrait hurler, mais son cri ne peut jaillir, son désespoir l'étouffe.

Il pose son crayon, écrase ses poings contre ses paupières, il les enfonce jusqu'à ce que la douleur soit trop forte, qu'il ait l'impression qu'il va faire éclater ses yeux.

Il pose son front sur ses paumes, reste longtemps ainsi. Il ne voudrait parler que de l'enfance de son fils, raconter comme ils se rendaient ensemble aux manifestations, comme il soulevait Henri, le prenant sous les aisselles, afin qu'il pût voir la tribune et cette foule qui vibrait et ondulait comme l'océan.

C'est en 1930, en 1934.

Henri, en février de cette année-là, a quatorze ans et il s'est mêlé aux cortèges. Il a été emporté par les émeutes, piétiné par les charges de police.

François Ripert a alors commencé à avoir peur. Il a demandé à Isabelle de prendre soin de son frère, de le raisonner : lui, n'avait plus le temps, les responsabilités s'accumulaient, les audiences au cours desquelles il défendait les manifestants se multipliaient.

Chaque fois qu'il le pouvait, il s'efforçait de dialoguer avec Henri, mais son fils l'interrompait avec un sourire : « Nous sommes d'accord sur tout, papa. »

Il arrivait souvent à François Ripert de penser que son fils était comme la réalisation d'un rêve secret qu'il avait toujours porté.

L'adolescent était beau : cheveux bouclés sur un front vaste, regard joyeux, traits réguliers. Le visage de sa mère, morte alors qu'il avait trois ans.

Chacun des gestes de Henri, chacune de ses phrases révélaient la vivacité, la générosité, l'intelligence. Premier prix au concours général de philosophie, licence, diplôme sur « la religion chez Marx », mention très bien. Et comme si Henri avait le don de vivre plusieurs vies, il donnait des cours de marxisme à l'Université Nouvelle créée pour le peuple en 1936, il distribuait des tracts, vendait *L'Humanité*, faisait le coup de poing contre les Jeunesses patriotes, rue Soufflot, devant la faculté de droit.

Il rentrait au milieu de la nuit et écrivait.

Mais, parfois, ce rêve qui comblait François Ripert de fierté et de joie devenait tout à coup cauchemar.

François Ripert s'affolait.

Trop parfait, ce fils, trop exposé, trop généreux.

Henri avait voulu s'engager à seize ans dans les Brigades internationales afin de combattre le fascisme les armes à la main. Trop jeune pour l'Espagne.

Mais François Ripert savait qu'il ne pourrait plus le retenir, que Henri lui avait échappé. Et l'inquiétude, l'effroi le paralysaient.

Il s'accusait de n'avoir pas mis en garde son fils contre les dangers. Il l'eût voulu prudent, il l'aurait même, en ces instants-là, souhaité indifférent à la politique, à la philosophie, insensible aux injustices.

Il lui semblait avoir déposé son fils sur l'autel du sacrifice. Il craignait qu'« ON » ne retînt pas la main tenant le coutelas. Car « ON » n'était pas le dieu compréhensif, compassionnel, mais l'Histoire impitoyable qui frappait sans se soucier de la peine des hommes.

De ce qu'était ce fils, pour François Ripert.

Quand la guerre vint, l'angoisse se fit si forte que le seul moyen que François Ripert eût de la contenir fut de s'enfoncer dans l'action, de prendre des risques, d'accepter toutes les tâches, comme s'il avait pu ainsi attirer sur lui le malheur, et de cette manière en protéger son fils.

C'est François Ripert lui-même qui, dans ses « aveux », analyse avec lucidité son comportement, ses relations avec son fils :

« À compter du mois de mai 1940, je n'ai plus qu'entrevu Henri, écrit-il.

Nous nous embrassions longuement, agrippés l'un à l'autre, nos doigts se crispant sur nos épaules.

Nous ne parlions pas.

C'est par Isabelle que j'ai appris que Henri préparait l'agrégation de philosophie, mais elle ne savait rien d'autre de sa vie. Et moi, quand je le voyais, l'espace de quelques minutes, je n'osais l'interroger.

Nous appliquions l'un et l'autre la règle du "cloisonnement". Comment d'ailleurs aurais-je pu lui avouer que j'avais préparé avec Alfred Berger une rencontre entre une délégation communiste et les autorités allemandes d'occupation ?

« Je n'avais eu nul besoin des confidences de Henri pour savoir que mon fils n'avait qu'une seule obsession : combattre les nazis, les chasser hors de France, qu'il avait toujours en tête le mot d'ordre tant de fois répété : “Le fascisme ne passera pas.”

Il était de ceux, une poignée, qui avaient manifesté dans la cour de la Sorbonne contre les accords de Munich. Et j'imaginais qu'il avait dû ressentir la signature du Pacte germano-soviétique comme une trahison.

Puis ce furent la guerre, la débâcle. Paris ville ouverte.

Henri avait réussi à ne pas être fait prisonnier. Et c'était un combattant que j'avais serré contre moi, un militant indigné qui s'était insurgé – trois ou quatre phrases avaient suffi – contre l'idée de fraternisation des ouvriers français avec les soldats allemands, ces “prolétaires” sous l'uniforme, alors que les tracts du Parti saluaient l'attitude internationaliste des “prolétaires” parisiens qui avaient offert à boire à leurs camarades allemands.

– Ligne politique stupide et criminelle, avait marmonné mon fils. Qui l'a discutée ? Imposée ? Nous ne sommes pas des Russes ! Laissons-leur Staline ! Je ne marche pas. Je reste antinazi et patriote !

« Peut-être avait-il espéré que je le rassure ou que je conforte son jugement.

Mais j'ai baissé la tête sans dire mot.

Je savais que le 20 juin, Alfred Berger, au nom du Parti, allait rencontrer les Allemands.

J'avais lu le canevas qu'il avait élaboré avec les camarades de la direction, et d'abord Jacques Duclos, pour le guider durant sa négociation.

Ces notes m'avaient effrayé, accablé.

C'était donc cela, le Parti ?

J'avais été saisi d'un vertige. Toute ma vie depuis les années 1920 se fissurait, un gouffre s'ouvrait devant moi.

J'ai eu peur. Je n'ai pas commenté ces notes.

C'est à ce moment-là que j'ai trahi mon fils, et c'est lui qui a payé de sa vie ma lâcheté. »

François Ripert ne raconte pas l'entrevue d'Alfred Berger avec le professeur Grimm, un homme de l'entourage d'Otto Abetz qui allait devenir l'ambassadeur de Hitler à Paris. Mais, en consultant les travaux des historiens, j'ai pu compléter ce que rapporte son manuscrit.

J'ai pris connaissance du canevas des pourparlers et ai éprouvé le même effroi que celui qui avait dû saisir François Ripert. Les communistes s'y présentaient comme ceux qui avaient approuvé, défendu le Pacte germano-soviétique. Ils osaient écrire, s'adressant aux représentants de Hitler :

« Notre défense du pacte, cela vous a avantagé. Pour l'URSS, nous avons bien travaillé, par conséquent par ricochet pour vous. »

Ils accusaient les ministres français :

« Le Juif Mandel, après Daladier, nous a emprisonnés. Il a fait fusiller des ouvriers qui sabotaient la Défense nationale. »

Ils se félicitaient de ne pas avoir « cédé face à la dictature du Juif Mandel et du défenseur des intérêts du capitalisme anglais, Reynaud. »

Ils voulaient obtenir le droit de faire reparaître *L'Humanité*. Et ils expliquaient qu'ils pourraient ainsi « canaliser le mouvement des masses », ce qui était l'intérêt des Allemands : « parce qu'il reste dans les cœurs parisiens que c'est l'invasion allemande. »

J'ai ressenti comme jamais du dégoût pour l'homme dont je portais le nom, et pour ceux qui, comme lui, proposèrent aux nazis, en échange de quelques avantages politiques, d'empêcher les « cœurs parisiens » de se dresser contre l'occupant.

À ce moment-là, si on m'avait proposé de changer d'identité, de rejeter ce nom compromis, Berger, d'oublier à la fois mon grand-père et mon père, j'aurais accepté avec reconnaissance. Et j'étais d'autant plus indigné que ce parti s'était fait (se faisait encore) professeur de vertus patriotiques, héraut de la Résistance !

J'ai découvert d'autres textes publiés durant l'hiver 1940, avant la défaite, dans lesquels Blum était qualifié de gredin, de chacal, de mouchard, de canaille politique, de vil laquais des banquiers de Londres, de personnage hideux, d'hypocrite, jusqu'à donner la nausée avec ses contorsions et ses sifflements de reptile répugnant !

Le texte de François Ripert ne rappelle pas ces flots de haine contre les hommes politiques français, contre Blum, ce « Tartuffe immonde ! »

Sans doute la honte d'avoir participé à cette ignominie avait-elle été si douloureuse qu'il n'avait pu, même à l'heure de son ultime confession, évoquer cette période de sa vie.

Qu'eût-il pensé s'il avait eu connaissance du rapport que le professeur Grimm avait adressé au haut commandement militaire de la Wehrmacht et dans lequel le conseiller d'Otto Abetz écrivait, sous le titre *« Coopération avec les communistes »* :

« On a dit : il faut gagner les communistes. C'est aujourd'hui possible. Les communistes sont en train de devenir antisémites, antimarxistes. Dès lors, le jour où ils franchiront le pas vers le national-socialisme n'est plus éloigné. Autorisez un journal communiste, mais prenez vos précautions contre les abus... »

En apparence, l'histoire ne s'est pas déroulée comme le prévoyait le professeur Grimm. *L'Humanité* n'a pas reparu et, après l'attaque de l'URSS par l'Allemagne, en juin 1941, les communistes sont devenus l'une des principales forces de la Résistance patriotique avec leurs Francs-tireurs et Partisans français.

Mais j'ai sur ma table de travail, posé entre les carnets de Julia Garelli-Knepper et ma transcription du manuscrit – des « aveux » – de François Ripert, le livre de Vassili Bauman, *Les Naufragés*, publié en 1980. Et ce qu'il décrit quand il évoque les derniers mois de la vie de Staline, au début de l'année 1953, c'est bel et bien une persécution antisémite qui commence.

Des médecins juifs sont accusés d'avoir fomenté un complot des « blouses blanches » visant à assassiner les dirigeants soviétiques !

Dès la fin de la guerre, Vassili Bauman et tant d'autres avaient déjà eu à subir cet antisémitisme qu'on avait cru éradiqué dans le « pays du socialisme ».

Or ce socialisme-là ressemblait beaucoup au « national-socialisme » de Hitler.

L'analyse du professeur Grimm, sur le long terme, n'était pas erronée.

François Ripert a d'ailleurs noté des propos d'Alfred Berger qui ne trompent pas.

Berger dénonce les opposants au Pacte germano-soviétique qui se « réfugient dans leurs synagogues et qu'on écrasera comme des poux ».

C'est la façon « hitlérienne » de nommer les Juifs dans les ghettos et les camps.

Après l'assassinat à Bruxelles de Thaddeus Rosenwald, Berger dit, fixant François Ripert :

– Les Juifs sont d'abord fidèles à leur race, et un jour ou l'autre ils doivent choisir entre la race et le Parti.

« Je sais, écrit François Ripert, qu'Alfred Berger pensait à Thaddeus Rosenwald, même s'il n'a pas cité son nom.

Après quelques instants de silence, Berger a ajouté :

– Trotski, tu connais ses origines, c'est un Lev Davidovitch Bronstein. Quand on sait ça, on comprend tout.

Ces propos d'Alfred Berger m'ont révulsé, mais, une fois encore, je me suis tu.

Je ne craignais pas de mourir, mais de rompre avec la foi qui avait été l'axe de ma vie.

Et j'appelais fidélité ce qui n'était que lâcheté. »

26.

C'est le 20 octobre 1943 que François Ripert trouve en lui le courage de regarder la vérité en face et la volonté de la dire.

Il vit dans la clandestinité depuis près de trois années. Il se nomme Henri Brochard, habite un petit appartement de la rue Tournefort, dans le 5e arrondissement, à quelques pas du Panthéon. Il enseigne le français et le latin dans une institution religieuse située non loin de là, rue Lhomond. Il a changé d'apparence, porte barbe et lunettes.

Chaque jour, il est en contact avec un émissaire de la direction du Parti. Les rendez-vous ont lieu dans la rue. On se croise, on se suit, on marche de conserve, on échange quelques mots, parfois un texte de quelques pages qu'on est chargé de remettre à un autre camarade dont on ignore le nom mais qui tout à coup surgit près de soi.

Cette vie a commencé à l'automne 1940, après l'échec des négociations conduites par Alfred Berger au nom du Parti avec les nazis. Entre le mois de juin 1940 et de novembre, François Ripert a vécu un véritable calvaire, repoussant presque chaque jour la tentation de rompre avec ce parti qui lui paraissait s'enfoncer dans la collaboration, dans la dénonciation de la « guerre impérialiste », dans le soutien aveugle à l'Union soviétique, à sa politique de paix, dans le culte du camarade Staline, etc.

Et, pendant ce temps, les confrères juifs étaient chassés du barreau de Paris. Et lorsque Ripert avait voulu organiser la résistance, manifester sa solidarité avec ces persécutés, victimes des lois antisémites prises par le gouvernement de Vichy, Alfred Berger lui avait ordonné de ne pas bouger.

On devait respecter – au moins en apparence – la légalité, ne pas se démasquer. Les avocats juifs restaient des bourgeois, le plus souvent sociaux-démocrates, voire trotskistes. Il fallait suivre la ligne du Parti, l'exemple de ces anciens députés communistes qui écrivaient au maréchal Pétain afin d'obtenir le droit d'aller témoigner contre Léon Blum au procès qu'intentait au dirigeant socialiste le gouvernement de Vichy.

Nausée, révolte de François Ripert.

Il apprend qu'on a découvert à proximité de la frontière suisse le corps d'un homme tué d'une balle dans la nuque, que la police a identifié comme étant Willy Munzer, un réfugié allemand soupçonné depuis longtemps d'être un agent soviétique. Sans doute avait-il été exécuté par ses anciens camarades, Munzer ayant pris parti en faveur de Trotski, lui-même assassiné en mai 1940 sur ordre de Staline.

François Ripert a connu Willy Munzer, tout comme il avait connu Thaddeus Rosenwald. Il croit à la « liquidation » de Munzer par le Parti. Mais comment manifester son indignation ? Il est un rouage de la machine dont il perçoit qu'elle prépare ici et là la résistance au nazisme.

Certes, ce ne sont encore que des initiatives individuelles, de faibles vibrations, une lente mise en marche.

Mais, après tout, le cataclysme avait brisé la République, la société française, et il était inéluctable que le Parti vacille, hésite durant quelques mois.

Et voici qu'au début de novembre, par hasard, rue Clovis, devant le lycée Henri IV, François Ripert aperçoit son fils qui semble distribuer des tracts aux élèves.

Il s'approche, le prend par le bras, l'entraîne jusqu'à la rue Tournefort.

« L'émotion a été si grande, s'est souvenu François Ripert lorsqu'il a reconstitué ces moments, que nous sommes restés l'un et l'autre silencieux, puis, tout à coup, nous avons éclaté de rire ensemble. Henri m'a confié qu'il préparait avec un groupe d'étudiants communistes une manifestation à l'Arc de triomphe pour l'anniversaire de l'armistice de 1918.

Joie. Angoisse. Fierté de savoir que mon fils serait, ce 11 novembre 1940, à l'origine d'un des premiers actes de résistance, et qu'il agissait en patriote et en communiste !

Enfin je retrouvais ce “Front des Français” qu'à un moment donné, en 1937, Maurice Thorez avait souhaité, avant que la capitulation à Munich de Daladier et de Chamberlain devant Hitler et Mussolini, puis le Pacte germano-soviétique ne fassent basculer les communistes dans le pacifisme, puis le défaitisme, et la France dans l'abîme de la débâcle et de la collaboration.

Mais, en écoutant mon fils, j'ai compris qu'il se situait avec ses camarades en marge du Parti, qu'il n'en avait pas sollicité l'autorisation, qu'il souhaitait que je n'en parle à aucun des dirigeants avec lesquels j'étais en contact.

J'ai murmuré “cloisonnement”, et nous avons ri à nouveau.

« Je ne l'ai plus entendu rire, depuis, et quand nous nous sommes fugitivement croisés, nous étions si émus et le temps dont nous disposions était si court que nous ne pouvions qu'échanger quelques mots, et je ne me sentais même pas capable de murmurer “Prudence !”, tant ce mot paraissait incongru.

Car tout le Parti, à compter du jour de l'attaque allemande contre l'URSS, le 22 juin 1941, était entré en résistance. Et j'ai vite compris que dans le but d'en prendre la tête, d'attirer à lui les plus déterminés des patriotes, d'effacer aussi les mois incertains et de gommer jusqu'au souvenir de la rencontre entre Alfred Berger et le professeur Grimm, cette tentative de négociation avec les nazis, le Parti avait décidé d'organiser l'action armée.

La France et Paris devaient être un front périlleux pour les troupes d'occupation.

J'ai transmis les consignes et même les armes qui devaient servir à abattre soldats et officiers allemands sur un quai du métro, à la sortie d'un cinéma, à la terrasse d'un café. Et tant pis – ou tant mieux ! – si l'ennemi exécutait des dizaines d'otages. La lutte devait être sans merci. Il fallait secouer la passivité du peuple.

J'ai appris qu'avec l'appui de la direction du Parti qui lui fournissait les armes, les hommes, les objectifs, les planques, Henri avait constitué un groupe armé dont j'ai su plus tard qu'il l'avait dénommé Spartacus.

« J'ai vécu dans l'angoisse. Je connaissais suffisamment la police française pour savoir qu'elle avait les moyens d'éradiquer ces quelques militants, ces "terroristes", et qu'associée à la Gestapo elle ne pouvait que réussir, tant était grand le déséquilibre entre les Brigades spéciales de la préfecture de police, les Allemands, d'une part et, d'autre part, ces quelques jeunes gens que seule leur foi patriotique et révolutionnaire animait.

« Chaque jour, je me précipitais sur les journaux, craignant d'y découvrir l'arrestation de "terroristes" parmi lesquels aurait figuré mon fils.

J'étais même persuadé qu'il ne pouvait échapper à la mâchoire des services policiers français et allemands.

Je savais qu'il existait un autre groupe armé, celui dépendant d'une organisation issue du Parti, la Main-d'œuvre immigrée (MOI), composé d'Arméniens, d'Italiens, d'Espagnols, de Polonais. Lui aussi était menacé.

Lorsque je rencontrais Alfred Berger, je me doutais bien qu'il n'ignorait rien de ces groupes armés. Mais je respectais le principe du cloisonnement.

C'est lui qui, un jour, au moment où nous nous séparions, place de l'Estrapade, m'a dit :

– Tu peux être fier de ton fils.

Je l'étais, mais j'étais aussi dévoré d'inquiétude.

Mon angoisse était si grande que j'aurais voulu à certains moments que la poigne d'un policier s'abatte sur moi, qu'on me torture, que j'en meure, comme si ma souffrance et ma mort avaient pu satisfaire les dieux qui, repus, auraient oublié Henri, le laissant vivre jusqu'à la victoire où on l'aurait célébré comme un héros.

« Puis, un jour, au début du mois d'octobre 1943, le camarade que je rencontrais ne m'a remis aucun document, mais a murmuré :

– On coupe. On attend. Ils ont pris le Loup.

C'était le nom de code d'Alfred Berger.

Nous savions que la plupart des camarades qui étaient pris parlaient, tant la torture était cruelle. On ne leur demandait que de "tenir" un jour, le temps, pour leurs camarades, de changer de cache.

Alfred Berger parlerait, je le savais. Et je n'ai plus pensé qu'à Henri.

« Les jours d'octobre se sont succédé, puis, le 20, j'ai appris qu'Alfred Berger avait été relâché par les Allemands et qu'il avait repris sa place au sein de l'organisation clandestine.

On m'a expliqué qu'il n'avait pas été identifié par la Gestapo, qu'il avait bénéficié d'un "extraordinaire concours de circonstances" !

J'ai hurlé. Je ne croyais pas à cette fable ! La vérité m'a explosé au visage, me déchirant le corps.

Il avait *négocié*, comme en 1920 avec les officiers du tribunal maritime de Toulon, comme en juin 1940 avec les Allemands. Il avait livré une partie de ce qu'il savait en échange de sa peau.

C'est le lendemain que les journaux ont annoncé que plusieurs jeunes Français appartenant au groupe terroriste Spartacus avaient été arrêtés après de longues filatures de la police française. On ajoutait qu'ils avaient été remis aux autorités d'occupation pour répondre de leurs attentats et de leurs crimes. »

On ne sait rien du calvaire qu'a gravi Henri Ripert.

A-t-il été déporté ? Est-il mort sous la torture ? L'a-t-on enfoui dans une fosse commune, ou bien ses cendres ont-elles été dispersées, mêlées à celles de milliers d'autres victimes dont la sépulture fut le ciel de Pologne ou d'Allemagne ?

Aucun document, procès-verbal d'interrogatoire, compte rendu de procès ne permettent de connaître quel fut son sort.

Et François Ripert écrit :

« Je ne peux pas m'agenouiller devant le tombeau de mon fils. Je ne peux même pas l'imaginer. Je sais seulement qu'il a connu l'enfer. Mais ce n'est qu'un mot avec lequel je me déchire. Et il ne me reste qu'à conclure ainsi ce témoignage, ce réquisitoire contre moi-même et contre Alfred Berger. »

La plupart des historiens confirment la trahison et la culpabilité d'Alfred Berger.

Mais, dans le même temps, ils affirment que la police française n'avait nul besoin dc ses aveux. Elle surveillait depuis longtemps Henri Ripert et ses camarades. Elle les laissait même commettre des attentats afin de pouvoir connaître toutes les ramifications du groupe Spartacus.

Quelques chercheurs prétendent même qu'Alfred Berger a peut-être en effet été libéré par erreur. Il n'a en tout cas pas livré la direction du Parti et Jacques Duclos, qui en était la clé de voûte, n'a jamais été arrêté.

Ce sont les partisans de la MOI qui sont tombés entre les mains de la police française sans qu'il y ait eu – ainsi qu'on l'avait prétendu – dénonciation ou volonté du Parti communiste d'abandonner ces « étrangers », Manouchian, Fontanot, Alfonso, Rayman...

Ceux-là sont célébrés, immortalisés par ce poème d'Aragon que j'ai tant de fois récité, chanté sur la musique de Léo Ferré :

« Vous aviez vos portraits sur les murs de nos villes
Noirs de barbe et de nuit, hirsutes, menaçants
L'affiche qui semblait une tache de sang
Parce qu'à prononcer vos noms sont difficiles
Y cherchait un effet de peur sur les passants
Nul ne semblait vous voir Français de préférence
Les gens allaient sans yeux pour vous le jour durant
Mais à l'heure du couvre-feu des doigts errants
Avaient écrit sous vos photos "Morts pour la France"
Et les mornes matins en étaient différents... »

Mais le corps sans sépulture de Henri Ripert et de ceux de ses camarades du groupe Spartacus sont les oubliés de la mémoire.

Alfred Berger, qui leur a survécu durant près d'un demi-siècle – quarante-six ans exactement – n'a jamais parlé d'eux.

Et Henri Ripert, qui avait manifesté dès le 11 novembre 1940 sur les Champs-Élysées, résistant avant que son parti ne se dresse contre l'occupant, ne survit que dans les « aveux » de son père.

Texte iconoclaste parce que, s'il dit l'héroïsme des uns, il dénonce la lâcheté des autres.

Il démasque le faux héros célébré, honoré, intouchable : Alfred Berger.

L'homme dont je porte le nom comme une tunique de Nessus.

27.

Je suis enfin rentré à Cabris.

J'ai déposé dans la boîte métallique que m'avait léguée mon père les notes que j'avais prises à la lecture des « aveux » de François Ripert.

Mais je n'ai pu refermer ce que j'avais appelé le « cercueil de mes ancêtres ».

J'ai recommencé à feuilleter les cahiers d'écolier remplis par mon père et j'ai relu la phrase qui m'avait bouleversé, qui avait été à l'origine de mes recherches : « Alfred Berger est un enfant trouvé. »

J'ai violemment rabattu le couvercle de la boîte. Je n'allais pas recommencer à inventorier ces « débris humains ».

Il me fallait échapper à ce ressassement.

Mais j'ai su que je n'en avais pas fini avec Alfred Berger, que son souvenir me brûlerait tant que je serais en vie.

Pas seulement parce que j'étais issu de ce fils d'inconnus, de cet enfant aux noms d'emprunt, de cet abandonné, de ce cynique, de cet exécutant servile, de ce lâche qui voulait sauver sa peau, mais aussi parce que sa vie était la preuve du grand saccage qu'avait été le XXe siècle.

Les hommes avaient cru – et sans doute, au début de sa vie d'adulte, Alfred Berger aussi, et naturellement Julia Garelli, Heinz Knepper, mais également Willy Munzer et Thaddeus Rosenwald, et, au bout de cette chaîne humaine qui se voulait fraternelle, François Ripert et son fils Henri – à une grande espérance, celle des lendemains qui chantent.

Et l'espoir était devenu cauchemar ; le chemin vers les cimes de la justice, de l'égalité, de la liberté, un calvaire conduisant aux bas-fonds barbares des camps, là où avait été précipitée, en 1938, Julia Garelli-Knepper.

Et, avant elle, Heinz Knepper, arrêté dès 1937.

Julia Garelli avait alors quémandé à Alfred Berger une aide, un geste, car elle voulait savoir où était Heinz, ce qu'il était advenu de lui.

Et Berger l'avait écartée, repoussée d'un mouvement brusque de tout le corps.

C'était l'avilissement de l'idéal, la perversion de l'espoir, devenu terreur quotidienne.

Non point des lendemains qui chantent, mais des aubes déchirées par les salves des pelotons d'exécution.

Moi que les hasards de la destinée avaient fait naître en 1949, l'année où Alfred Berger, devant les juges du procès Kravchenko, calomniait Julia Garelli-Knepper, j'avais l'impression d'avoir vécu ces années qui avaient vu l'utopie devenir meurtrière.

Je portais le nom de Berger, l'assassin, mais j'étais aussi et tout à la fois François Ripert, père qui s'accusait, père désespéré, et Henri Ripert, fils héroïque et dénoncé.

Alfred Berger ne cesserait donc jamais de me hanter ! Il était l'incarnation en moi de l'espoir du Bien qui devient réalité du Mal.

Cet échec, cette mutation étaient-ils l'effet de circonstances particulières, d'une sorte de malchance historique, de la faute qu'avait été la mise au monde d'un nouveau système social dans une Russie violente, après une guerre et une révolution qui avaient ensauvagé l'Europe entière ?

Ou bien cette tragédie avait-elle pour cause l'inéluctable chute de l'Homme, portant en lui le désir du crime ?

Là où il y a Abel, il y a Caïn, et ils sont frères.

Je retrouvais l'interrogation majeure de mon livre, *Les Prêtres de Moloch*.

Je n'avais pas progressé ! Je m'étais au contraire enlisé dans mon obsession.

J'ai douté de pouvoir un jour reprendre pied.

J'ai marché entre les oliviers pour échapper à l'immobilité, à la sombre macération de mes pensées.

Je me suis assis sur la plus haute des restanques.

J'ai regardé l'immense horizon, là où le ciel devient la mer et où l'on ne distingue plus ce qui sépare l'un de l'autre.

En allait-il ainsi du Bien et du Mal, de l'espoir et de son contraire ?

Souvent, le gardien de la Fondation, Tito Cerato, s'approchait, s'appuyait au tronc d'un olivier, bras croisés.

Tito roulait une cigarette, plissait les paupières, m'observait en silence, puis murmurait :

– Ce monde va mal.

Et peut-être était-ce manière de me dire qu'il se préoccupait de mon état, qu'il s'étonnait de me voir ainsi inactif, errant dans la campagne, partant vers les plateaux de Saint-Vallier ou de Caussols, désertant le

« sanctuaire » des archives, négligeant ce pour quoi Julia Garelli-Knepper m'avait choisi comme légataire et administrateur.

– On se demande..., reprenait-il.

J'attendais ce moment où il me parlerait d'elle, de sa vie de combats, de souffrances, de sa lutte pour la vérité.

– ... on se demande si tout ce qu'elle a fait, ça a servi. Finalement, ça a abouti au pire, pour elle comme pour des millions de gens. Alors ? Où on va ? Heureusement...

Je connaissais déjà son amère consolation.

Il disait :

– Heureusement, et Dieu sait pourtant que je l'ai regretté, et ma femme plus que moi, bien plus que moi... Heureusement, on n'a pas eu d'enfant. Qu'est-ce que je lui aurais dit, à mon fils ? Qu'il allait vivre comme ça, sans rien espérer ? Elle, madame Garelli, elle croyait, elle s'était révoltée, et après elle avait continué à se battre. Et si elle vous a choisi, c'est parce qu'elle pensait que vous étiez comme elle.

Il serrait le poing, le brandissait.

– Quelqu'un qui croit, qui veut... Nous, on n'est rien, on ne peut pas grand-chose.

Par bribes, et j'avais rassemblé ses récits, il m'avait raconté comment son père, Aldo Cerato, avait fui l'Italie pour ne pas être enrôlé dans l'armée fasciste, ne pas partir en Russie.

Aldo avait franchi la frontière à pied en passant par les cols, et il avait vécu comme berger jusqu'à la fin de la guerre.

– C'était pas vraiment un communiste. Il n'avait jamais eu sa carte du Parti, mais il était avec eux, de leur côté.

Une fois, Tito avait entonné le chant des socialistes italiens :

« Avanti Popolo, bandiera rossa, alla riscossa ! »

Il s'était redressé, les yeux mi-clos, le visage tourné vers le ciel, la voix forte mais tremblante, puis s'était à nouveau voûté :

– Mon père, avait-il murmuré, je l'ai dit à madame Garelli, il ne voulait pas faire la guerre à l'Union soviétique, et jusqu'à la fin de sa vie il a admiré Staline. Vous imaginez, avec ce qu'on sait maintenant ? Mais c'était la façon qu'avaient les gens du peuple d'espérer. Est-ce qu'on peut le leur reprocher ? Madame Garelli, elle, Staline, elle l'avait connu. Elle avait souffert là-bas, mais elle m'a dit qu'elle comprenait mon père, qu'il avait fait preuve de courage. Et le plus grand crime de Staline, c'était d'avoir trompé un homme comme mon père, et ils étaient des millions comme lui.

Tito Cerato s'était penché vers moi :

– Elle a même dit que c'était les meilleurs qui avaient fait ce choix-là, parce qu'il y fallait du courage. Elle a été contente que je lui parle de mon père, et moi qui savais que les communistes l'avaient persécutée, je n'avais pas le droit de lui cacher ce que mon père avait pensé.

J'ai envié Tito Cerato de parler ainsi de son père et je me suis reproché d'avoir rejeté le mien, de n'avoir pas su déchiffrer ce que cachait son obstination à croire jusqu'au bout au Grand Mensonge qu'avait été la politique communiste. Il avait toujours manifesté une fidélité admirative, un respect filial absolu pour son propre père, cet Alfred Berger qui l'avait ignoré, mais dont il avait défendu pied à pied l'action et sur lequel, religieusement, il avait accumulé notes et documents, témoignages, qu'il m'avait légués dans le « cercueil de mes ancêtres ».

Peut-être, en croyant aller au bout de la vérité, en arrachant les masques, avais-je abouti à échafauder un autre mensonge, celui qui ne voyait plus que la perversion, le cynisme, la barbarie là où des hommes comme Aldo Cerato ou mon propre père, l'instituteur résistant Maurice Berger, avaient, avec générosité, sans aucun calcul, sans profit ni en argent, ni en pouvoir, fait don de leur vie.

J'ai rouvert la boîte métallique, le « cercueil de mes ancêtres ». J'ai repris les cahiers d'écolier que mon père avait remplis de son écriture d'instituteur violette et régulière, modeste et appliquée.

« Alfred Berger est un enfant trouvé », avait-il écrit à la première ligne du premier cahier.

Et à la dernière page du dernier cahier, alors que sa calligraphie devenait plus incertaine, il avait, en lettres majuscules titré :

« Le Nouveau Crève-cœur »,

puis copié, comme un élève dans son « cahier de poésie » les vers d'Aragon que j'avais tant de fois récités :

« C'est déjà bien assez de pouvoir un moment
Ébranler de l'épaule à sa faible manière
La roue énorme de l'Histoire dans l'ornière [...]
L'espoir heureusement tient d'autres dans les fers... »

Ce « Nouveau Crève-cœur » me rappelait que la vérité humaine du XXe siècle n'était pas seulement la trahison, la servilité, le cynisme d'Alfred Berger, mais aussi la souffrance pleine d'espérance et le courage d'Aldo Cerato, de François et Henri Ripert.

Et qu'il me fallait reconnaître et nommer mon père, Maurice Berger, instituteur au Têt, aveuglé, abêti par sa foi et en même temps grandi par elle !

Il n'était pas donné à chacun d'entre nous d'être de pur diamant, comme l'avait été Julia Garelli-Knepper.

TROISIÈME PARTIE

28.

J'ai retrouvé Julia Garelli-Knepper à Moscou au début du mois de décembre 1937.

Dans le sanctuaire des archives, j'ai replacé ses carnets de notes au centre de la table et j'ai repris ma lecture.

J'avais besoin d'entendre sa voix, de m'assurer de sa fidélité à Heinz Knepper dont elle tentait de retrouver la trace, allant d'une prison à l'autre, de la Loubianka à Lefortovo, de Sokolniki à Boutirki. Parfois, on acceptait la lettre, les quelques vivres qu'elle lui destinait, mais le plus souvent on les repoussait avec dédain. On ne savait pas. On ne connaissait pas ce Heinz Knepper, cet étranger. On la renvoyait d'un geste menaçant et méprisant. Elle était elle aussi suspecte, puisqu'elle avait vécu avec cet Allemand que le pouvoir soviétique avait décidé d'empêcher de nuire à la patrie du socialisme.

Elle regagnait l'hôtel Lux. Mais le commandant Gourevitch l'avait reléguée dans une cave de l'hôtel en compagnie de Vera Kaminski et de la petite Maria. Les épouses et les enfants de traîtres devaient eux aussi être châtiés. Sept à huit ans de déportation pour les épouses, et pour les enfants l'orphelinat, mais ceux qui avaient plus de douze ans pouvaient être condamnés à mort.

Il – Lui – l'avait décidé.

C'était Vera Kaminski qui le prétendait.

Elle pleurait chaque nuit silencieusement en se blottissant contre Julia. Elle murmurait :

– Lech est mort. Ils vont me prendre Maria. Mais si, mais si, je le sais ! Ne rêve pas, Julia, ils ont tué Heinz. La prison de la Loubianka, on l'appelle le « hachoir à viande ». Et la viande, ce sont les nôtres, Lech Kaminski, Heinz Knepper, les meilleurs, le mien et le tien, l'honneur des partis communistes allemand et polonais. Il est fou !

Il, *Lui*, c'était Staline, mais ni Vera ni Julia ne le nommaient.

« Est-ce Lui qui décide, écrit Julia, Lui qui pointe les noms sur les listes qu'on lui soumet ? A-t-il dit à Iejov, ce nabot sanguinaire qui dirige le NKVD : "Frappez, exterminez sans trier" ? Vera en est sûre. Mais d'autres se refusent à l'imaginer.

J'ai rencontré au milieu des congères qui transforment la place Rouge en une succession de mamelons blancs, de vagues figées, Vassili Bauman qui gesticule en me voyant. Il regarde autour de lui comme pour s'assurer que personne ne nous observe, s'approche et me dit, les yeux fixes :

– Il m'a téléphoné, cette nuit. Il m'a dit : "Continue à écrire, Vassili, ne te soucie de rien, le peuple un jour te lira." Tu entends, Julia ? Voilà ce qu'Il m'a dit de sa voix enrouée. Si seulement j'avais osé Lui parler, mais je n'en ai pas eu le temps. On Lui cache tout. On arrête, on déporte, on tue en Son nom. Mais Il ne sait rien ! »

Vassili Bauman s'est enfui à grandes enjambées, courant presque, et Julia est restée seule sur la grand-place, comme une naufragée.

Puis, tout à coup, elle s'est élancée.

Elle devait Lui écrire, Lui demander, à Lui, ce qu'étaient devenus Heinz Knepper et Lech Kaminski, deux bolcheviks qui avaient voué leur existence à la cause révolutionnaire.

« Heinz vit, avait noté Julia dans son carnet. Si je cessais de le croire, je le condamnerais. »

Et elle a alors écrit à l'homme dont on n'osait prononcer le nom.

29.

« Julia, je t'en supplie, ne Lui écris pas ! », avait crié Vera Kaminski.

Elle avait saisi les mains de Julia, les serrait, les embrassait. Peut-être avait-on oublié, là-bas, dans sa caverne, que Heinz Knepper et Lech Kaminski avaient des épouses, mais, dès qu'Il recevrait la lettre de Julia, Il la transmettrait à Iejov, le nabot, Il s'étonnerait qu'on eût laissé libres ces deux femmes, cette petite fille, et dans les heures qui suivraient les agents des « Organes » viendraient s'emparer d'elles.

Non, que Julia ne Lui écrive pas, qu'elle ne mentionne pas le nom de Lech Kaminski, avait répété Vera, puis elle avait sangloté. Et même si Julia écrivait en ne citant que le nom de Heinz Knepper, cela suffirait pour que la foudre frappe toutes les épouses qu'on n'avait pas encore arrêtées.

Vera s'était redressée, avait encore insisté, criant que Julia n'avait pas le droit de les mettre ainsi toutes en danger.

Car comment pouvait-elle croire qu'Il ne savait pas ? Il était à l'origine de tout ce qui survenait, des tortures qu'on infligeait dans les caves de la Loubianka, et on frappait si fort sur la tête des prisonniers que leurs yeux jaillissaient des orbites.

Savait-elle qu'on avait construit un « abattoir spécial », rue Varsanofevski ? Le sol y était incliné pour que le sang s'écoule vers un pan de mur en rondins prévu pour que le bois l'absorbe. Puis on jetait les corps dans des boîtes métalliques et on procédait à leur crémation au cimetière de Donskoï, avant de disperser leurs cendres.

Mais Iejov avait fait extraire au préalable des crânes de Zinoviev et Kamenev les balles avec lesquelles on les avait abattus.

Julia avait brutalement repoussé Vera et l'avait fixée, le visage fermé, hostile, soupçonneux.

Comment savait-elle tout cela ?

– Je le sais, avait répondu Vera en baissant la tête.

Il aimait les cantatrices, avait-elle poursuivi, celles dotées d'une forte poitrine, qui ressemblaient à des paysannes russes au nez retroussé, aux yeux bleus et aux cheveux blonds.

Vera s'était redressée, avait mis ses mains sur ses hanches. Autrefois, elle chantait au Théâtre des Arts de Moscou et Il venait l'écouter plusieurs fois par semaine. Il s'installait dans la loge du Politburo, l'ancienne loge impériale, et Il lui avait un jour téléphoné : « J'apprends que vous vous déplacez à pied, avait-il dit. Je vous envoie une voiture. »

Durant quelques semaines, elle avait fait partie de son entourage. Elle avait vu. Elle avait écouté. Elle avait été terrorisée comme si elle avait tout à coup été précipitée dans une caverne infernale au centre de laquelle, les yeux plissés, enveloppé par la fumée de sa pipe, se tenait l'homme qu'on n'osait pas nommer, le Chef suprême.

Il examinait avec des mimiques de paysan madré les listes de noms, et elle avait appris que lorsqu'Il disait qu'il fallait appliquer à tous ceux-là « le degré suprême du châtiment », ou bien entamer le « gros œuvre », cela signifiait qu'on allait exécuter des centaines, des milliers d'hommes, comme si le but était d'exterminer tous ceux qui pouvaient résister à cette folie, quels qu'ils fussent, généraux ou dirigeants du Parti, et même des membres de sa propre famille.

– Depuis que sa femme s'est suicidée, Il mâchonne la mort, la serre entre ses dents, comme sa pipe.

L'image était si inattendue que Julia avait ri nerveusement et elle n'avait pu maîtriser le tremblement qui l'avait saisie.

Elle aurait voulu que Vera cesse de parler, de raconter comme elle avait été chassée de la « caverne », quand Il avait appris qu'elle aimait ce Polonais – peut-être ce Juif – de Lech Kaminski.

Les chiens qui gardaient la caverne, Vlassik et Poskrebychev, prêts sur un regard à se coucher ou à se jeter à la gorge d'un visiteur, avaient simplement dit à Vera : « Il ne veut plus te voir, disparais et tais-toi. »

– Depuis, avait raconté Vera, j'ai eu l'impression d'être un cadavre ambulant, et si je n'avais pas eu Maria, je me serais suicidée comme sa femme, comme tant d'autres, jusqu'à l'épouse de Iejov, mais il y avait ma petite fille, et puis Lech dont j'ai cru qu'on le jugerait utile à la cause révolutionnaire, qu'on ne pourrait le frapper. Mais, une nuit, tu le sais, quand a commencé le temps des dénonciations, des exterminations, ils sont venus et l'ont pris.

Elle avait de nouveau étreint les mains de Julia, l'implorant de ne pas Lui écrire.

Julia avait hésité, contrainte chaque nuit, dès que Maria s'était endormie, d'écouter les confidences de Vera Kaminski qui parlait comme on vomit, sans pouvoir s'en empêcher, par un soubresaut de tout le corps.

– Quand ils ont arrêté le maréchal Toukhatchevski, murmurait-elle, il a dit que c'était un serpent, qu'il savait qu'il y avait une conspiration dans l'armée, que le maréchal était devenu un espion des Allemands, et, pour ce traître, cette crapule, cette merde, il n'y avait qu'un seul châtiment possible : la mort.

Vera se taisait quelques minutes, puis, tout à coup, comme si sa bouche se remplissait de mots, elle reprenait :

– Je ne voulais pas entendre. Je ne voulais pas savoir. Je feignais de somnoler sur l'un des divans, car Il refuse de dormir dans un lit. Il lui faut une couche dure et étroite comme un lit de camp, un lit de prêtre dans un séminaire. Mais j'entendais malgré moi. Il disait, et j'en tremblais : "Plus les dents sont acérées, mieux c'est." Il demandait à voir les bordereaux d'exécution, ou bien le *Guide de la torture* que le Politburo avait approuvé.

Julia la voyait se tasser, rentrer la tête dans ses épaules.

– J'étais terrorisée, je savais qu'Il pouvait, d'un battement de paupières, me condamner, et, suivant l'humeur, Il déciderait que je devais être torturée, ou abattue d'une balle dans la nuque, ou empoisonnée. Ou, mieux encore, Il pouvait ordonner à un médecin de me faire mourir d'un arrêt du cœur, et peut-être aurait-il suivi mon cercueil, et tous les témoins auraient été émus par son geste, si inattendu de la part du Chef suprême, osant marquer son affection pour une soprano qui ne chantait plus au Théâtre des Arts... Et tu veux Lui écrire !

Julia n'avait pas renoncé, il lui semblait même au contraire que tout ce que Vera lui rapportait, au lieu de l'inciter au silence, renforçait son désir de s'adresser à Lui.

Elle ne pouvait imaginer qu'Il ne se souviendrait pas d'elle, de la mission qu'en 1934 il lui avait confiée, et Il s'était montré satisfait des résultats qu'elle avait obtenus, de sa liaison à Venise avec Karl von Kleist, cet aide de camp de Hitler. Avant cela, elle avait été à Rapallo, avec Heinz Knepper, elle avait établi des relations plus qu'amicales avec le colonel von Weibnitz, et Il savait combien cette intimité avec les Allemands avait favorisé la coopération militaire entre les deux pays.

Il ne pouvait avoir oublié cela.

Il avait même évoqué l'éventualité de lui confier d'autres missions.

Julia s'était persuadée qu'elle ne s'exposerait pas davantage en Lui écrivant qu'en restant terrée avec Vera et Maria Kaminski dans une cave de l'hôtel Lux.

Peut-être au contraire pourrait-elle, par cette démarche, sauver Heinz Knepper et se sauver, elle ?

Elle Lui avait donc écrit.

30.

Il avait téléphoné au milieu de la nuit.

Il n'avait prononcé que quelques mots et elle s'était mise à trembler, peut-être parce qu'elle avait froid.

Elle était en chemise de nuit, pieds nus. Gourevitch, le commandant de l'hôtel Lux, ne lui avait pas laissé le temps de s'habiller, lui répétant :

– Dépêche-toi ! Dépêche-toi, il est au téléphone. Mais qu'est-ce que tu fais !

Il l'avait poussée hors de la cave, et lorsqu'elle s'était retournée, au moment de sortir, elle avait vu Vera et Maria Kaminski, hagardes, affolées, serrées l'une contre l'autre ; et Vera, dodelinant de la tête, disait :

– Tu Lui as écrit, Julia ! Tu Lui as écrit !

Elle avait couru derrière Gourevitch dans le couloir, puis dans les escaliers, jusqu'au bureau du commandant.

Elle avait vu le combiné posé sur la table et avait hésité à le saisir. Levant les bras, poings serrés, la menaçant et l'implorant tout à la fois, Gourevitch lui avait, sans prononcer un mot, intimé l'ordre de répondre.

Elle s'était penchée et avait pris l'appareil, murmuré qu'elle était Julia Garelli-Knepper, et Il avait toussé –

elle avait imaginé la fumée de sa pipe s'accrochant à sa moustache –, puis avait lâché ces quatre mots :

– Je t'envoie une limousine.

Elle avait entendu le déclic indiquant qu'il avait raccroché, mais elle avait gardé encore quelques secondes le combiné contre son oreille avant de le reposer sur son socle.

Les yeux écarquillés, Gourevitch l'avait regardée et elle avait répété : « Il m'envoie une limousine.»

Alors le commandant de l'hôtel Lux avait parlé de manière si incohérente qu'elle avait été fascinée par le spectacle qu'il donnait, allant et venant à grands pas dans le bureau, disant qu'il avait toujours protégé Julia et les autres épouses, alors qu'il aurait pu, qu'il aurait dû les chasser de l'hôtel, mais elles étaient restées des camarades et il n'avait pas voulu les savoir à la rue, et ça, elle devait s'en souvenir, mais il ne demandait rien, il n'avait fait que son devoir de vrai communiste. Il était heureux que Julia voie le Chef suprême. Quand elle reviendrait, elle retrouverait sa chambre.

Elle s'était approchée de Gourevitch ; elle ne tremblait plus.

– Sors Vera et Maria Kaminski de cette cave où tu nous as fourrées, sors-les de là et installe-les dans une vraie chambre.

Gourevitch s'était incliné comme un domestique patelin et obséquieux.

– Naturellement, naturellement, avait-il acquiescé.

Il y avait déjà pensé plusieurs fois, avait-il ajouté, mais il avait reçu des ordres de Piatanov, au nom du Komintern, des agents du NKVD, et Iejov lui-même lui avait dit qu'il fallait traiter les épouses des traîtres...

Gourevitch s'était interrompu, puis, prenant sa respiration, il avait repris :

– ... comme des chiennes !

– Dis-leur qu'Il m'a envoyé une limousine, avait répliqué Julia en quittant le bureau.

Elle s'était habillée à la hâte, ne répondant pas à Vera qui, tout en berçant sa fille, la harcelait de questions, lui prodiguait des conseils :

– Tu ne lui as pas parlé de moi ? Je te l'avais demandé. Sois toujours sur tes gardes. C'est un loup. Il te renifle. Il se pourlèche en t'observant. Il joue avec toi. Je l'ai entendu dire que son plus grand plaisir, c'était de choisir son ennemi, de préparer son coup, d'assouvir sa vengeance, puis d'aller se coucher. Lech m'a raconté qu'il l'avait vu gifler de sa main gantée le chef du NKVD de Leningrad, après l'assassinat de Kirov, celui qu'il appelait son ami et qu'il a fait tuer, Lech en était sûr. Il veut savoir comment ceux qu'il a fait arrêter résistent à la torture. Chaque jour, il convoque Blokhine, le bourreau de la Loubianka, et il ne se lasse pas d'entendre le récit des souffrances de ceux qu'on torture. Il veut que Blokhine lui donne tous les détails, le nombre de coups de gourdin qu'il a fallu asséner avant que le malheureux avoue qu'il était un espion allemand, ou anglais, ou un opposant trotskiste. Il sait que Blokhine frappe, étrangle, déchire à mains nues. Il a ri quand Blokhine lui a raconté que Zinoviev ou Kamenev, qui avaient été ses proches, ses alliés, avaient imploré le bourreau en répétant : « Il nous a promis la vie sauve ! » Julia, ne crois à aucune de ses promesses, c'est un loup !

Gourevitch était entré, essoufflé, battant nerveusement des mains, répétant « Allons, allons, camarades ! »

Julia avait voulu embrasser Vera et Maria, mais le commandant l'avait tirée en arrière.

– Il attend, avait insisté Gourevitch.

Julia avait imaginé un instant qu'Il était dans la voiture et elle avait à peine effleuré du bout des doigts le visage de Vera qui pleurait.

Elle avait suivi Gourevitch qui courait dans les couloirs, mais, soudain, elle était revenue sur ses pas, elle avait enlacé Vera et Maria, les gardant longuement contre elle, et elle n'avait pu retenir ses larmes comme si elle n'allait plus jamais les revoir.

Devant l'hôtel, stationnés l'un derrière l'autre, elle avait vu la limousine et l'un de ces fourgons cellulaires qu'on appelait les « corbeaux noirs ».

Il n'était pas dans la voiture qui, rideaux tirés, avait démarré aussitôt, roulant à vive allure par les larges avenues désertes.

31.

Il était tapi au fond de sa tanière et Julia s'était immobilisée sur le seuil de cette pièce plongée dans la pénombre que la fumée de sa pipe rendait encore plus obscure, comme s'il avait voulu se dissimuler derrière elle.

Julia n'avait distingué son visage qu'au bout de plusieurs secondes et elle avait pensé qu'Il était malade, comme une plante rabougrie qui ne voit jamais le soleil.

Elle avait été terrorisée d'oser en sa présence porter un tel jugement, comme s'il avait pu le deviner.

Il lui avait fait signe d'approcher en bougeant à peine la main gauche, la droite serrant sa pipe.

Elle s'était exécutée et l'odeur de tabac était devenue si forte qu'elle avait craint de tousser, de ne pouvoir réfréner cette nausée qui lui envahissait la gorge, la bouche. Mais il y avait pire : il lui avait semblé qu'elle se couvrait de sueur et qu'il allait s'en apercevoir, comprendre qu'elle pensait qu'elle pouvait bondir sur lui, qu'elle se souvenait à cet instant précis de l'exclamation chuchotée par Heinz Knepper – et Thaddeus Rosenwald avait jadis exprimé la même pensée à Paris – : « Ne me dis pas qu'il n'y a personne dans ce pays capable de l'éliminer ! Les Russes ont tué les tsars, ils le tueront bien aussi... »

Julia avait été surprise qu'on ne la fouille pas à l'entrée de cette datcha de Kountsevo où elle était arrivée après une dizaine de minutes de trajet.

En descendant de voiture, elle avait aperçu les dizaines de gardes en uniforme du NKVD qui entouraient la construction à un étage, peinte en un vert sombre tirant sur le marron, comme si on avait voulu qu'elle se fondît avec la forêt de pins qui s'étendait à perte de vue.

On avait contrôlé son passeport, mais aucun des gardes qui se trouvaient dans le hall n'avait examiné le contenu de son sac ni n'avait eu un geste pour palper son corps.

Alors qu'elle aurait pu dissimuler une arme.

Et s'asseyant en face de Lui, elle avait baissé les yeux pour qu'il n'y lise pas qu'elle ne pouvait s'empêcher de se remémorer ces révolutionnaires, ces jeunes femmes qui avaient jadis attenté à la vie des tsars.

Mais elle n'avait pas eu l'audace d'imaginer le geste qui aurait mis fin à la tyrannie qui terrorisait l'Union soviétique. Elle avait à la fois si peur qu'il ne devine ce qu'elle pensait et elle en concevait tant de regrets qu'elle s'était mordu les lèvres pour ne pas crier d'effroi et de remords mêlés.

Il lui avait souri.

– Alors, camarade italienne, avait-il dit, on se préoccupe du sort de son Allemand ? Comment l'appelles-tu ?

Et, avant qu'elle ait pu répondre, il avait repris :

– Heinz Knepper ! Pourquoi veulent-ils tous me tuer ? Pourquoi conspirent-ils tous contre moi ?

Il avait lentement bougé son bras gauche, puis avait renoncé, le laissant retomber, et c'est son bras droit, sa main tenant la pipe comme une arme, qu'il avait pointé sur Julia Garelli.

– Comprends, camarade Garelli, écoute ce que je vais te dire, et qui explique tout – tout !

Il s'était interrompu comme pour laisser le temps à Julia de se concentrer, puis il avait dit en martelant chaque mot :

– Staline, ce n'est pas moi. Le pouvoir soviétique *est* Staline.

Il avait mâchonné le tuyau de sa pipe.

– Ils n'ont pas compris que le pouvoir soviétique, c'est moi, qu'en se dressant contre moi, ils ne sont que des ennemis du pouvoir.

Il s'était levé. Il portait une blouse paysanne serrée à la taille par une large ceinture. Ses pantalons bouffants s'enfonçaient dans les bottes en cuir souple qui s'arrêtaient à mi-mollet.

– Tu devrais mieux connaître l'histoire russe, camarade italienne. Je suis un bâtisseur de la Russie, comme l'a été Ivan le Terrible. Le temps passe, les siècles se succèdent, mais, en même temps, tout recommence d'une autre manière, et celui qui veut construire un État fort, nouveau, respecté, doit toujours briser ceux qui s'y opposent. Ivan a dû affronter la haine et la bêtise des boyards. Il n'en a pas tué assez ; sa main, à un moment, a hésité. Il a eu tort. Ils ont cherché à l'assassiner comme on le fait avec moi. Sais-tu, camarade, qu'on m'a envoyé, comme on le faisait dans tes villes de la Renaissance, un livre dont toutes les pages étaient empoisonnées ?

Il était retourné s'asseoir, avait rallumé sa pipe, aspirant bruyamment, le visage vite enveloppé de fumée.

– Qui se souvient aujourd'hui des noms des boyards dont Ivan le Terrible s'est débarrassé ? Personne !

Il avait gardé la pipe serrée entre ses dents et brandi son poing droit.

– Qui va se souvenir de cette racaille dans dix ou vingt ans ? Ils murmurent, ils conspirent, ils s'opposent. Ils devraient penser au sort des boyards, savoir que je me débarrasserai moi aussi de tous mes ennemis, qui sont ceux du pouvoir soviétique.

Le silence à nouveau. Elle n'avait pu s'empêcher de tousser, s'efforçant de ne pas laisser jaillir ce cri de désespoir et d'effroi qui montait en elle.

Mais, lorsqu'il avait recommencé à parler, il avait changé de voix. Celle-ci s'était faite tout à coup plus grave, presque mélodieuse et bienveillante.

Il n'accusait pas Heinz Knepper, avait-il dit. Si les camarades du NKVD lui avaient dit la vérité – mais Lui, au sommet du pouvoir, ne contrôlait pas tout, il y avait des exécutants bornés, brutaux, peut-être complices des ennemis du pouvoir soviétique –, Heinz Knepper n'était qu'un témoin. On le gardait à la Loubianka pour le protéger de ceux qui voulaient l'empêcher de témoigner, mais, naturellement, si rien, comme c'était probable en l'état de l'enquête, n'était retenu contre Knepper, on le libérerait et il reprendrait sa place au Komintern, au service de la révolution.

Elle devait le croire, savoir que son comportement à elle pèserait dans les décisions concernant Heinz Knepper.

Elle s'était souvenue du chantage qu'il avait exercé sur elle en 1934.

Elle avait dû accepter cette mission à Venise, cette liaison qu'elle avait eue alors avec l'un des proches de Hitler, ce Karl von Kleist, et déjà alors Il avait évoqué avec elle une nouvelle mission.

Elle n'avait donc pas été surprise quand il l'avait interrogée sur cet Allemand, ce junker, et c'est, elle, Julia, qui avait complété en prononçant le nom de von Kleist.

Il s'était exclamé, souriant :

– Je savais, chère camarade, que tu comprendrais. Heinz Knepper pourra une fois encore te remercier. Et tu le retrouveras, tu reconstitueras ton petit axe italo-allemand !

Il avait souri, s'était mis à arpenter la pièce, s'approchant de Julia, la frôlant parfois, et elle tressaillait, se recroquevillant malgré elle, se répétant qu'elle avait sauvé Heinz Knepper, puis tout à coup désespérait, songeant aux propos de Vera Kaminski selon qui il ne fallait surtout pas croire aux promesses de ce loup.

Mais elle ne bougeait pas, envoûtée, soumise. Il parlait lentement, d'une voix posée, sûr de lui, sachant qu'il l'avait domptée.

Il lui expliquait qu'il voulait la voir partir pour Berlin et qu'elle y séjourne jusqu'à ce qu'il l'ait rappelée. Elle serait la comtesse Julia Garelli qui parcourait l'Europe, mais peu importait qu'on la soupçonne – les nazis, qui avaient de bons services de renseignement, en auraient la certitude – d'être un agent soviétique.

Il voulait même qu'elle s'affiche ainsi, qu'elle fasse comprendre à Karl von Kleist qu'elle était une sorte d'ambassadrice officieuse du pouvoir soviétique.

– Tu mesures la confiance que je t'accorde ?

Il fallait qu'elle se souvienne de la conclusion de ce traité de Rapallo où elle s'était montrée si efficace, car elle avait des qualités, n'est-ce pas, que ne possédait aucun autre négociateur.

– Et tu ne les as pas perdues, comtesse Garelli !

Elle devait indiquer à Karl von Kleist qu'à Moscou, au plus haut niveau – « Tu peux parler de moi » –, on ne considérait pas l'Allemagne nazie comme une ennemie. Les idéologies nazie et communiste ne pouvaient empêcher le rapprochement des deux pays, comme à Rapallo. D'ailleurs, il y avait plus de points communs entre un nazi et un bolchevik qu'entre l'un et l'autre et un démocrate juif, français ou anglais.

Telle était la mission décisive qu'il confiait à Julia.

Elle disposerait de tous les moyens dont elle aurait besoin. Il fallait qu'elle soit invitée à ces réceptions fastueuses que Hitler donnait à la chancellerie. Le Führer aimait les aristocrates.

Il s'était approché de Julia, lui avait posé la main sur l'épaule.

– Quand il s'agit de toi, moi aussi j'apprécie les femmes de la noblesse, avait-il dit. Mais, sinon, j'ai les goûts d'un moujik, je préfère les paysannes blondes et bien en chair.

Il avait ri.

L'odeur de tabac était de plus en plus âcre et avait donné à Julia envie de vomir.

32.

Le récit de la rencontre entre Julia Garelli-Knepper et Staline, le 6 janvier 1938, ne doit rien à mon imagination. Je l'ai écrit après avoir consulté, aux Archives de Moscou, les témoignages inédits de Nikolaï Vlassik et Alexandre Nikolaï Poskrebychev, qui étaient responsables de la protection de Staline.

Ils jouaient à la fois les rôles de gardes du corps, de majordomes, de secrétaires particuliers, et, lors des séjours de plus en plus fréquents de Staline dans sa datcha de Kountsevo, ils vivaient dans l'intimité de celui qu'ils appelaient familièrement « Koba ».

Ce paranoïaque toujours aux aguets, qui soupçonnait ses plus anciens camarades de vouloir l'assassiner et les faisait vivre dans la terreur, ordonnant l'arrestation de leurs proches, épouses, parents, amis, accordait toute sa confiance à Vlassik et Poskrebychev. Il les traitait comme deux molosses couchant à ses pieds, prêts à bondir sur un clin d'œil de leur maître.

L'un et l'autre rapportent qu'ils avaient reçu de Staline l'ordre de ne pas fouiller au corps Julia Garelli.

Ils avaient osé s'en étonner, car ni les membres du Politburo – les Molotov, Mikoyan, Ordjonikidze – ni même ceux de la famille de Staline ne bénéficiaient d'aucune dérogation.

D'un geste « Koba » les avait fait taire.

– Judas, avait-il dit, ne sera jamais une femme. Il ne faut se méfier que de ceux qui déclarent vous aimer. Et celle-là ne m'a jamais caché qu'elle me haïssait. Pourquoi la craindrais-je ? Je connais ses sentiments et je la tiens.

Il s'était emporté contre « les crapules qui ne cessaient de lui répéter : "Koba, je t'aime", comme Boukharine ou même Iejov. Ceux-là, avait-il ajouté en ricanant, passent leur temps à dire : "Staline est ce que l'humanité a de plus précieux, Staline est notre espoir, Staline est notre étendard, Staline est notre volonté, Staline est notre victoire !" Mais plus ils me flattent, plus je me méfie. Ne les lâchez pas un instant du regard. Ils sont prêts à vaporiser du mercure sur mes rideaux afin de m'empoisonner alors que Julia Garelli, elle, a seulement envie de se jeter sur moi, de me griffer au visage. Mais elle n'est pas Charlotte Corday et je ne suis pas Marat. Je suis un vieux bolchevik géorgien. Je ne crains pas les femmes. Je ne crains personne ! »

Vlassik et Poskrebychev étaient cependant restés aux aguets durant toute la durée de l'entretien entre Staline et Julia Garelli.

Ils s'étaient tenus proches de la porte du bureau, avaient ouvert les micros que Staline – comme il aurait pu le faire – n'avait pas débranchés. D'ailleurs, Koba leur avait transmis un dossier du NKVD concernant Julia Garelli comme s'il avait voulu, en dépit de ses propos, leur demander de rester sur leurs gardes.

Les documents réunis par le NKVD étaient accablants.

Julia Garelli était d'abord l'épouse d'un opposant avéré, l'Allemand Heinz Knepper, accusé d'espionnage pour le compte des nazis. De plus Gourevitch, le commandant de l'hôtel Lux, et Piatanov, le responsable du Komintern, rappelaient qu'elle était l'amie de Vera Kaminski, l'épouse d'un traître.

Elle était liée à Thaddeus Rosenwald et à Willy Munzer, deux agents en mission à l'étranger qu'on soupçonnait d'avoir pris contact, en France, en Allemagne, en Italie et en Espagne, avec des opposants au pouvoir soviétique.

Le dossier du NKVD contenait aussi une dénonciation précise de Julia Garelli signée d'un dirigeant communiste français, agent des Services, Alfred Berger. Celui-ci accusait Rosenwald et Garelli d'avoir tenté d'imposer à la direction du PCF un trotskiste, Boris Serguine. Julia avait été la maîtresse de Serguine et, au cours d'un voyage à Rome, ils avaient rencontré un ancien communiste, Paolo Monelli, passé au fascisme.

Vlassik et Poskrebychev avaient relevé que Staline avait tiré un trait au crayon devant le nom de Vera Kaminski, et fait suivre ceux de Thaddeus Rosenwald et de Willy Munzer de points de suspension.

La première était donc condamnée, les deux autres maintenus sous surveillance permanente.

Julia Garelli-Knepper n'avait appris l'arrestation de Vera Kaminski que quelques heures avant son départ pour Berlin, une dizaine de jours après sa rencontre avec Staline.

Elle n'était pas retournée à l'hôtel Lux. L'agent du NKVD qui l'accompagnait, un homme jeune aux manières brusques du nom de Vassiliev, lui avait indiqué qu'elle serait logée au Métropole, le nouveau grand hôtel de Moscou. Elle y était consignée, ne pouvant sortir sans autorisation. Celle-ci devait être sollicitée auprès de la direction du NKVD.

Vassiliev l'avait avertie qu'il était prêt à user de la force, si nécessaire, pour l'empêcher de quitter le Métropole. Cependant, le dixième jour, Julia dut se rendre à l'ambassade italienne afin d'y retirer son visa, puisqu'elle était toujours de nationalité italienne et que c'était là, avec son titre de noblesse, l'une des clés qui lui ouvraient les portes des salons de toute l'Europe.

On savait qu'elle était au service des Soviétiques, mais, commentait-on, c'était par esprit de contradiction, par « extravagance » plus que par conviction. Elle était l'une de ces « aristocrates rouges », de ces « originales », de ces « aventurières » qui, donnant du piment à un dîner, suscitaient les désirs et les curiosités.

On l'avait vue aux côtés du colonel von Weibnitz, puis de Karl von Kleist, devenu général, ainsi que de quelques autres comme ce diamantaire, Samuel Stern, qui sillonnait l'Europe. Elle avait, disait-on, épousé un dirigeant communiste allemand, Heinz Knepper, mais ce n'était sans doute qu'une rumeur. Les diplomates soviétiques la démentaient. Et on les croyait d'autant mieux qu'ils affirmaient que la comtesse Garelli avait ses entrées au Kremlin et qu'elle voyait fréquemment Staline dont elle était peut-être la messagère.

Julia savait tout cela. Elle en avait joué et avait pris plaisir à cette comédie à Rapallo, à Venise comme à Paris.

Elle écrit dans son journal :

« Dernier jour à Moscou. Je pars cette nuit pour Berlin. Vassiliev m'accompagnera jusqu'à la frontière finlandaise. Je dois d'abord me rendre à l'ambassade italienne pour y retirer mon visa.

Je réprime comme une inconvenance et une trahison la joie qui m'envahit à l'idée de revoir en tête à tête Sergio Lombardo.

Je suis impatiente de franchir cette frontière au-delà de laquelle je suis sûre que j'éprouverai un irrépressible sentiment de liberté. Mais je ne veux pas céder à l'illusion, à la griserie. Je suis tenue en laisse.

Si je veux que Heinz Knepper ne soit pas exécuté, il faudra que j'obéisse.

Souvent, je pense à Vera Kaminski, sûre qu'ils ont déjà tué Heinz ! J'aurais alors conclu un marché de dupes, comme une putain qui n'a pas exigé qu'on la paie avant de la baiser. Je me serais alors prostituée pour rien. Je ne peux envisager cette hypothèse. Je dois agir comme si Heinz n'était qu'un prisonnier de la Loubianka dont le sort n'est pas encore fixé.

Il dépend de moi qu'il meure ou qu'il survive.

Le loup tient ma gorge entre ses crocs. »

Lorsqu'elle écrit ces lignes, Julia n'a pas encore rencontré Sergio Lombardo, le diplomate italien ami de la famille Garelli et à qui – c'est mon hypothèse – elle confiera ses carnets afin qu'il les fasse parvenir en Italie par la valise diplomatique.

Julia Garelli les retrouvera en 1945.

Elle rend compte dans son journal – j'imagine qu'elle écrit le même jour, mais dans le train qui roule vers Berlin – des propos que lui a tenus Sergio Lombardo :

« Sergio a tenté de me dissuader de partir :

– À l'ambassade, vous êtes en territoire italien, me dit-il. Vous pouvez y demeurer jusqu'à ce que Rome ait négocié avec Moscou un troc qui vous permettrait de regagner l'Italie. Les relations que nous entretenons avec l'URSS sont bonnes. Nous sommes un partenaire commercial et politique important pour eux. Et nous avons arrêté plusieurs agents soviétiques qui peuvent servir de monnaie d'échange. Mussolini connaît de l'intérieur le cynisme des communistes. Il a côtoyé les bolcheviks exilés en Suisse, et Lénine en personne. Il est l'ami de votre père. Il mettra un point d'honneur à vous faire sortir de cette prison.

L'insistance de Sergio, sa détermination m'étonnent et m'émeuvent. Je ne suis plus habituée à la générosité, à l'amitié, aux sentiments humains autres que la peur, le soupçon et la haine. Sergio me répète que Mussolini, comparé à Staline, est un prince humaniste de la Renaissance face à Ivan le Terrible. Et le fascisme n'est qu'une démocratie atrophiée, alors que le communisme est une barbarie sans limites. Il s'indigne que les antifascistes osent, sans rire, dire que les îles Lipari où on les relègue sont une "Sibérie de feu". Comment peut-on s'aveugler à ce point ?

Je défends du bout des lèvres l'Union soviétique, mais, tout à coup, Sergio me saisit les poignets, les serre, dit d'une voix étouffée par l'émotion :

– Écoutez-moi, Julia, écoutez-moi, je voulais vous épargner ça, mais il faut que vous sachiez !

Il me raconte comment, il y a dix jours, une petite fille a été poussée devant l'entrée de l'ambassade par une inconnue qui s'est enfuie. L'enfant sanglotait et répétait sans sembler comprendre : "Julia Garelli."

Les carabiniers de garde ont hésité. Ils ont des ordres stricts pour refouler les Russes qui veulent se réfugier à l'ambassade. Mais ils étaient troublés par le nom de Garelli, émus par cette enfant. Ils n'ont pas eu le temps d'ouvrir les portes. Les agents du NKVD qui surveillent l'ambassade se sont précipités et ont enfourné la fillette dans un "corbeau noir".

J'ai aussitôt compris que le jour de ma rencontre avec Lui, à Kountsevo, Il avait donné l'ordre d'arrêter Vera Kaminski. Celle-ci avait dû le pressentir et confier sa fille à une passante afin qu'on la conduisît à l'ambassade, dans l'espoir qu'on l'y recevrait si elle se présentait en donnant mon nom.

Que sont devenues Vera et Maria Kaminski ?

Je me suis souvenue du "corbeau noir" stationnant devant l'hôtel Lux à côté de la limousine qui devait me conduire à Kountsevo.

Je roule vers Berlin.

Le loup a commencé de m'égorger. »

33.

Julia a séjourné à Berlin de la fin du mois de janvier 1938 au mois de juillet de la même année, la plus décisive de l'avant-guerre.

Elle occupait une chambre lambrissée au dernier étage de l'hôtel Prinz Eugen, non loin de la chancellerie du Reich.

C'était le temps des fifres et des tambours, des parades sur Unter den Linden, des drapeaux à croix gammée suspendus aux arbres, aux lampadaires, à toutes les fenêtres.

Hitler prenait le commandement de la Reichswehr. Un mois plus tard, en mars, les troupes allemandes entraient dans Vienne, marchant sur un tapis de pétales de roses au milieu des acclamations de la foule en délire.

L'on donnait des bals dans les ministères, à Berlin, pour célébrer l'Anschluss, cette réunification du peuple germanique, et Julia entendait Ribbentrop, ministre des Affaires étrangères aux hanches si larges qu'il avait une silhouette en forme de poire, dire au milieu d'un cercle de jeunes femmes en robes longues et de messieurs en smoking ou en grand uniforme que le tour des Allemands des Sudètes viendrait, qu'ils retrouveraient eux aussi leur patrie, qu'on ne saurait davantage tolérer que les Tchèques les oppriment.

Julia parcourait les grandes salles de la chancellerie au bras du général Karl von Kleist qui lui murmurait que jamais les rapports entre le Führer et le Duce n'avaient été aussi bons, il devait même dire aussi fraternels, ainsi qu'ils devaient être entre compagnons d'armes.

Kleist lui serrait le bras, la questionnait tout en inclinant la tête pour saluer l'ambassadeur soviétique Alexandre Meskine, lequel fixait Julia, la dévisageait puis détournait le regard comme s'il craignait de dévoiler ce que tout le monde savait : que la comtesse Garelli se rendait aux réceptions de l'ambassade russe, qu'elle y avait de longs apartés avec Sergueï Volkoff, le premier secrétaire, dont personne n'ignorait à Berlin qu'il était le représentant des Services, l'homme le plus important de l'ambassade, celui qui faisait trembler l'ambassadeur Meskine en personne.

C'est à Volkoff que Julia devait rendre compte de l'avancement de sa mission. Avait-elle réussi à convaincre Kleist des intentions pacifiques du pouvoir soviétique qui considérait Berlin comme son premier partenaire en Europe ?

Elle l'avait dit à Karl von Kleist, et celui-ci avait répondu que le Führer était un homme réaliste qui voulait la paix avec le monde entier, mais qui n'aurait de cesse que les peuples allemands et les droits du Reich fussent respectés.

Or ils ne l'étaient pas, par exemple par la Tchécoslovaquie et par la Pologne. L'une refusait de reconnaître l'identité et l'autonomie des Allemands des Sudètes, l'autre ne voulait pas que les Allemands pussent accéder à la ville germanique de Dantzig, coupée du Reich par un couloir polonais qui était, plus qu'une aberration, une infamie.

Julia devait répondre d'une voix primesautière qu'à Moscou, celui dont tout dépendait et qu'elle avait vu dans sa datcha de Kountsevo – mais oui, elle L'avait vu –, comprenait parfaitement la position allemande.

Karl von Kleist s'inclinait vers elle.

On passait d'un salon à l'autre où se pressait une foule élégante et joyeuse.

Les troupes du général Franco avaient atteint les bouches de l'Èbre, les républicains espagnols étaient en déroute, et bientôt Hitler et Mussolini compteraient un nouveau frère d'armes. La France serait alors prise en étau et il faudrait bien qu'elle cède.

De place en place, se détachant sur les murs recouverts de marbre blanc et rose, les gardes SS ressemblaient à des statues noires.

Julia frissonnait. Ces hommes étaient sans regard.

Karl von Kleist lui proposait de la raccompagner à l'hôtel Prinz Eugen.

Julia écrit :

« Karl von Kleist vient de partir. Je regarde ce lit défait. Ni honte, ni lassitude. J'ai pris du plaisir à sentir peser sur moi le corps devenu un peu gras, depuis Venise, de Monsieur le général von Kleist, chef d'état-major personnel du Führer.

Kleist, ce soir, à la chancellerie, m'a présenté à celui qu'il appelle "Notre visionnaire".

Hitler a gardé quelques secondes ma main dans la sienne. Elle est toujours aussi potelée, moite. Il a esquissé une inclinaison du buste cependant que Kleist lui indiquait que j'arrivais de Moscou, que j'étais la comtesse Garelli, de Venise, dont le père était proche du Duce.

Une lueur d'intérêt a brillé dans les yeux de Hitler, puis son regard s'est voilé et dérobé.

Kleist, lui, est enthousiaste. L'Allemagne nouvelle, dit-il, ne tirera pas les marrons du feu pour ces Messieurs de Londres et de Paris, elle ne conduira à leur profit aucune croisade contre les Russes.

Puis ses lèvres effleurent le lobe de mon oreille, et il chuchote. Ai-je besoin de comprendre ce qu'il me dit ?

Il veut passer de la diplomatie au lit.

Pourquoi pas ? Je préfère encore Karl von Kleist aux cauchemars qui me hantent. »

Chaque nuit Julia entend les sanglots de Maria Kaminski. Elle voit Vera qui se débat, tente de retenir sa fille qu'on lui arrache, qu'on va enfermer dans un orphelinat.

Les agents du NKVD la frappent pour qu'elle lâche prise.

Julia se réveille en sursaut, mais le cauchemar se poursuit. Elle n'imagine plus rien, mais se souvient des propos de Willy Munzer.

Munzer a surgi alors qu'un après-midi elle se promenait sur Unter den Linden, l'hiver se fendillait enfin, laissant apparaître un bleu vif, et par ces fentes dans la grisaille une brise embaumée glissait, caressante.

Elle se répétait qu'en dépit de la souffrance qu'elle éprouvait, des compromissions dans lesquelles elle se vautrait, et malgré ces nuits de cauchemars, si angoissantes qu'elle s'accrochait aux épaules de Karl von Kleist afin qu'il restât encore quelques instants avec elle à la serrer, à l'étouffer, parfois à la faire se roidir, crier, donc oublier quelques secondes où elle était, qui elle était, quel était cet homme qui l'avait fait jouir, il lui fallait vivre, malgré tout.

Willy Munzer l'a entraînée, arrêtant un taxi, les faisant conduire jusqu'à Potsdam et ne se mettant à parler qu'une fois entrés dans le parc du château.

– Il veut l'alliance avec l'Allemagne nazie, avait-il commencé. Il ne veut pas « tirer les marrons du feu » pour Londres et Paris.

Et Julia n'avait pu s'empêcher de sourire, de lui restituer à l'identique les propos que lui avait rapportés Karl von Kleist. Munzer n'avait pas paru décontenancé, au contraire. Contre Paris et Londres, Hitler et Staline allaient se liguer.

– Staline l'a dit, c'est une partie de poker à trois. Il la prépare, il chasse les Juifs du ministère des Affaires étrangères, de l'ambassade, ici, à Berlin, pour ne pas déplaire à Hitler et à Ribbentrop. Naturellement, il va donner d'autres gages, livrer les communistes allemands à la Gestapo, pourquoi pas ?

Tout à coup, Willy Munzer s'était arrêté, avait saisi Julia aux épaules, l'avait secouée.

Il fallait qu'elle prenne conscience de ce qui se tramait. Il n'y avait plus de place en URSS pour des gens comme eux. Lui-même ne rentrerait pas à Moscou. Il allait continuer à combattre le fascisme et le nazisme à Paris, et Thaddeus Rosenwald allait sûrement prendre la même décision.

– Et toi ?

Elle s'était dégagée de l'étreinte de Willy Munzer. Elle avait fait quelques pas, s'était éloignée puis était revenue et avait murmuré qu'elle voulait sauver Heinz Knepper.

Alors Willy Munzer l'avait enlacée, l'avait étreinte, puis ils s'étaient remis à marcher bras dessus, bras dessous, et il avait dit ce qu'il savait des arrestations, des tortures, des procès, des condamnations, de cette folie qui avait saisi Iejov, Beria, ces tueurs aux ordres du Grand Paranoïaque.

34.

Julia Garelli et Willy Munzer avaient déambulé jusqu'au crépuscule dans le parc de Potsdam.

À chaque fois que Munzer avait prononcé le nom de l'un de ces inculpés que le procureur Vychinski traitait de « vipères », de « chiens enragés », de criminels qui avaient assassiné Maxime Gorki et Kirov, qui n'étaient qu'une « engeance de gardes blancs », « d'indignes laquais des fascistes », de « monstres boukharino-trotskistes que le peuple soviétique allait faire disparaître en les conduisant au poteau d'exécution », Julia avait eu l'impression qu'on la frappait sur la nuque.

C'était comme si elle avait été, elle aussi, livrée à Beria qui, peu à peu, avait pris le contrôle du NKVD, arrachant le pouvoir à Iejov, maniant lui-même le gourdin.

– Il brise les crânes, avait dit Munzer, il s'acharne jusqu'à ce que la peau éclate, que les jambes ne soient plus qu'une seule plaie, que la plante des pieds soit devenue noire. Et parfois son tueur, une brute, un monstre de cent cinquante kilos, un Géorgien, Tsereteli, saute à pieds joints sur le corps de ces malheureux, nos camarades innocents, Julia, nos camarades...

Elle avait imaginé Heinz Knepper entre les mains de ces bourreaux et elle avait eu envie de hurler de désespoir.

Ils avaient condamné Boukharine et même Iagoda, l'ancien chef du NKVD qui avait les mains rougies du sang des milliers de prisonniers qu'il avait fait exécuter. Et maintenant c'était le tour des exécuteurs.

Julia avait connu la plupart de ces hommes.

Elle se souvenait de Krestinski, un vieux diplomate qui avait été ambassadeur à Berlin et qui, lors de la première audience de son procès, avait eu le courage de déclarer :

– Je ne me reconnais pas coupable. Je ne suis pas membre du groupe des droitiers et des trotskistes. Je n'ai commis aucun des crimes dont on m'accuse. Comment ose-t-on prétendre que j'étais en contact avec le service d'espionnage allemand ? J'étais jusqu'à mon emprisonnement membre du Parti communiste de l'Union soviétique, et je le suis toujours.

Krestinski avait résisté un jour entier, réfutant les témoignages à charge dont ses coïnculpés l'accablaient.

Une nuit était passée.

Mais, le lendemain, tête baissée, il avait reconnu tous les crimes qu'on lui imputait, allant jusqu'à dire qu'il avait commencé à espionner pour le compte de l'Allemagne dès 1918 :

– Je confirme pleinement l'ensemble des déclarations que j'ai faites pendant l'instruction. Je suis un espion criminel. Un traître, avait-il conclu.

Qu'avait-il subi durant cette nuit ? Qui avait-on menacé de torturer : son épouse, son enfant ?

Munzer avait rapporté les commentaires du Grand Paranoïaque sur les condamnations à mort de ceux qui l'avaient pourtant aveuglément servi :

« Ils ont été jetés hors de leurs chancelleries comme des vieilleries hors d'usage, avait-il dit. Le peuple soviétique n'a qu'à remuer le petit doigt pour qu'ils disparaissent sans laisser de traces. Le peuple soviétique approuve l'anéantissement de cette bande et passe à l'ordre du jour ! »

– Ils sont fous ! avait répété Willy Munzer.

Julia s'était récriée. Munzer connaissait comme elle et les victimes et les bourreaux. Ces derniers – tels Iagoda et bientôt Iejov – devenaient à leur tour des coupables, ce sont eux qui subissaient à leur tour la torture, eux qu'on condamnait au suprême châtiment, et certains, comme Ordjonikidze, qui avaient été responsables de la terreur, qui avaient ordonné l'exécution de dizaines de milliers d'innocents, la déportation de milliers de suspects ou de simples paysans qui tenaient à leur terre, se suicidaient.

– Non, ils ne sont pas fous, avait-elle murmuré dans l'allée déserte du parc de Potsdam qu'embrasait le soleil couchant de ce mois d'avril 1938.

Elle avait empoigné les revers de la veste de Willy Munzer :

– C'est une meute que nous avons vue se constituer, avait-elle repris. C'est nous qui l'avons rassemblée, nous en avons fait partie, tu l'as servie et je la sers encore. Nous avons accepté dès 1918 les exécutions sommaires, la répression de la révolte des marins de Kronstadt, les massacres. Nous n'étions pas fous. Ils ne sont pas fous. Nous avons voulu le pouvoir, nous avons accepté de tuer pour le conquérir, le conserver. Souviens-toi, Willy, souviens-toi !

Elle avait continué alors qu'ils étaient sortis du parc, qu'ils marchaient dans les rues de Potsdam, puisqu'elle acceptait de passer la nuit avec Willy

Munzer, non pas pour épuiser dans l'étreinte cette colère, ce désespoir et cette angoisse qui l'habitaient, mais pour parler jusqu'à l'aube, s'interroger sur ce qu'il fallait faire pour tenter de mettre fin au règne de cette bande de criminels, en finir avec le système qu'ils avaient mis en place, dont les ramifications, comme des racines vénéneuses, s'infiltraient dans tous les pays.

Elle avait lu l'interview qu'avait donnée Alfred Berger à *L'Humanité* à son retour de Moscou où il avait assisté au procès – à « l'anéantissement », disait-il, reprenant le mot de celui qu'il appelait « la Pensée et la Voix du prolétariat mondial » – de la clique contre-révolutionnaire.

Berger évoquait la « Grande Révolution française » qui avait su elle aussi châtier les traîtres, ce qui lui avait permis de remporter les victoires de Valmy, de Jemmapes, de Fleurus. Et si la Commune de Paris avait osé, dès le mois de mars 1871, instaurer la « dictature du prolétariat », elle aurait été victorieuse, mais elle s'était elle-même lié les mains, n'osant pas même s'emparer de l'or de la Banque de France !

« Pas de pitié pour les traîtres, les espions à la solde du fascisme ! » concluait Alfred Berger.

Si le dégoût ne l'avait pas emporté, il aurait fallu rire aux éclats, car Julia était à Berlin pour faire comprendre aux dirigeants nazis que « le Loup de Kountsevo », le « Guide du prolétariat mondial », le « Visage de l'antifascisme » était prêt à conclure un pacte avec Hitler !

Et c'était elle, Julia, qui, avec quelques autres, devait transmettre ce message au Führer !

Willy Munzer parlait de folie alors qu'il s'agissait bel et bien d'une stratégie politique cynique qui ne trompait que ceux qui voulaient l'être : les complices de la bande criminelle qui régnait à Moscou.

Willy avait souri. Il lui avait enveloppé l'épaule de son bras.

Elle parlait comme le procureur Vychinski ! avait-il dit.

Munzer avait lu à Julia le témoignage d'un juriste anglais, avocat de la Couronne, qu'il avait autrefois rencontré et qui était, comme on disait, « compagnon de route » des communistes, antinazi, etc. Ce spécialiste du droit écrivait, après avoir assisté à l'un des procès :

« La première chose qui m'impressionna en tant que juriste, c'était les manières libres et naturelles des accusés. Tous avaient bonne apparence. Les prisonniers renoncèrent librement à l'assistance d'un avocat. Ils auraient pu l'obtenir gratuitement, s'ils l'avaient désirée, mais ils préférèrent se défendre eux-mêmes. Et si l'on en juge par leurs aveux et par leur facilité d'élocution, ils n'eurent pas à regretter leur décision. L'accusateur public, Vychinski, ressemblait à un homme d'affaires anglais intelligent et plutôt doux... L'exécutif de l'Union soviétique a sans doute fait un très grand pas vers la suppression des activités contre-révolutionnaires. Mais il n'est pas moins évident que la justice et le procureur de l'Union soviétique ont fait un progrès aussi important dans l'estime du monde moderne... »

Julia ferme les yeux.

Elle voit Maria Kaminski. Elle entend la petite fille répéter sans comprendre : « Julia Garelli » aux carabiniers en faction devant l'ambassade d'Italie.

Elle imagine le « corbeau noir » dans lequel on a précipité Vera Kaminski. Celle-ci hurle, se débat. On lui a arraché Maria.

Julia pleure silencieusement, la tête appuyée sur l'épaule de Willy Munzer.

35.

Julia Garelli a vécu les trois derniers mois de son séjour à Berlin comme un calvaire, une douloureuse agonie mais où la résurrection précède la mise en croix.

C'est elle qui, dans son journal, décrit de cette étrange manière ce qu'elle a vécu de mai à juillet 1938.

Elle sait qu'il lui faut choisir.

Le général Karl von Kleist lui a fait comprendre que le Führer n'était pas disposé à répondre aux sollicitations de Staline.

Hitler veut que Paris et Londres s'inclinent devant sa politique de force, reconnaissent les droits des Allemands des Sudètes. N'ont-ils pas accepté l'Anschluss ? Et l'Autriche est rentrée dans le Reich allemand. Hitler est sûr que les « démocraties enjuivées » plieront une fois encore, abandonneront la Tchécoslovaquie plutôt que de prendre les armes. Les Blum et autres pacifistes craignent par-dessus tout la guerre. Des entretiens ont déjà commencé avec Mussolini, qui servira d'intermédiaire. Ces messieurs en fracs s'imagineront que le Reich, après sa réunion avec les Sudètes, s'enfoncera, selon sa pente naturelle, dans la grande plaine d'Europe orientale, jusqu'à Varsovie et, au-delà, en Ukraine. Et qu'ainsi le nazisme et le communisme, l'Allemagne et la Russie s'entretueront pour le plus grand profit de la City de Londres !

Après avoir expliqué la partie de poker qui va s'engager, Karl von Kleist a conclu que c'est à ce moment-là, quand les démocraties auront capitulé, livré la Tchécoslovaquie, qu'il faudra abattre les cartes.

– Vous reviendrez dans un an, a-t-il dit à Julia.

Puis il a claqué les talons et elle n'a plus été invitée aux réceptions de la chancellerie.

Mais elle a en revanche été convoquée à l'ambassade russe.

Lorsqu'elle lui a fait part du rendez-vous qu'elle avait pris avec Alexandre Meskine, Willy Munzer l'a adjurée de ne pas s'y rendre.

On pouvait la retenir, l'assassiner sur place, faire disparaître son corps dans les chaudières du bâtiment.

Elle devait quitter Berlin au plus vite, gagner Bruxelles, où se trouvait Thaddeus Rosenwald, ou bien Paris. Elle pourrait y rencontrer un écrivain anglais, Arthur Orwett, que Munzer avait connu en Espagne.

Autrefois, Orwett avait cru à la fable de la révolution mondiale. Sans jamais être communiste, il avait travaillé pour le Komintern. Munzer avait toute confiance en lui. Orwett la ferait entrer en Angleterre.

Il pourrait publier dans l'un des journaux auxquels il collaborait ce que Julia jugerait bon de lui révéler. Elle était un témoin capital. Elle avait rencontré Lénine, Staline, Hitler. La notoriété qu'elle y gagnerait la protégerait, et les services secrets britanniques, les meilleurs du monde, veilleraient sur elle.

Mais se rendre à l'ambassade soviétique et rentrer à Moscou relevait du suicide.

Julia écrit dans son journal :

« J'écoute Willy Munzer.

Je sais qu'il a raison, mais je ne peux me résoudre à rompre avec tout ce qui a fait ma vie, et à payer ma liberté avec la mort de Heinz Knepper qu'on tuera à l'instant même où je me rebellerai.

Mais je suis déchirée, j'agonise.

Lorsque j'ai prononcé devant Munzer le nom de Heinz Knepper, il m'a prise par les épaules. Sans me regarder, mais enfonçant ses doigts dans ma chair, il s'est dit persuadé qu'ils avaient déjà tué Heinz d'une balle dans la nuque dans leur abattoir de la Loubianka. Sinon, ils l'auraient jugé. Il aurait fait partie du spectacle. Mais sans doute Heinz avait-il refusé de tenir le rôle qu'on avait voulu lui assigner. Et puis, il était allemand. Et son procès aurait pu provoquer un incident diplomatique, surtout s'il avait clamé son innocence.

Willy Munzer était persuadé que Heinz, têtu, fidèle, n'était pas homme à se renier.

Ainsi Munzer me torture. Il prétend que j'ai peur d'affronter la vérité alors que je sais fort bien que Heinz n'a pas plié devant ses bourreaux.

– Tu l'imagines, lui, obéissant à un Iejov, à un Beria ? Ils l'ont tué, Julia, dans les heures qui ont suivi son arrestation. Et, depuis, ils jouent avec toi, et tu cèdes à leur chantage. Ce sont des criminels et tu le sais !

Il m'accable.

Je voudrais hurler, dire que si j'avais accepté – comme Heinz le désirait – d'avoir un enfant, je pourrais en effet choisir de m'enfuir pour le sauver. Mais j'ai réduit ma vie à ce “nous” des camarades, à ce parti où chacun est le bourreau de l'autre.

J'ai répondu à Willy Munzer que si je n'avais pas la preuve de la mort de Heinz, je rentrerais à Moscou, et que Heinz, à ma place, agirait de même.

« Je me suis donc rendue à l'ambassade. Sitôt franchies les grilles du parc qui entoure le bâtiment, j'ai eu la sensation d'être enchaînée, deux boulets rivetés à mes chevilles, un poids écrasant mes épaules.

Silence dans le hall sépulcral.

Lorsque je précise que je suis attendue par l'ambassadeur Meskine, on me regarde avec effarement et je lis de l'effroi dans les yeux de l'officier à qui je m'adresse. Il hésite, puis, compulsant un registre, m'annonce que je serai reçue par le premier secrétaire, le camarade Sergueï Volkoff, et, plus bas, presque dans un chuchotement, il ajoute que l'ambassadeur est à Moscou pour consultation.

Je suis aussitôt saisie de panique. Meskine est peut-être déjà emprisonné à la Loubianka.

Je m'éloigne du bureau. Je dis que je reviendrai, que je ne veux rencontrer que l'ambassadeur en personne.

L'officier s'est levé et me montre Sergueï Volkoff qui s'avance, mains dans les poches de sa veste trop large.

« Je le connais bien. C'est lui qui, depuis mon arrivée à Berlin, me transmet les instructions du "Centre", comme il dit, et recueille les informations que j'ai glanées en passant mes nuits avec Karl von Kleist ou en valsant, dans les salons de la chancellerie du Reich, avec l'un de ces jeunes diplomates qui entourent Ribbentrop et dont la raideur d'automate m'attire, je le reconnais.

J'ai tenu Sergueï Volkoff à distance, élevant entre nous la barrière de mon mépris et même de mon dégoût. Mais j'ai toujours eu la certitude que mon attitude le satisfaisait, qu'il jouissait de l'antipathie et du rejet qu'il provoquait, qu'il étirait à chaque fois notre entretien à dessein pour m'exaspérer, me contraindre à subir sa présence, à répondre à ses questions autant qu'il le désirait.

Il était le maître. Il jouait avec moi. Il me déshabillait du regard et, comme par mégarde, effleurait mon genou, et il souriait avec ironie lorsque je me rencognais dans le coin du canapé.

Souvent il laissait s'écouler plusieurs minutes, et, la tête levée, poseur caricatural, semblait suivre les volutes de la fumée de sa cigarette, avant de me poser une question.

« Cette fois, il change de comportement et de ton :

– Meskine ne reviendra pas. Nous l'avons démasqué, dit-il en se tenant bras croisés devant moi, sans même m'inviter à m'asseoir dans ce bureau de l'ambassadeur qu'il occupe donc, remplaçant le titulaire qu'il a sans doute dénoncé au "Centre" comme espion allemand, un "laquais" des hitléro-trotskistes.

Il ajoute que ma mission s'achève et que je dois me préparer à rentrer moi aussi à Moscou.

À l'écouter analyser la situation diplomatique, j'ai l'impression d'entendre le général von Kleist.

– Nous avons semé, dit Volkoff. Les Allemands savent à quoi nous sommes disposés, mais ils veulent d'abord démanteler la Tchécoslovaquie et faire plier Londres et Paris. Pourquoi pas ? Après, ils viendront vers nous, et peut-être vous chargera-t-on, camarade Garelli, de renouer les liens avec votre général.

Tout à coup, il saisit mon bras et le serre.

– Vous savez que Willy Munzer a déserté ? dit-il. Pourquoi le voyez-vous ? Voulez-vous que nous vous réservions le même sort qu'à lui ? Car il n'échappera pas au châtiment. Il parle, il marche, il agit, il imagine qu'il est encore vivant...

Sergueï Volkoff me lâche le bras et sourit :

– ... mais Willy Munzer est mort, chère camarade Garelli. C'est son ombre que vous avez rencontrée. Munzer n'est plus rien. En revanche, il est contagieux. Il ne faut pas côtoyer la mort, Julia, elle vous enveloppe dans son suaire et vous entraîne avec elle.

Il me raccompagne dans le hall, murmure que je dois attendre à l'hôtel Prinz Eugen. Le "Centre" décidera de la date de mon retour et peut-être lui-même aura-t-il la joie de m'accompagner.

« Je rentre à l'hôtel d'un pas lent, avec la sensation d'être suivie, mais je n'ose même pas me retourner.

Je souhaite que l'homme dont il me semble entendre le pas derrière moi s'approche, me tue d'une balle dans la nuque, mette ainsi fin à ce calvaire qu'il me faut endurer.

Mais on me laisse rejoindre l'hôtel.

Je téléphone aussitôt à Willy Munzer.

– Ils savent tout de toi, de moi, Willy, et ils vont te tuer.

Il reste un moment silencieux.

– Évidemment, dit-il enfin d'un ton calme. Qu'as-tu décidé ?

Je ne peux répondre, comme si j'étais devenue une outre vide, un corps flasque.

– Pars cette nuit même. Prends le train pour Paris. Ils te tueront aussi, mais ce n'est peut-être pas le pire. Ils te garderont vivante pour mieux te laisser pourrir.

Je m'accroche à ce mot : "vivante" ; je dis une nouvelle fois que c'est peut-être le sort qu'ils ont réservé à Heinz et que je veux le tirer de cette fosse où ils l'ont enfoui. J'imagine un instant qu'ils nous relègueront dans un village sibérien comme le tsar le faisait avec ses opposants.

Tous les socialistes révolutionnaires, les bolcheviks ont connu cela.

– Les derniers tsars étaient des êtres civilisés ! s'insurge Willy Munzer. Lui, est un barbare et tu le sais, Julia.

« Je pense à cet Ivan le Terrible dont Il se réclamait, aux boyards menacés dont Il disait que personne aujourd'hui ne connaissait plus les noms. Alors Il agissait comme ce tsar, Il assassinait par millions, et les corps anonymes serviraient, imaginait-Il, de fondations au nouveau régime. Sauf qu'à moi les noms des morts étaient familiers.

Le dernier : Alexandre Meskine.

Avant lui : Vera et Maria Kaminski.

« J'ai de nouveau pleuré.

Et je n'ai pas eu la force de refuser de recevoir cet écrivain et journaliste anglais, Arthur Orwett, dont Willy Munzer m'assurait que je devais le rencontrer, l'écouter. »

36.

« Ce 15 mai 1938, écrit Julia Garelli dans son journal, lorsque, après avoir parlé près de quatre heures avec Arthur Orwett, je me suis retrouvée seule dans la chambre de l'hôtel Prinz Eugen, j'ai compris ce que signifiait le mot *résurrection*.

Il m'a semblé que mon corps et mon âme avaient retrouvé la légèreté, la confiance, voire même l'enthousiasme et l'énergie qui les habitaient au sortir de l'adolescence, quand j'avais osé à dix-sept ans accueillir dans ma chambre, dans le palais des Garelli, Heinz, prisonnier allemand, officier de l'armée autrichienne, évadé, un ennemi, donc.

J'avais à nouveau la même envie de vivre, de prendre tous les risques, non pour une raison précise, faire triompher un idéal, sauver Heinz Knepper, mais tout simplement parce que le désir, l'élan, l'espérance étaient de nouveau en moi.

Il m'avait suffi de croiser le regard d'Arthur Orwett alors qu'il se tenait debout près de la table du restaurant de l'hôtel où nous devions déjeuner.

Puis j'avais entendu sa voix. Il avait dit :

– Je connais votre vie peut-être mieux que vous ne la connaissez, parce que je l'ai étudiée. J'ai pensé à faire de vous une héroïne du roman auquel je rêve depuis une dizaine d'années et qui raconterait des vies ressemblant à la vôtre.

Les mots qu'Orwett prononçait avaient peu d'importance, sa voix m'enveloppait, me pénétrait, et j'avais l'impression que ma poitrine, mon ventre en étaient irradiés.

J'avais envie de rire, et c'était une sorte de réflexe musculaire, instinctif, non le fruit d'une réflexion. Mon corps était devenu ma raison, comme il l'était dans ma jeunesse. L'instinct était alors ma manière de penser.

Nous nous sommes assis.

Il était si grand que ses genoux touchaient les miens. Ses jambes, quand il les eut allongées, encadraient ma chaise et j'apercevais ses chevilles et ses pieds dépassant des plis de la nappe qui frôlaient le parquet.

Et cela me donnait à nouveau envie de rire.

Il a commencé à raconter sa propre vie, son engagement à dix-sept ans dans les troupes britanniques, les tranchées, les gaz. Puis 1918, les premiers articles, les reportages en Allemagne, la tentation communiste, mais il avait refusé d'y céder, par peur de ne point pouvoir garder cette liberté de plume, cette indépendance du regard qui étaient les ressorts de sa vie.

Mais il avait aidé Willy Munzer, rencontré Thaddeus Rosenwald et Heinz Knepper.

Il s'était rendu à plusieurs reprises en Russie et, parce qu'il avait écrit des articles qui incitaient les gouvernements anglais et français à laisser le peuple russe choisir librement son destin, fût-il révolutionnaire, si tel était son vœu, les dirigeants soviétiques l'avaient autorisé à parcourir le pays... »

Julia écoute. Elle est fascinée comme une jeune fille qui rencontre un héros. Et celui-ci s'interrompt souvent, la questionne, lui répète qu'elle sera le personnage central de son prochain livre si elle l'y autorise, car sa vie est exemplaire de ce siècle, celui des grandes transgressions : elle, comtesse vénitienne, n'est-elle pas devenue révolutionnaire ?

Voilà plus de deux heures qu'ils se parlent. La salle du restaurant s'est vidée et ils passent dans le salon aux grands fauteuils de cuir noir.

Dans la pénombre, Julia a le sentiment que leurs corps se sont déjà rejoints, même s'ils se font face, mais Arthur Orwett s'est penché en avant, les coudes appuyés sur ses cuisses, les mains nouées comme pour une prière.

– Ne retournez pas à Moscou, murmure-t-il. Willy Munzer m'a fait part de vos hésitations, mais vous ne sauverez pas Heinz Knepper, vous vous sacrifierez inutilement.

Elle se sent si forte, si sûre d'elle, depuis qu'elle est à côté d'Orwett, qu'elle ne lui répond pas, ne le quittant pas des yeux. Il a des cheveux couleur jais, drus mais soigneusement peignés, brillants, plaqués sur son crâne carré. Le visage est volontaire, la bouche charnue. Elle fixe ses doigts longs, ses larges paumes.

Il a vu les Soviétiques agir en Espagne, dit-il. Ils ont assassiné ceux qu'ils soupçonnaient d'être trotskistes ou anarchistes. Les Russes n'acceptent que ceux qui se soumettent à leurs diktats et ils ont réduit leur politique à la défense de leur pouvoir à n'importe quel prix. Peu importe que crèvent les républicains espagnols, les antinazis !

Il s'interrompt.

– Je sais ce que souhaite Staline, reprend-il : un accord avec Hitler, et vous êtes là pour le préparer, créer le climat, tout comme vous étiez à Venise en juin 1934.

Elle a l'impression qu'il se rapproche davantage.

Il lui répète qu'elle ne doit pas rentrer à Moscou, qu'il obtiendra sans difficulté, pour elle, le droit d'asile politique en Grande-Bretagne. Il l'interviewera. Elle écrira un livre de souvenirs.

Puis, tout à coup, il ferme les yeux et parle d'une voix sourde.

Il était en Ukraine, dit-il, au moment de la famine, du grand massacre organisé par Staline pour faire plier les paysans – peut-être huit millions de morts.

Il a vu des affiches montrant une mère éplorée, famélique, les yeux comme des trous, et à ses pieds un nouveau-né. L'affiche était barrée par ces mots en grosses lettres rouges : "Manger son enfant est un acte barbare."

Et Julia se souvenait d'Heinz Knepper décrivant avec effroi la même affiche.

– J'étais à Kharkov, poursuit Arthur Orwett. Je n'ai jamais vu autant d'enterrements, aussi hâtifs, et dans les rues des cadavres qu'on n'avait même pas eu le temps de ramasser. À la gare, des trains arrivaient, leurs wagons à bestiaux chargés de morts. Quand on faisait glisser les portes, les cadavres amoncelés se déversaient sur le quai. J'ai vu cela. Je l'ai écrit, mais personne n'a commenté mon reportage, ne s'est étonné de cette famine qui ne résultait ni de la sécheresse, ni de la guerre, mais d'une politique de réquisitions, d'extermination délibérée par les déportations, les exécutions, les expulsions, le pillage des récoltes vendues à l'étranger.

Arthur Orwett s'est levé. Il a hésité, puis il a baisé la main de Julia en lui répétant qu'elle ne devait pas rentrer en Russie, que ce pays n'était plus qu'un vaste camp de concentration où le pouvoir était entre les mains des hommes à casquettes vertes, les soldats du NKVD.

Elle a aussitôt regretté de l'avoir laissé partir.

Elle est remontée dans sa chambre et elle est restée longtemps immobile, recroquevillée dans un fauteuil, ses bras serrant ses jambes repliées contre sa poitrine, comme si elle avait voulu protéger ce sentiment étrange, irraisonné : l'espérance – mais aussi ce désir qu'Arthur Orwett avait fait renaître en elle.

Et, soudainement, les mots des prières de l'enfance avaient empli sa bouche et il avait bien fallu qu'elle les prononce, que ses lèvres remuent, qu'elle réentende ce murmure du *Notre Père*, sinon elle aurait étouffé – et prier ainsi l'apaisait.

Elle avait de cette manière remercié Dieu pour lui avoir accordé ce regain de vie.

Elle était décidée à rejoindre Arthur Orwett, mais, elle le jurait, elle n'abandonnerait pas Heinz Knepper. Elle rentrerait à Moscou. Elle affronterait les tortionnaires et les juges. Elle irait au bout de son calvaire. Elle accepterait la crucifixion.

Mais, auparavant, elle vivrait cette résurrection dont elle rendait grâces à Dieu.

Elle s'était levée d'un bond. Elle avait téléphoné au numéro qu'Orwett lui avait laissé.

Il avait décroché dès la première sonnerie et, avant qu'elle ait pu prononcer un mot, il avait dit qu'il attendait son appel, qu'il était sûr qu'elle lui téléphonerait, qu'il allait passer la chercher à l'hôtel.

Elle avait préparé en hâte son sac de voyage avec ce qui lui était nécessaire pour quelques jours.

Dans le hall de l'hôtel, elle s'était dirigée vers l'homme qui, depuis son arrivée à Berlin, la suivait sans même se dissimuler.

Il avait été décontenancé quand elle s'était adressée à lui. Elle reviendrait, lui avait-elle dit : il n'aurait qu'à l'expliquer à Sergueï Volkoff : elle avait besoin de liberté. Même lui pouvait comprendre cela, n'est-ce pas ?

Après, elle serait entre les mains de Dieu.

37.

« Nous n'étions qu'un couple qu'on aurait pu croire en voyage de noces.

Nos corps, le jour et la nuit, ne pouvaient se tenir éloignés l'un de l'autre.

Nous lisions, nos bras passés autour de nos cous, les journaux qu'on déposait chaque matin sur la table rugueuse, dans la véranda de l'hôtel où nous prenions nos petits déjeuners.

La guerre semblait proche. Nous avions été emportés depuis plus de vingt ans par les éruptions de ce siècle et nous regardions la lave se répandre comme si ce fleuve rouge ne nous concernait pas.

Hitler martelait qu'il voulait la liberté pour les populations allemandes des Sudètes, et sa voix, ses aboiements remplissaient l'hôtel.

Les clients applaudissaient, le visage illuminé, tournés vers le poste de radio, puis saluaient, bras levé, en criant *"Sieg Heil !"*.

Aux murs du bar et de la salle à manger de l'hôtel étaient accrochés des drapeaux à croix gammée.

À l'aube, des adolescents passaient sur la route en chantant, martelant le bitume.

De tout cela nous ne parlions pas.

Nous nous aimions avec la frénésie, l'impatience des naufragés qui jettent dans le brasier tout ce qui peut brûler, parce qu'ils savent que le navire qui passe au large de leur île est le dernier à s'aventurer si loin des ports, et qu'ils jouent leur vie.

Alors nous faisions un feu d'enfer, puis nous marchions enlacés sur la plage.

Le sable avait la même couleur grise que la Baltique dont les vagues alanguies venaient s'étendre à nos pieds.

« Nous avons vécu ainsi près de vingt jours, puis deux inspecteurs de la Gestapo, fort courtois, sont venus nous indiquer que le séjour des étrangers sur le littoral baltique était désormais interdit, et que nous devions regagner Berlin.

À cet instant même, le feu s'est éteint.

Nos corps se sont éloignés, nos mains séparées.

Un dernier flamboiement au moment de nous quitter sur le quai de la gare de Berlin.

Nous sommes restés serrés l'un contre l'autre plusieurs minutes. Nous avons prononcé les mêmes mots :

– Ne meurs pas trop tôt.

Mais les portières des taxis que nous refermions sur nous ont claqué comme des détonations.

Je ne me suis pas retournée pour le voir s'éloigner. »

Ces lignes, je ne les ai pas lues dans le journal de Julia Garelli, mais dans le livre publié à Londres en octobre 1945 par Arthur Orwett sous le titre : *L'Imposture rouge.*

Ce gros volume, dédié à « J. G. l'héroïque », dresse un tableau impitoyable de la Russie soviétique depuis les années 1920.

Il fit scandale dans le climat d'euphorie qui suivit la victoire des Alliés sur le nazisme.

Toute la presse célébrait l'admirable Armée rouge qui, à Stalingrad, avait renversé le cours de la guerre, puis avait libéré Auschwitz, et dont la marche triomphale s'était conclue dans le bunker de Hitler, à Berlin.

Staline était l'*Oncle Joe*. Il avait su galvaniser son peuple. L'on exaltait le sacrifice de vingt millions de Russes.

Et voici qu'Arthur Orwett rappelait dans *L'Imposture rouge* les actes de cannibalisme suscités par la famine qui avait été délibérément provoquée par le débonnaire *Oncle Joe* pour mater les paysans ukrainiens.

Il évoquait la terreur, les déportations dans ces camps administrés par le goulag, une pieuvre administrative qui gérait des dizaines de millions d'esclaves parqués dans le Grand Nord, au-delà du cercle polaire, dans les steppes de Karaganda, aux confins de la Chine, en Sibérie et en Extrême-Orient soviétique.

Orwett racontait aussi sa collaboration avec le Komintern contre les nazis en Allemagne, aux côtés de Willy Munzer, de Thaddeus Rosenwald, puis son action durant la guerre d'Espagne où il avait tenté de s'opposer aux liquidations, organisées par les agents soviétiques, de républicains soupçonnés d'être des opposants à Staline. Mais il n'avait pas cessé pour autant de combattre les franquistes et de révéler à une Europe engourdie, passive, la menace fasciste.

Cette lutte-là contre Hitler lui avait paru si primordiale qu'il avait d'abord hésité à dénoncer « l'imposture rouge », ce rapprochement qu'il avait vu s'ébaucher entre le Reich et l'URSS.

Cette complicité d'où ne pouvait surgir que la guerre avait été dévoilée quand, le 23 août 1939, avait été signé à Moscou, par Ribbentrop et Molotov, sous l'œil patelin de Staline, le Pacte germano-soviétique.

Mais il n'avait servi à rien de le condamner : la guerre, quelques jours plus tard, avait embrasé le monde.

Munzer, Rosenwald, Trotski, des dizaines de milliers d'autres avaient été assassinés par les tueurs de Staline. Et la victoire les avait enfouis dans l'oubli.

On avait même qualifié le livre d'Arthur Orwett de sacrilège, de profanation des tombes des héros et alliés soviétiques.

D'ailleurs, ajoutait-on, la Grande Terreur avait permis à Staline de liquider une « cinquième colonne », ces traîtres qui auraient collaboré avec les nazis en 1941, comme cela s'était produit dans les autres pays occupés par les troupes du IIIe Reich.

J'avais lu ce livre avec avidité, y cherchant la trace de Julia Garelli, celle de Heinz Knepper et de quelques autres que le journal de Julia m'avait rendus familiers.

Mais Orwett ne nommait jamais Julia, comme si, en cet automne 1945, il l'imaginait encore vivante et donc susceptible d'être persécutée, exécutée pour le seul fait d'apparaître dans cet ouvrage.

Mais c'était à elle qu'il le dédiait, elle à laquelle il consacrait ces quelques pages racontant leur voyage et leur séjour, au printemps de 1938, sur les bords de la Baltique.

C'est aussi Julia qu'il recherchait quand il réussit à se faire nommer correspondant permanent du *Daily News* à Moscou :

« Je me suis installé à l'hôtel Métropole, écrit-il, peu après les accords de Munich par lesquels Chamberlain et Daladier livraient les Sudètes et donc la Tchécoslovaquie à Hitler.

J'ai stigmatisé cette politique dite “d'apaisement”, et annoncé qu'elle allait fournir à Staline le prétexte et l'excuse qu'il recherchait pour atteindre son objectif, poursuivi depuis les années 1920, d'une entente avec l'Allemagne, et qu'elle fût désormais gouvernée par un Führer lui facilitait la tâche.

J'ai donc suivi pas à pas, de septembre 1938 à août 1939, l'évolution de la politique de Staline jusqu'à l'arrivée de Ribbentrop à Moscou, le 23 août 1939.

Je savais que dans le jeu subtil de Staline, mes articles le servaient. Ils inquiétaient à la fois Berlin, Londres et Paris, renforçant ainsi de fait la position de Moscou.

J'ai la preuve aujourd'hui que certains de mes interlocuteurs avaient reçu mission, de Staline en personne, de me fournir des informations confidentielles. J'ai pu ainsi citer des propos du Chef suprême sans être ni censuré, ni démenti, ni expulsé d'URSS.

“Tout cela n'est qu'un jeu à qui mettra l'autre dans sa manche, avait dit Staline à ses camarades du Politburo après avoir sablé le champagne avec Ribbentrop pour se féliciter de la signature du Pacte germano-soviétique. Je sais, avait-il poursuivi, ce que Hitler mijote. Il pense qu'il m'a eu, mais c'est moi qui l'ai embobiné. Vous verrez que nous réussirons à éviter la guerre pendant un moment encore !”

« Ribbentrop revint à Moscou signer des protocoles secrets, mais de cela je ne fus pas informé.

Il ne fallait pas qu'on sache que nazis et communistes se partageaient la Pologne et que les troupes du NKVD, sitôt après avoir franchi la frontière polonaise, avaient commencé à arrêter des dizaines de milliers de Polonais, officiers, professeurs, prêtres, ingénieurs, qui composaient l'élite patriotique du pays. Et les soldats à casquette verte s'étaient mis à les exécuter d'une balle dans la nuque.

Plus tard, on devait retrouver les corps de milliers d'officiers polonais ainsi abattus dans les forêts de Katyn. »

En même temps qu'il décrit le cynisme et l'habileté de Staline, la munificence avec laquelle le nouveau tsar traite ses hôtes nazis au cours d'un dîner de vingt-quatre plats sous les grands lustres du Kremlin, Orwett indique qu'il recherchait les traces de « J. G., l'héroïque » :

« Je me suis lié d'amitié, écrit-il, avec Vassili Bauman, un écrivain d'origine juive qui n'est sûrement pas autorisé à accepter les invitations à dîner d'un journaliste anglais.

Mais Vassili Bauman est courageux, presque intrépide.

Il me parle de la vague antisémite qui balaie Moscou. Dans tous les ministères on chasse les Juifs, et d'abord au ministère des Affaires étrangères, afin de ne pas mettre les nazis en contact avec eux !

Mais, dans le même temps, facétieux, Staline a contraint Ribbentrop à trinquer avec Kaganovitch, l'un des derniers Juifs du Politburo !

Ce détail, Staline lui-même l'avait révélé à Vassili Bauman au cours d'une de ces conversations nocturnes qu'il avait, à son initiative, toujours inattendue, avec lui. C'était habile, l'écrivain étant fasciné par celui qu'il appelait Joseph Vissarionovitch, qu'il comparait à Ivan le Terrible, à Pierre le Grand, voire même à Gengis Khan...

« Mais cette tyrannie – aucun mot ne convenait mieux pour désigner ce pouvoir absolu qui semblait frapper au hasard ses plus proches soutiens au gré d'une fantaisie paranoïaque – était incarnée par un homme rusé.

L'un de mes informateurs, Helger, un Allemand, premier secrétaire de l'ambassadeur Schulenberg, me racontait comment Staline, il avait pu le constater, levait sans cesse son verre, forçant ainsi ses convives à boire, mais se servant dans un flacon particulier dont Helger avait vérifié, en l'utilisant discrètement, qu'il ne contenait que de l'eau.

Ce même homme qui faisait naître l'effroi pouvait se montrer amical, modeste avec certains membres du Politburo, créant ainsi une ambiance familière et détendue, si bien que Ribbentrop avait confié à Helger qu'il s'était senti à l'aise parmi ces communistes, comme s'il s'était trouvé en compagnie de vieux camarades nazis.

Mais lorsque Ribbentrop avait voulu célébrer l'amitié germano-soviétique, Staline s'y était refusé :

– Vous ne croyez pas, avait-il dit, que nous devrions être plus prudents vis-à-vis de nos opinions publiques ? Cela fait des années que nos deux pays s'envoient des insanités à la figure, et tout à coup nous demanderions à nos concitoyens d'oublier et de pardonner ? Les choses ne vont pas aussi vite !

Lorsque j'avais rapporté ces propos à Vassili Bauman, il avait ri :

– Joseph Vissarionovitch est le meilleur joueur, avait-il commenté. Quand Hitler sera englué à l'Ouest, comme en 1914, alors Staline aura entre les mains toutes les cartes maîtresses, et la révolution déferlera jusqu'à l'Atlantique. Coup de maître dont la préparation vaut bien quelques concessions, quelques souffrances...

« Nous parlions sans détours et j'admirais que Vassili Bauman ne fût pas, comme la plupart des Soviétiques, un homme aux aguets, écrasé par la peur.

Il semblait ne pas l'éprouver, trouvant même une forme d'exaltation à vivre imprudemment.

Mais peut-être avait-il la certitude que le Tyran avait choisi de l'épargner, comme pour se convaincre qu'il pouvait tout, et, par souci esthétique ou par curiosité, préserver un témoin d'une espèce disparue, celle des hommes libres.

« Un jour, j'ai enfin osé demander à Vassili Bauman de m'aider à connaître le sort de Heinz Knepper et de mon héroïne.

Quelque temps plus tard, alors que nous partagions une bouteille de vodka dans le salon fumoir de l'hôtel Métropole aux larges baies masquées par les replis d'immenses voilages, Vassili Bauman m'annonça que Heinz Knepper avait été abattu à la Loubianka dans les heures qui avaient suivi son arrestation, au printemps 1937.

Julia s'était donc jetée pour rien dans la gueule du loup.

Elle avait été seulement – oui, *seulement* – condamnée à cinq années de camp, et elle était donc détenue dans l'un d'eux – du moins si elle avait survécu à la disette qui sévissait dans l'univers du goulag, aux mauvais traitements, à la promiscuité, aux agressions des prisonniers de droit commun, à la maladie.

Mais Vassili Bauman a ajouté qu'elle était forte, courageuse et volontaire.

– Héroïque, ai-je résumé. »

QUATRIÈME PARTIE

38.

Julia Garelli l'héroïque, ainsi que la nommait Arthur Orwett dans son livre *L'Imposture rouge*, avait, comme des dizaines de milliers d'autres Européens, connu l'enfer de l'été 1938 au printemps 1945.

Mais, parce qu'elle avait survécu, alors qu'autour d'elle, dans le camp soviétique de Karaganda, puis dans le camp nazi de Ravensbrück, elle avait vu la mort moissonner chaque jour, elle pensait qu'elle avait été privilégiée.

Elle en remerciait Dieu qu'elle avait recommencé à prier avec les mots de son enfance, car elle n'avait pas pu seulement croire au hasard.

Les épidémies l'avaient épargnée, les kapos ne l'avaient pas battue à mort, les SS n'avaient pas lâché leurs chiens contre elle pour qu'ils l'égorgent et la lacèrent.

Une puissance supérieure avait seule pu la protéger.

Elle était donc une survivante et elle avait le devoir de témoigner, de rappeler ainsi à la mémoire des hommes toutes les Vera et Maria Kaminski qu'elle avait côtoyées et que les soldats du NKVD ou les SS avaient séparées, puis abattues.

Et quand, en 1949, cet Ukrainien, ce Soviétique, Victor Andreïevitch Kravchenko, qui, dès le mois d'avril 1944, avait déserté la mission d'achats soviétiques à Washington, sollicité l'asile politique et écrit *J'ai choisi la liberté*, lui avait demandé de venir confirmer ce qu'il racontait à la barre d'un tribunal de Paris devant lequel il poursuivait le journal communiste *Les Lettres françaises*, elle n'avait pas hésité.

Et c'est ainsi qu'après des années elle s'était à nouveau trouvée face à Alfred Berger, celui qu'on présentait comme un héros de la Résistance et qui venait affirmer devant les juges qu'il connaissait cette femme-là.

Dès 1937, elle avait été suspectée par le Parti communiste d'être au service des nazis. Et il allait produire les preuves de ce qu'il avançait.

Pour leur part, les avocats des *Lettres françaises*, Albert Jouvin et Pierre Doucet, avaient annoncé qu'ils feraient témoigner contre Julia Garelli-Knepper dont le père et le frère, les comtes Lucchino et Marco Garelli, avaient été fascistes, des femmes déportées à Ravensbrück, lesquelles dévoileraient comment, au camp, Julia Garelli-Knepper avait été l'auxiliaire des kapos et des SS, et c'était à ce prix-là qu'elle avait survécu.

Mais Julia était restée impassible.

Quand on avait été durant près de sept années entre les mains du NKVD et des SS, quand, à chaque seconde de chaque journée, on avait été accompagnée et guettée par la mort qui attendait qu'on trébuchât pour vous pousser dans la fosse commune, on ne tressaillait même pas en voyant s'avancer à la barre Alfred Berger, non plus qu'en entendant plaider Albert Jouvin et Pierre Doucet.

Leurs calomnies, leurs insultes avaient même rendu Julia plus déterminée.

Elle souriait en les écoutant.

Elle pensait aux millions de punaises qui grouillaient dans la hutte d'argile où elle avait vécu au camp de Karaganda. Comment pouvait-elle craindre ces hommes-là ?

Elle s'était sentie indestructible, et c'est en cette année 1949 qu'elle avait écrit : *Tu leur diras qui je fus, n'est-ce pas ?* et *Tu auras pour moi la clémence du juge*, puis créé sa Fondation et rassemblé à Cabris, dans son « sanctuaire », documents et témoignages.

Plus tard, David Berger veillerait sur ces archives, ses carnets de notes à partir desquels il composerait le récit de la vie de Julia Garelli-Knepper qu'il appellerait lui aussi, comme Arthur Orwett, *L'héroïque*.

Elle avait quitté Berlin, au mois de juillet 1938, sans illusion sur le sort qui l'attendrait à Moscou.

Sergueï Volkoff, l'officier du NKVD, le dénonciateur, le successeur de l'ambassadeur Alexandre Meskine, l'avait accompagnée et elle s'était trouvée seule avec lui dans un compartiment qu'il avait réservé et où les contrôleurs allemands n'avaient pas le droit de pénétrer. Volkoff bénéficiait de l'immunité diplomatique.

Jusqu'à la frontière russe, il était resté silencieux, ne la quittant pas des yeux, son visage à elle exprimant plus que du mépris : du dégoût et même une rage contenue.

Julia s'était étonnée de sa propre sérénité. Elle était habitée par le sentiment qu'en elle existait un bloc que personne, d'aucune manière, ne pourrait briser ni émietter.

Et tout en regardant défiler la plaine herbeuse et infinie de Poméranie, elle avait revécu les jours qu'elle avait passés avec Arthur Orwett. On aurait beau la lapider : elle n'oublierait jamais.

C'était comme si cet amour inattendu, absolu, avait ravivé tout ce qu'il y avait eu de généreux, de noble, de beau – quels autres mots employer ? – dans sa vie.

Ces quelques jours au bord de la Baltique, cette harmonie entre Orwett et elle, dont l'un et l'autre savaient qu'ils ne seraient qu'une brève échappée, mais d'une intensité si forte qu'ils illumineraient l'avant et l'après, la rendaient invulnérable.

Sergueï Volkoff pouvait bien la fixer de ses yeux exorbités, furibonds ; elle ne le craignait pas.

Mais, lorsque le train avait commencé à rouler sur la terre soviétique, Volkoff était devenu brutal et grossier, nerveux, le visage empourpré, ne supportant plus le silence, la placidité qu'elle lui opposait.

Alors était venu le temps des diatribes et des injures.

« Qu'est-ce qu'elle croyait, lui avait-il dit, que le pouvoir soviétique allait prendre des gants avec elle parce qu'elle était italienne, comtesse de merde ?

Mais on avait jugé, condamné, exécuté des milliers de traîtres qui prétendaient avoir été des camarades de Lénine, et on les avait démasqués, on s'était débarrassé de Kamenev et de Zinoviev, de Boukharine et même des maréchaux comme Toukhatchevski, car personne n'échappait à la justice des Soviets : pas de privilégiés, tous moujiks !

Et elle, qu'est-ce qu'elle était ?

Une salope, une vendue, une espionne, une fasciste qui s'était vautrée avec des porcs, ces Juifs, ces traîtres de Willy Munzer et de Thaddeus Rosenwald, ces nazis comme Karl von Kleist, et ce journaliste anglais, Orwett, qu'on avait eu tort de ne pas liquider en Espagne en même temps que la vermine trotskiste ! Mais on irait le rechercher là où il se terrait.

Et elle allait payer, elle qui avait passé sa vie comme une parasite du peuple russe, et qui, au lieu de le servir, s'était gobergée à ses frais dans les palaces de Paris, de Berlin, de Rome, et l'avait trahi !

On allait la fourrer dans un isolateur ! Elle n'imaginait pas ce que c'était, de rester seule dans une sorte de placard, sans ouverture. Elle y grillerait l'été et elle y gèlerait l'hiver. Elle boirait son urine, elle se couvrirait de merde, parce qu'elle deviendrait folle. Elle supplierait qu'on lui pardonne ou qu'on la tue !

À la fin, elle avouerait tout. Le camarade Beria savait attendre. Il recueillait lui-même les aveux. Il n'hésitait pas à prendre un gourdin et à frapper !

Et si elle avait cru qu'elle allait retrouver Heinz Knepper, elle se mettait le bras dans le cul jusqu'au coude ! Les espions allemands, on en faisait de la cendre et on la répandait sur la terre russe, qui avait besoin de cet engrais-là.

Si elle voulait embrasser Heinz Knepper, elle n'avait qu'à bouffer de la terre, et c'est ce qui allait lui arriver, elle en aurait bientôt plein la bouche ! »

Julia avait feint de ne pas entendre ces dernières phrases, mais le désespoir s'était insinué en elle et elle s'était souvenue de ce que lui avaient dit Willy Munzer et Arthur Orwett.

Tout en paraissant demeurer indifférente aux propos de Volkoff, elle avait dû s'avouer qu'elle n'espérait plus revoir Heinz.

Mais c'était pour elle seule, pour le jugement qu'elle portait sur sa vie, ses choix, qu'elle avait décidé de se livrer aux assassins de Moscou. Volkoff d'ailleurs ne lui avait pas laissé le temps de s'attendrir ni de réfléchir.

Il s'était approché d'elle, il avait tenté de soulever sa jupe, de lui toucher le sexe, puis de lui caresser les seins tout en la traitant d'une voix rauque de putain, de salope.

Elle s'était rebiffée, elle l'avait giflé à toute volée, et, après quelques secondes d'hésitations, comme s'il avait été stupéfait de cette réaction de défense, il s'était jeté sur elle, cherchant à l'étrangler.

Elle avait tout à coup cessé de se débattre. Peut-être valait-il mieux mourir ici dans ce train que dans un cachot de la Loubianka après avoir subi les tortures des bourreaux de Beria ?

Mais le train s'était arrêté dans l'une des gares de Leningrad et des « casquettes vertes », les soldats du NKVD, étaient entrées dans le compartiment réservé.

Volkoff s'était redressé, avait argué de sa qualité d'officier supérieur des Services et d'ambassadeur. Mais le major commandant le détachement avait présenté son ordre de mission : il devait s'assurer de la personne de Sergueï Volkoff et escorter Julia Garelli-Knepper jusqu'à Moscou.

Elle avait vu Volkoff pâlir, les traits de son visage s'affaisser. Il avait balbutié des mots indistincts, comme s'il avait été atteint d'aphasie.

Les soldats l'avaient encadré, poussé hors du compartiment. Puis le major avait proposé à Julia des sandwichs et du thé.

À cet instant, elle avait été sûre qu'un jour elle échapperait à l'enfer.

39.

Lorsqu'elle était descendue du wagon à Moscou, aidée avec beaucoup de prévenances par le major du NKVD, Julia avait aperçu un homme voûté que des soldats à « casquettes vertes » entraînaient.

La foule, si dense sur le quai, s'écartait, ignorait ce petit groupe et ne se retournait pas après son passage, comme si elle n'avait rien vu.

Les vieilles en fichu, les hommes en casquette de cuir, les paysans chargés de ballots, les pionniers se serraient à nouveau les uns contre les autres, reconstituant ainsi cette étendue mamelonnée et noirâtre au milieu de laquelle se détachaient les foulards rouges et les chemisettes claires des adolescents des Komsomols.

Se hissant sur la pointe des pieds, Julia avait suivi l'homme des yeux, hésitant à reconnaître dans cette silhouette cassée que les soldats poussaient, soulevaient, Sergueï Volkoff.

Plus tard, en 1949, dans l'un des livres qu'elle a publiés cette année-là, celle du procès opposant Kravchenko aux *Lettres françaises*, Julia raconte qu'au camp de Karaganda un détenu lui avait raconté avoir assisté aux interrogatoires de Volkoff.

Ils avaient eu lieu à la prison de la Loubianka dans les heures qui avaient suivi l'arrivée de l'ambassadeur déchu à Moscou.

« J'avais été accablée, écrit Julia, et je m'étais étonnée de ma réaction.

J'aurais dû jubiler en apprenant que Sergueï Volkoff, ce délateur, ce barbare arrogant et brutal, cet homme qui avait tenté de me violer, de m'étrangler, s'était avili, sanglotant, reconnaissant, avant même qu'on le questionne, qu'il avait espionné pour le compte des Allemands, des Anglais – et même des Polonais !

Il avait eu si peur d'être torturé qu'il avait inventé l'improbable, ajoutant qu'il avait été reçu par Hitler, etc. Il avait répété :

– Dites-moi ce que vous voulez que j'avoue, dites-moi, je le dirai ! je signerai !

On l'avait giflé parce que même les bourreaux étaient indignés de sa lâcheté, de sa veulerie.

Il avait prétendu qu'il avait constitué un réseau hitléro-trotskiste composé de Thaddeus Rosenwald, de Willy Munzer, de l'Anglais Arthur Orwett et de moi-même.

Il m'avait particulièrement chargée, affirmant que j'étais la meilleure des espionnes qu'il eût rencontrées, la plus résolue à tuer Staline.

Il avait paraphé tous les feuillets de sa déposition sans même les lire.

Puis on l'avait traîné à l'abattoir et il avait fallu le frapper pour le faire taire. Mais ça n'avait duré que quelques minutes, et on l'avait abattu d'une balle dans la nuque.

J'avais été désespérée, comme si la déchéance de Sergueï Volkoff m'atteignait personnellement.

L'homme ne pouvait donc être que cela : vil, dénonciateur et couard.

Au fond, j'aurais aimé que Sergueï Volkoff résistât, niât sous la torture, qu'il révélât ainsi, sous la gangue, une part de noblesse.

Mais le système politique qu'il servait transformait chaque homme en rouage.

Et nous, détenus, nous devions, pour survivre, faire croire à nos bourreaux, à nos gardiens, que nous n'étions que des insectes qu'on peut écraser d'un coup de talon.

La destruction de l'homme en chaque homme : voilà ce que produisait le socialisme soviétique. »

Julia s'était tournée vers le major du NKVD, l'interrogeant du regard.

Il avait penché la tête de côté, et avait murmuré :

– Un jour on est ici, demain on est là-bas, après-demain on n'est plus nulle part. Il décide...

L'officier avait ajouté :

– Une voiture vous attend. Bon courage. Quand on se rapproche du soleil, on se brûle.

Julia avait aperçu, stationnant devant la gare, Sa limousine.

Il voulait donc revoir Julia Garelli.

Plus tard, toujours au camp de Karaganda, dans les derniers jours du mois de novembre 1939, le même détenu, celui qui avait raconté à Julia la déchéance de Volkoff, lui avait appris que le « Loup » – lui aussi l'appelait ainsi – se défiait des femmes, qu'il désirait et méprisait.

Le suicide de son épouse Nadia l'avait laissé plusieurs semaines brisé, révolté.

Nadia l'avait trahi.

Toutes les femmes, même celles dont il avait fait ses maîtresses ou qui le séduisaient par leur élégance et leur intelligence, il les soupçonnait, les faisait espionner.

Il avait fait placer des micros dans les appartements de ses camarades les plus proches, Molotov, Kalinine, Kaganovitch et même Poskrebychev.

Il voulait savoir ce que pensaient Polina Molotova, Bronka Poskrebycheva, les autres épouses.

L'une avait murmuré : « Staline est fou. »

L'autre s'était indignée de l'arrestation de son frère.

Toutes avaient été chassées des fonctions qu'elles occupaient, des institutions où elle siégeaient, puis on les avait arrêtées, déportées, mais le plus souvent fusillées. Quelques-unes s'étaient suicidées.

Leurs maris baissaient la tête, tant étaient absolues la domination qu'ils subissaient et leur propre soumission.

Poskrebychev avait dû écouter Staline dire à la fille de Bronka Poskrebycheva qu'il avait fait exécuter :

– Natalia, tu seras aussi belle que ta mère.

Et il l'embrassait en soupirant, puis ajoutait, se tournant vers son secrétaire :

– Ne t'inquiète pas, on va te trouver une autre femme.

Julia était montée dans la limousine après que le major du NKVD se fut fait reconnaître.

Elle s'était souvenue de sa précédente entrevue dans la datcha de Kountsevo.

Elle avait essayé de comprendre les raisons pour lesquelles Il la convoquait.

Voulait-Il un rapport sur la manière dont le Führer et son entourage envisageaient la possibilité de conclure un pacte avec l'URSS ?

Allait-Il lui confier une nouvelle mission ?

Elle ne croyait guère à ces hypothèses et elle les avait cependant envisagées tout au long du trajet, préparant ses réponses.

Puis, quand elle avait vu les clôtures, les miradors, les soldats du NKVD qui patrouillaient autour de la datcha, elle avait été sûre que le loup voulait seulement jouer avec sa proie avant de la dévorer.

40.

Julia était restée debout à un pas de la porte du bureau, puisqu'Il n'avait fait aucun geste pour l'inviter à avancer vers Lui, à s'asseoir.

Il n'avait pas même levé la tête.

Il lisait, la lampe à abat-jour jaune éclairant les pages d'un dossier ouvert devant Lui sur une petite table.

Le visage était masqué par la pénombre, tout comme son bras gauche replié contre sa poitrine. Avec le pouce et l'index de la main droite, il tournait les pages, lentement, comme s'il avait ignoré que Poskrebychev avait poussé Julia dans le bureau après l'avoir fouillée, sans prononcer un mot.

Les larges paumes, les doigts épais du secrétaire-garde du corps avaient glissé sur elle, palpant Julia. Au fur et à mesure que ces mains passaient sur son dos, remontaient vers sa nuque, puis redescendaient, touchant ses fesses et ses cuisses, elle avait eu le sentiment qu'elle cessait d'être une personne avec des émotions, une mémoire, une espérance, pour devenir de la chair qu'on apprêtait avant de la jeter en pâture au loup.

Ce que Poskrebychev avait fait, la main gauche sur les reins de Julia, la droite ouvrant la porte puis la refermant derrière elle.

Les yeux de Julia s'étaient habitués peu à peu à la pénombre et elle avait distingué les joues grêlées, la main gauche atrophiée. L'épaisse moustache lui avait semblé non pas blanchie, mais jaunie comme peut l'être l'étoupe.

Il s'était lentement écarté du bord de la table, s'appuyant au dossier du fauteuil, et elle avait croisé son regard. Ses yeux noisette et miel étaient brillants ; de petites rides creusaient autour des orbites la peau mate.

Il avait commencé à bourrer sa pipe après l'avoir placée dans sa main gauche, celle-ci paraissant inerte, capable seulement de tenir un objet, impuissante à s'en saisir.

– Raconte-moi, avait-il dit.

La voix était enrouée et il s'était raclé la gorge avant d'ajouter :

– Tout !

Il s'était mis à fumer, la paume droite posée sur les pages du dossier.

Elle avait rapporté les propos du général Karl von Kleist, analysant ce qu'elle avait perçu de l'évolution du point de vue nazi.

Il avait hoché la tête, l'avait interrompue :

– Allemand ! avait-il corrigé. Allemand.

– Les Allemands, avait repris Julia, après avoir avalé l'Autriche, veulent faire de même avec les Sudètes, et ils estiment que Paris et Londres vont l'accepter. Mussolini sert d'intermédiaire. Plus tard, quand ils auront démantelé la Tchécoslovaquie, les Allemands se tourneront vers vous.

Il avait marmonné, la pipe serrée entre ses dents, comme s'il méditait l'exposé de Julia.

Elle avait eu pourtant l'impression qu'elle parlait dans le vide, qu'il ne l'écoutait pas, qu'il n'ignorait évidemment rien de ce qu'elle lui disait, mais qu'il lui fallait cependant faire ce rapport même si l'un et l'autre savaient qu'il ne s'agissait que d'un simulacre.

Et tout à coup il avait ôté la pipe de sa bouche, l'avait pointée comme une arme sur Julia, et avait dit :

– Vous vouliez tous me tuer, n'est-ce pas ?

Le geste était menaçant et violent, alors que la voix était humble, exprimant étonnement et douleur, et non pas ressentiment ou colère. Julia avait eu du mal à maîtriser son émotion, à juguler le désir de nier, de jurer qu'elle n'avait jamais songé à le tuer.

Or c'était faux, et elle n'aurait pu le dissimuler. Alors elle avait seulement baissé la tête, comme un aveu, persuadée que son sort était déjà scellé, quoi qu'Il puisse dire.

Mais Il voulait encore jouer avec elle. Et, après plusieurs minutes de silence, Il avait toussoté pour s'éclaircir la voix.

– Finalement, tu ne m'as rien dit. Parle-moi de cet Anglais.

Il s'était penché sur le dossier comme pour y retrouver le nom d'Arthur Orwett, mais elle n'avait pas été dupe, et, avant qu'Il l'eût prononcé, elle avait dit en redressant la tête :

– J'ai passé plusieurs jours avec Arthur Orwett sur les bords de la Baltique.

Il avait secoué la tête, grogné, mâchonnant à nouveau sa pipe.

– Ce journaliste, j'ai lu ce qu'il écrit.

Il avait haussé les épaules.

– Du talent, et donc ce qu'il faut d'habileté et d'hypocrisie. Mais pourquoi ses relations avec ceux qui veulent me tuer, tes amis, comtesse Garelli, Rosenwald, Munzer, et même ce Sergueï Volkoff, cet espion ? Tu les connais tous, les comploteurs ! Et toi, tu n'aurais rien su, rien voulu ? Les femmes ne peuvent ignorer ce qui se passe dans leur maison, dit le proverbe géorgien, et, dans une autre variante, on dit : « Les femmes ne peuvent ignorer ce qui se passe dans leur lit ! »

Il avait souri, dévoilant ses dents noircies.

– Et toi moins qu'aucune autre : tu as l'esprit aigu.

Il avait soupiré.

– Il y a tant de missions que tu pourrais assurer…

Il s'était levé avec difficulté comme si son corps lui pesait.

Il portait une blouse blanche serrée à la ceinture par une large ceinture de cuir noir. Les plis retombaient sur des pantalons bouffants de tissu sombre, enfoncés dans de courtes bottes souples montant à mi-mollet.

Il avait arpenté le bureau, allant et venant lentement, et, parce qu'elle avait pensé qu'Il l'avait déjà condamnée, elle avait osé lui parler de Heinz Knepper, disparu depuis la fin de l'année 1937. Elle voulait simplement, avait-elle dit, savoir ce qu'il était advenu de lui, et elle souhaitait, si l'on devait le juger, comparaître à ses côtés au tribunal. Mais peut-être l'avait-on déjà exécuté ?

Il s'était arrêté en face d'elle, et l'odeur de tabac et de sueur mêlés avait été si forte qu'elle en avait eu la nausée, s'efforçant de ne pas reculer.

Il avait murmuré :

– « Ne te retourne jamais, dit un autre proverbe géorgien. Celui qui regarde le passé s'expose à perdre la vue. » Tu tiens à tes yeux ?

Il avait repris sa place devant la petite table et avait recommencé à feindre de lire, puis, songeur, Il avait repris :

– Tu as raison, ils sont beaux, tes yeux.

D'un geste brusque, il avait alors refermé le dossier.

– Qu'est-ce qu'ils vont faire de toi, comtesse Garelli ? Cela ne dépend pas de moi...

Du bout des doigts de sa main droite Il avait caressé lentement sa main gauche, recroquevillée.

Et la porte derrière Julia s'était ouverte.

41.

Souvent, dans le journal qu'elle a recommencé à tenir dès le mois d'août 1945, Julia évoque le moment où l'un des gardes du corps de Staline – sans doute Vlassik – lui empoigne l'épaule, la tire brutalement hors du bureau cependant que Poskrebychev en referme la porte.

« J'ai eu l'impression d'être précipitée dans un gouffre, écrit-elle.

Peut-être m'ont-ils frappée du poing ou du coude ? Je me souviens seulement d'avoir ressenti une vive douleur dans le bas-ventre, si violente qu'elle m'a pliée en deux et que j'en ai eu le souffle coupé. Aurais-je voulu crier que je n'aurais pas pu.

Vlassik m'a entraînée jusqu'à une petite pièce attenante à l'entrée de la datcha. Un rideau de velours grenat dissimulait une issue que Poskrebychev a ouverte.

J'ai eu à peine le temps d'entrevoir les officiers du NKVD qui se tenaient devant une limousine. Vlassik m'a poussée à l'intérieur de la voiture et je me suis affalée sur la large banquette arrière, mais on m'a fait tomber sur le plancher du véhicule et deux officiers du NKVD se sont assis sur la banquette et ont naturellement, posément, calé les talons de leurs bottes sur ma nuque et mon dos.

J'étais devenue en quelques minutes cette "chose-là", ce tas de chair et de vêtements sur lequel on essuyait ses semelles.

J'ai peu à peu recouvré mon souffle. Je me suis juré de m'agripper aux parois de cet abîme, de ne pas y crever, de ne pas leur accorder cette victoire.

Je devais survivre afin de pouvoir témoigner pour Vera et Maria Kaminski, pour Heinz Knepper et des milliers d'autres.

C'est à ce moment-là, la bouche contre le tapis poussiéreux de cette voiture qui roulait vite de la datcha de Kountsevo à la prison de la Loubianka, que j'ai commencé à reconstituer ce que je savais être ma dernière rencontre avec Lui, le Loup, le Grand Bourreau, l'Imposteur, l'Assassin qui avait osé me dire – les mots revenaient et je m'efforçais de les graver dans ma mémoire – : "Cela ne dépend pas de moi. Je ne peux rien faire, seul le NKVD peut résoudre cette affaire."

« Comment ne pas mépriser un homme qui avait besoin, là où il était parvenu, de jouir mesquinement du mensonge, de jouer la farce tragique de son irresponsabilité, d'oser affirmer qu'il était impuissant, Lui dont un trait de crayon sur une liste de noms décidait de la mort ou de la vie de centaines, de milliers, et, en bout de compte, de millions d'êtres humains ?

Mais ce simulacre était une autre manière de torturer ses victimes, de les avilir, de les contraindre à avaler ces contre-vérités, ces excréments.

Et c'était la même logique folle qui était à l'œuvre quand la machine terroriste voulait obtenir des aveux dans une parodie de justice où les innocents, broyés, réclamaient eux-mêmes un châtiment, se couvraient le visage, emplissaient leur bouche de leur propre merde.

J'ai vomi dans cette voiture et les officiers du NKVD m'ont insultée et bourrée de coups de pied. »

Julia écrit ces lignes assise devant la fenêtre de sa chambre au premier étage du palazzo Garelli.

Elle est revenue à Venise dès qu'elle a pu quitter l'Allemagne, au mois de juin 1945.

Les autorités américaines l'avaient longuement interrogée, s'étonnant qu'elle eût survécu à deux années de camp soviétique, l'un des plus sévères, celui de Karaganda, puis à cinq années au camp de Ravensbrück.

L'officier des services de renseignement n'avait pas caché qu'il la soupçonnait d'avoir été à la fois un agent communiste et une collaboratrice des nazis.

Qu'elle fût vivante, n'était-ce pas la preuve de ses compromissions ?

Et puis elle était l'épouse de Heinz Knepper dont on ignorait le sort. Il n'avait pas été jugé à Moscou. Il avait disparu et peut-être, sous une nouvelle identité, était-il l'un de ces agitateurs communistes, de ces experts en révolution, souvent allemands, qui conseillaient Mao Tsé-toung ?

Julia avait hurlé, renversé la table, crié qu'elle n'avait pas subi les interrogatoires du NKVD et de la Gestapo pour se retrouver accusée par un officier américain ! Assez ! Assez !

Elle avait éclaté en sanglots et, après avoir battu des bras comme une femme qui se noie, elle s'était évanouie et on avait dû l'hospitaliser.

Elle avait ainsi attiré l'attention de l'état-major américain.

On avait découvert qu'elle était la fille et la sœur des comtes Lucchino et Marco Garelli, et, à sa sortie de l'hôpital, on l'avait traitée avec la considération due à son rang et aux malheurs qu'elle avait subis.

On lui avait appris avec ménagement que son père, Lucchino Garelli, avait été abattu par des partisans communistes qui l'accusaient d'avoir été un hiérarque fasciste et d'être resté fidèle à Mussolini après l'armistice du 8 septembre 1943 qui avait vu l'effondrement du régime du Duce.

Quant à Marco Garelli, le frère de Julia, il avait été fusillé par les Brigades noires fascistes qui l'avaient arrêté au moment où il tentait de rejoindre des unités de partisans opérant dans la vallée du Pô.

Julia avait fermé les yeux, baissé la tête en apprenant ainsi qu'elle était la dernière des Garelli.

Elle était restée plusieurs minutes tassée, silencieuse, puis elle avait murmuré qu'elle souhaitait rentrer chez elle, à Venise.

Les Américains avaient aussitôt mis un avion à sa disposition. Elle avait voyagé seule dans l'immense carlingue, emmitouflée sous des couvertures.

En atterrissant sur l'une des pistes de l'aéroport de San Nicolo, elle s'était souvenue de ce mois de juin 1934, quand son frère l'avait présentée au général Karl von Kleist et qu'elle avait serré la main potelée du Führer.

C'était il y avait des siècles, avant qu'elle ne connût les derniers cercles de l'enfer.

Riva degli Schiavoni, elle avait découvert que le palazzo Garelli était devenu le siège de la Fédération du Parti communiste et elle avait dû, face à ces « camarades », dire qu'elle était prête à se suicider devant le palazzo si on ne lui restituait pas son bien, ce qui, après ces cinq ans passés dans un camp nazi, non seulement était pour elle un droit, mais, pour eux, un devoir.

Ils avaient abandonné le palazzo et elle avait retrouvé chaque meuble, chaque tableau, et d'abord celui de la comtesse Elisabeth Garelli, la tueuse perverse qui se baignait jadis dans le sang des jeunes vierges qu'elle égorgeait.

Avant d'être des communistes, ces camarades, ces bolcheviks-là étaient des Italiens. Leur chef, Palmiro Togliatti, ne se prétendait pas l'héritier et le continuateur d'Ivan le Terrible, mais de Machiavel !

Julia était restée plusieurs jours recluse, jouissant de cet espace où elle était seule et qui lui avait paru immense après la promiscuité des cellules et des blocks, à Karaganda comme à Ravensbrück.

Puis elle avait recommencé à écrire : son journal et ces textes qui allaient devenir, en 1949, quand elle s'installerait en France à l'occasion de son témoignage au procès Kravchenko, ces deux livres : *Tu leur diras qui je fus, n'est-ce pas ?* et *Tu auras pour moi la clémence du juge*.

Elle écrivait sans hâte, ne se lassant pas de rêver, laissant son regard errer sur la lagune, se perdre dans le grand large, suivre le balancement des gondoles, le trajet des vaporetti, le vol d'un oiseau.

Au crépuscule, elle sortait, marchant à pas lents le long de la Riva degli Schiavoni, envahie par l'ivresse de la liberté à se promener seule, à sa guise, sans entendre les aboiements des kapos et de leurs chiens, sans être contrainte de frapper du talon en cadence, sans craindre de s'écrouler de fatigue et d'être de ce fait condamnée, abattue ou inscrite pour un « transport » vers Auschwitz.

Au camp de travail et de rééducation de Karaganda ç'aurait été le block disciplinaire, l'isolement, le froid, la soif, la faim, les planches grouillantes de punaises, et, le matin, le travail qu'il fallait accomplir dans la steppe afin de désherber les champs de tournesol – et le soleil, l'été, dévorait la peau, les yeux, la gorge.

Mais elle était là, chez elle, à Venise, suivant les canaux étroits, s'installant sur une piazzetta, ne rentrant au palazzo qu'à la nuit tombée.

Qui pouvait éprouver mieux qu'elle l'intense bonheur qu'il y a à vivre comme on l'entend, à coucher dans des draps propres ?

Elle allait dire ce qu'elle avait vécu, pour que d'autres comprennent.

42.

Julia Garelli n'avait pu s'enfermer dans les contraintes d'un récit continu de sa vie.

Elle s'était donc abandonnée au surgissement chaotique de ses souvenirs sans se soucier de les ordonner, de les mettre en rang, de les faire marcher au pas cadencé, de les aligner comme si les pages étaient devenues autant de places d'appel où, chaque matin et au retour du travail, les déportés se rassemblaient, criaient leur nom, leur matricule, claquaient des talons en glissant leurs calots sous l'aisselle gauche.

Elle était allée, libre, au hasard de son errance mémorielle, guidée par l'émotion qui reconstituait scènes et visages.

Ainsi celui de Katia Lenovskaïa.

Cette jeune ouvrière couchait près de Julia dans la hutte d'argile où s'entassaient, à Karaganda, une trentaine de déportées. Katia avait été condamnée, pour tentative de sabotage, à huit ans de camp de travail et de rééducation.

Elle ne s'indignait pas de cette injustice. Elle avait été victime, disait-elle, non de la justice soviétique, mais d'un complot hitléro-trotskiste qui avait réussi à tromper les juges afin qu'ils condamnent une ouvrière communiste dévouée à la patrie soviétique et dont les frères étaient des ouvriers d'élite, des stakhanovistes.

Elle reprochait même au Parti et à Staline de ne pas avoir ordonné davantage d'arrestations, et tant pis si quelques innocents comme elle étaient confondus avec les coupables.

– Quand on rabote, disait Katia Lenovskaïa, les copeaux tombent...

Julia avait d'abord essayé de la convaincre que tout un peuple était écrasé, persécuté. Elle avait voulu lui conter ce qu'elle avait vécu. Mais, au bout de quelques phrases, elle s'était tue, découvrant que Katia se détournait d'elle et qu'elle aurait été capable de la dénoncer aux autorités du camp comme poursuivant un travail de sape antisoviétique.

Et à Ravensbrück Julia s'était heurtée au même mur de mensonges quand elle avait voulu expliquer aux déportées communistes – dont Isabelle Ripert – ce qu'étaient la réalité de l'URSS, la vie au camp de Karaganda.

Mais les camarades ne voulaient pas perdre leurs illusions.

– Tu m'enlèves ma foi, avait dit l'une d'elles. Que me reste-t-il, si tu ne me laisses pas croire ?

Et Julia avait craint que celles qu'elle aurait réussi à convaincre ne se laissent mourir, ne murmurent, comme l'une d'elles :

– Hélas, pourquoi sommes-nous donc condamnées à vivre ?

Et cette camarade-là, en effet – Julia revoyait ses traits affaissés, cette lassitude dans son regard – avait abandonné la vie comme on lâche une épave à laquelle on s'agrippe, et elle avait disparu dans un tourbillon, jetée dans ce camion qui « transférait » les agonisantes de Ravensbrück à Auschwitz. Comme ses camarades, Julia savait ce qu'il advenait là-bas des mourantes.

Les humains ne pouvait-ils donc vivre que dans l'illusion ? Avaient-ils à ce point besoin d'espérance qu'ils préféraient le mensonge à la vérité ? l'aveuglement volontaire à l'impitoyable lucidité ?

Le désir de vivre ne se nourrissait-il que de mirages successifs ?

Dans la steppe du Kazakhstan, dans les huttes du camp de Karaganda comme derrière les barbelés de Ravensbrück, Julia avait découvert que ses camarades communistes refusaient de savoir et que certaines d'entre elles étaient prêtes, pour l'empêcher de parler, à la livrer aux kapos, aux SS ou aux soldats du NKVD.

Alors elle avait renoncé à les convaincre. Elle s'était contentée d'aider les unes ou les autres, quand elle le pouvait. Ainsi avait-elle arraché plusieurs fois à la mort Isabelle Ripert.

Peu à peu, on avait pensé de Julia qu'elle était l'une de ces chrétiennes que les communistes regardaient avec admiration et commisération mais qu'elles ne dénonçaient pas, qu'elles ne condamnaient pas à mort en les expédiant dans tel commando de travail dont personne ne revenait.

C'était cette impossibilité de faire partager la vérité qui avait, au long de ces sept années de camps, le soviétique et le nazi, le plus blessé Julia Garelli.

Puis, peu à peu, elle s'était persuadée que personne ne pouvait transmettre aux autres son expérience, que chacun devait parcourir son chemin vers la vérité, et que seul celui qui la connaissait devait avoir assez d'humilité pour admettre qu'il avait été lui aussi aveuglé par le mensonge, si bien qu'il ne devait pas condamner celui qui baignait encore dans l'illusion. Que ce n'était pas tant la connaissance de la vérité ou l'obstination dans l'erreur qui importaient, que le goût du pouvoir et l'indifférence à la souffrance d'autrui. Et le fanatisme prédisposait à la brutalité, et l'aveuglement tuait souvent la compassion.

Mais Julia avait croisé suffisamment d'humains pour savoir aussi que, parfois, on pouvait trouver plus de charité et de compréhension chez un gardien chargé de surveiller les déportées que chez ces dernières.

Elle se souvenait de ce soldat qui, dans le train qui roulait vers le camp de Karaganda, lui avait apporté de l'eau. Alors qu'elle sanglotait derrière le grillage du compartiment destiné aux déportés, il avait murmuré :

- Ne pleure pas, tu rentreras un jour chez toi.

Et ces quelques mots prononcés d'une voix douce lui avaient rendu espoir.

C'était en octobre 1938.

Julia avait déjà passé plusieurs semaines dans les cellules des prisons de la Loubianka et de Boutirki.

On l'avait enfermée des jours durant dans la « niche à chien », cette cellule sans fenêtre, si minuscule que Julia, assise sur le banc, avait ses genoux repliés qui touchaient la porte.

Toutes les deux minutes, elle entendait le petit déclic signalant que le soldat de garde soulevait le couvercle de l'œilleton afin de s'assurer qu'elle vivait encore.

Car on craignait les suicides de prisonniers.

On l'avait emmenée plusieurs fois à l'interrogatoire. L'escalier était grillagé afin qu'aucun détenu ne puisse se précipiter dans la cage et en terminer avec les tortures, ces journées passées dans l'obscurité de la « niche à chien », la promiscuité des cellules, quand les corps s'encastraient les uns dans les autres.

Lorsque, au milieu de cette nuit-là, on l'avait entraînée à l'interrogatoire, elle avait pensé avouer tout ce que les gens du NKVD désiraient pour en finir au plus vite.

Mais, face aux juges dont l'interminable questionnaire mettait en cause Heinz Knepper, Thaddeus Rosenwald, Willy Munzer et d'autres dont Julia entendait pour la première fois les noms, elle s'était rebiffée.

Elle était innocente ! avait-elle crié. Elle était une vraie bolchevik !

Et, soudain, elle avait mesuré l'absurdité de cette dernière affirmation.

Eux aussi, les agents du NKVD, ces juges, ces gardiens, ces tueurs, ce Loup dans sa tanière de Kountsevo, affirmaient être des communistes, d'authentiques bolcheviks !

Alors elle n'avait plus répondu et, pour ne pas entendre les questions qui la harcelaient, ne plus craindre les coups qu'on lui assénait, elle avait murmuré les prières de son enfance.

Chrétienne elle l'était et cette croyance-là, peut-être une illusion, était espérance en un dieu qui avait souffert lui aussi comme un innocent accusé, torturé, crucifié.

Et, apaisée, elle avait pu se souvenir d'Arthur Orwett et des vagues grises de la Baltique.

Puis, une autre nuit, on la conduisit au juge d'instruction qui lui communiqua la sentence :

« Au terme de l'enquête, Julia Garelli-Knepper a été déclarée coupable d'organisation contre-révolutionnaire et d'agitation contre l'État soviétique. »

Elle refusa de signer le verdict qui la condamnait à cinq ans de camp de travail et de rééducation, et elle avait pensé, tout en s'obstinant, qu'on l'avait épargnée, que le Loup avait fait preuve de magnanimité à son égard, car avec ce qu'elle savait du cœur du pouvoir, on eût dû l'exécuter.

Peut-être l'avait-on épargnée parce qu'elle était italienne ?

Au moment où elle s'était convaincue qu'il était plus sage de signer ce document, d'être ainsi oubliée parmi des centaines de milliers de détenus, le juge avait renoncé et rappelé le soldat afin qu'on la reconduisît à sa cellule.

Quelques jours plus tard, un gardien avait lancé aux détenus :

– Que tout le monde se tienne prêt avec ses affaires !

Ainsi avait commencé le voyage de Julia Garelli-Knepper vers le camp de Karaganda.

43.

Souvent, à la fin de sa promenade quotidienne le long des canaux, Julia s'arrêtait Riva degli Schiavoni et s'adossait à la façade de marbre gris du palazzo Garelli.

Elle regardait vers le large.

L'été ou l'hiver, sous le soleil voilé, la brume ou le brouillard transformaient la lagune en une plaine à peine mamelonnée couleur de plomb.

Elle fermait les yeux.

Elle retrouvait l'angoisse qu'elle avait éprouvée en découvrant la steppe qui enfermait le camp de Karaganda mieux que les murs d'une prison. Quiconque s'évadait devenait un naufragé qu'on n'avait qu'à laisser mourir dans l'immensité que ne parcouraient que quelques bergers.

Julia se souvenait. Son corps tout entier était mémoire.

La douleur alors s'infiltrait dans ses jambes et son dos comme, là-bas, en été, quand la lumière incandescente mêlée à la poussière brûlait la peau qui gonflait, formant des cloques rouges.

La nuit Julia et les autres déportées entassées dans une hutte ne pouvaient s'allonger sur les planches qui tenaient lieu de couches et sur lesquelles, comme une mousse noire, grouillaient les punaises avides.

Elle avait l'impression d'avoir et l'âme et le corps humiliés, souillés.

Mais point d'eau pour se laver, arracher cette poussière grise qui collait à la peau.

Point de chaise pour s'y asseoir, de table pour écrire ou simplement poser une boîte de conserve qui servait à la fois de théière et de tasse, de gamelle et de casserole.

Point de route entre les cinq secteurs du camp immense, séparés les uns des autres par des dizaines de kilomètres, où les milliers de déportés, comme des insectes laborieux, déracinaient les mauvaises herbes entre les plants de tournesol.

On ne tuait pas, à Karaganda. On usait l'humain jusqu'à la mort. Il n'était qu'un esclave nourri d'un peu de soupe aux choux.

Et tout cela dans le désordre, comme si le camp était l'expression achevée d'une nouvelle civilisation qui chaque jour régressait.

À des milliers de kilomètres de là, à Moscou ou Leningrad, dans les villes des bords de la Volga et du Don, les pionniers des Komsomols apprenaient une chanson joyeuse que l'on chantait aussi dans le Paris du Front populaire :

« Il va vers le soleil levant, notre pays... »

Ici le soleil annonçait le début d'une nouvelle journée en enfer.

On piochait. On désherbait.

Des soldats à cheval, baïonnette au canon de leur fusil, passaient lentement, jetaient quelques injures ou, parfois, une cigarette. Et l'on attendait, bêche à la main, que les heures s'écoulent.

Un vieux prisonnier disait à Julia :

– Regarde ton ombre, si elle n'a pas plus de deux pieds de long, c'est que nous sommes à la mi-journée.

Travail d'esclave payé six roubles par mois.

Qui n'accomplit pas sa tâche – les normes, le Plan ! – est enfermé au block disciplinaire, privé de nourriture, crevant de froid ou étouffant dans la chaleur épaisse.

Et pour résister à cette mort lente, à l'avilissement, seulement quelques gestes fraternels, des amitiés, des déportées qui chantent à voix basse de vieilles chansons paysannes, des amours qui s'esquissent et même des enfants qui naissent mais qu'on sépare aussitôt de leur mère.

Camp non de rééducation, mais de destruction, d'annihilation.

Souvent les « droit commun » mêlés aux politiques imposent leur loi : ils violent, volent, tuent.

Julia rentre au palazzo Garelli.

Elle est si lasse qu'elle va se coucher sans pouvoir trouver le sommeil. Elle se gratte fébrilement. Il lui semble que tout son corps est encore livré à la vermine.

Qui peut savoir, hormis elle, qu'on ne quitte jamais définitivement l'enfer quand on y a vécu ?

Cependant, elle se calme peu à peu en caressant, paumes ouvertes, doigts tendus, les draps frais, et l'apaisement, la joie qu'elle éprouve lui rappellent ce moment où un soldat du NKVD est venu lui annoncer qu'avec deux autres déportées – des Allemandes –, elle devait quitter le camp de Karaganda pour Moscou.

Elles s'émerveillent de l'attention bienveillante que leur manifestent les hommes du NKVD.

On les installe dans un compartiment que ne ferme aucun grillage. Le train est l'express habituel qui, chaque jour, relie la Sibérie à Moscou. Des voyageurs passent dans le couloir en riant, comme des humains vivant dans une vraie vie.

Julia se souvient qu'elle a dû retenir ses larmes quand l'un des soldats lui a apporté, comme si cela allait de soi, une boîte d'un kilo de viande de porc et du pain blanc.

Allait-on vraiment la laisser vivre elle aussi comme un être humain ?

Peu à peu, en dépit de l'angoisse qui perdure comme une plaie encore ouverte, elle commence à croire presque malgré elle qu'on va la libérer.

À Moscou, à la prison de Boutirki, on la traite avec égards ; d'autres Allemandes détenues, venues de tous les camps et pénitenciers d'URSS, sont rassemblées dans la même cellule, nourries abondamment. On leur donne des vêtements propres. On les laisse fumer et chanter. Elles peuvent rester longuement dans la cour.

Julia respire goulûment l'air vif de ce mois de janvier 1940.

Depuis sa condamnation en juillet 1938, l'Histoire avait continué à se dérouler : accords de Munich, le 29 septembre 1938 ; abandon de la Tchécoslovaquie par Londres et Paris ; et, en mars 1939, les troupes allemandes qui entrent dans Prague.

Le 23 août, c'est la signature du Pacte germano-soviétique. Début septembre 1939, la guerre. La Pologne conquise par les nazis, dépecée entre Berlin et Moscou, cependant qu'à l'ouest, sur le Rhin, c'est la « drôle de guerre », un front paisible. Hitler assure qu'il veut la paix.

Et les wagons bourrés de beurre et de blé, les citernes remplies de pétrole quittent l'URSS pour l'Allemagne nazie.

Moscou, qui a félicité Hitler pour sa rapide victoire sur la Pologne, veut être le bon, le nécessaire complice.

Et dans les forêts de Katyn les tueurs du NKVD abattent d'une balle dans la nuque des milliers d'officiers polonais.

Mais cela – comme le monde entier – Julia l'ignore encore.

Un matin, on la conduit dans un bureau où siègent des officiers du NKVD.

On lui soumet un texte en russe qu'elle doit signer. Elle le lit, le relit :

« La condamnation à cinq ans de camp de rééducation et de travail prononcée contre Julia Garelli-Knepper est transformée en expulsion immédiate de l'Union soviétique. »

Elle tremble.

Où va-t-on l'expulser ? interroge-t-elle.

On lui répète qu'elle doit signer, qu'on lui donnera tous les renseignements plus tard, à elle comme à ses camarades.

Elle murmure que les autres sont allemandes, mais qu'elle-même est italienne, qu'elle veut être expulsée vers l'Italie.

– Knepper, murmure l'un des officiers du NKVD.

Julia ose dire et ainsi reconnaître ce qu'elle a refusé d'admettre : que Heinz Knepper est mort, qu'elle n'est plus que Julia Garelli, de nationalité italienne.

L'officier du NKVD s'impatiente : elle doit signer et accepter ainsi la transformation de sa peine en expulsion.

Elle signe. Elle ne tient pas à retourner en Sibérie.

Julia comme les autres déportées imaginent qu'on va les expulser vers un pays balte, et, de là, chacune, chacun – car il y a aussi des hommes dans ce train qui roule vers l'ouest, communistes allemands qui ont trouvé refuge en URSS après 1933, qui ont été emprisonnés mais ont survécu à la Grande Terreur – choisira de partir vers un pays où l'on peut vivre libre : Canada, États-Unis, Angleterre, France...

On rêve.

Julia dit : l'Italie.

Elle y sera protégée par son père et son frère. Le fascisme italien – Paolo Monelli l'a souvent dit et elle veut le croire – n'est qu'un simulacre de dictature totalitaire, une façade peinte en noir derrière laquelle l'Italie continue de vivre comme elle en a l'habitude depuis des siècles : dans le désordre, l'improvisation et le cynisme.

Le pire, que personne ne veut envisager, c'est l'expulsion vers l'Allemagne hitlérienne.

Mais qui pourrait croire que l'Union soviétique va livrer aux nazis ces camarades communistes qui ont combattu les Sections d'Assaut et ont dû fuir un Reich qui les a condamnés à mort ?

Lorsqu'elle évoque cette possibilité, la panique étrangle Julia. Elle se répète que cette hypothèse est absurde, et, puisqu'elle est italienne, qu'elle demandera à être rapatriée chez elle, en Italie – pays fasciste, n'est-ce pas ?

Et, tout à coup, le 8 février 1940, après trois jours de train, cette gare et cette voix de l'un des camarades.

Il crie : « Nous avons dépassé Minsk et nous continuons en direction de la Pologne ! »

Les nazis sont au bout de cette voie ferrée où le train vient de s'arrêter et le long de laquelle Julia et ses camarades marchent, encadrés par les soldats du NKVD.

À quelques centaines de mètres, une gare dont Julia arrive à lire le nom : Brest-Litovsk, et un pont de chemin de fer enjambant une rivière. D'un côté la Pologne occupée par les Allemands, de l'autre celle qui est aux mains des Russes.

Certains des expulsés entourent les soldats du NKVD, leur disent que les livrer ainsi aux nazis, eux qui sont juifs et communistes, c'est les condamner à mort. L'Union soviétique peut-elle faire cela ?

Julia sait que le Loup le peut et le veut : c'est un présent qu'il offre à la meute noire pour lui prouver sa bonne volonté, son amitié.

Julia voit un officier du NKVD saluer cérémonieusement l'officier allemand qui s'est avancé et qui porte l'uniforme des SS.

Julia voit le Russe sortir de sa sacoche une feuille de papier.

Il commence à la lire, à égrener les noms.

Elle entend : « Julia Garelli-Knepper. »

Les soldats du NKVD la poussent vers le pont, vers l'officier SS.

44.

Durant ses premières années de liberté, de 1945 à 1949, chaque fois que Julia revit cette journée du 8 février 1940, le désespoir et l'effroi la paralysent.

Qu'elle soit assise devant la fenêtre de sa chambre, au premier étage du palazzo Garelli, ou bien installée à la terrasse du café de la piazzetta San Giacomo où luit encore un pâle soleil d'hiver, elle tremble, se recroqueville, la tête rentrée dans les épaules, comme si elle voulait disparaître afin de ne pas avoir à traverser ces cinq années et demie de camp, quand la mort était à chaque seconde prête à frapper ; qu'il fallait, pour esquiver ses coups, demeurer aux aguets, être accompagnée par la chance qui, un instant, détournerait l'attention du kapo, du SS, ou bien réveillerait un peu d'instinct humain chez le médecin du camp qui passait, cravache à la main, parmi des dizaines de femmes nues dont il inspectait la gorge avant de les repousser du bout de sa cravache, les déclarant aptes au travail.

Julia grelotte comme si elle se sentait nue.

Elle ne sait plus qu'elle est libre, qu'elle a survécu, qu'un jour d'avril 1945, les SS ont disparu des miradors, des postes de garde, et que les déportées ont pu franchir les portes, se mêler au flot des réfugiés qui fuyaient devant l'Armée rouge.

Et Julia voulait elle aussi, comme ces Allemands, éviter de retomber sous l'autorité des Soviétiques qui retrouveraient sa trace dans les archives du NKVD et de la Loubianka – et elle serait à nouveau condamnée, déportée.

Et elle ne savait que trop ce que serait sa vie dans un camp de Sibérie.

Si, à Brest-Litovsk, le 8 février 1940, elle avait pu imaginer ce qu'elle aurait à subir au camp de Ravensbrück – dont elle ne soupçonnait même pas l'existence –, elle se serait mise à courir vers la rambarde du pont et, avant que le SS n'ait pu la rattraper, elle se serait précipitée dans la rivière pour y mourir.

C'est l'ignorance de ce qui l'attendait durant plus de cinq années et demie – cela faisait plus de deux mille jours ! – qui lui avait donné la force de marcher aux côtés du SS, vers les baraquements.

Là, on l'avait interrogée une première fois. Elle avait répété qu'elle était la comtesse Garelli, italienne, et qu'elle demandait à être renvoyée dans son pays. Son père, le comte Lucchino Garelli, était un proche du Duce, avait-elle ajouté d'une voix menaçante.

Mais le SS, qui notait méticuleusement ses propos, l'avait interrompue : elle s'expliquerait au siège central de la Gestapo, à Berlin, avait-il dit. Julia Garelli, épouse Knepper, était allemande. Elle avait donc des comptes à rendre à l'Allemagne. Elle avait plusieurs fois séjourné sur le territoire du Reich. On n'ignorait rien des activités d'espionnage auxquelles elle s'était livrée, ni du réseau d'agents du Komintern dont elle avait fait partie.

De tout cela elle devrait rendre compte en tant qu'Allemande ayant cherché à nuire aux intérêts du Reich.

Mais on ne l'avait ni battue, ni torturée, et ses camarades et elle avaient même apprécié les prisons allemandes où, en se dirigeant de Brest-Litovsk à Berlin, elles avaient séjourné.

Certains, parmi les hommes, commençaient même à se convertir : le nazisme, après tout, affirmaient-ils, leur paraissait moins barbare que le communisme. Ils rappelaient comme on les avait torturés, laissés pourrir à la Loubianka et, plus tard, dans les camps du goulag. S'il fallait choisir entre les deux dictatures, mieux valait l'allemande que la russe !

Julia avait refusé de se laisser entraîner dans cette comparaison prématurée. Que savaient-ils des camps dans l'Allemagne de Hitler ?

Elle n'aurait pu imaginer le sort de ces jeunes Polonaises que le docteur du camp de Ravensbrück sélectionnait, choisissant les plus vigoureuses afin de leur briser les jambes, de pratiquer sur elles des greffes osseuses.

Bientôt Julia les apercevrait, après ces opérations effrayantes, errant dans le camp, claudiquant, mutilées ou infirmes, et un jour exécutées.

Et de la place d'appel où toutes les déportées seraient rassemblées chaque matin et chaque soir, on entendrait les feux de salve, puis les détonations isolées des coups de grâce.

Et corbeaux et corneilles voletteraient au-dessus des arbres, entourant la clairière où l'on procéderait aux exécutions.

Non, Julia n'avait pas imaginé ces malades qu'on chargeait sur un camion afin, prétendait-on, de les transférer dans un autre camp où elles recevraient les soins dont elles avaient besoin.

Quelques jours plus tard, le camion revenait avec les vêtements, les béquilles, les lunettes, les chaussures et même les dentiers de ces femmes dont les kapos disaient en riant qu'on les avait « guéries ».

Si elle avait su que, durant plus de deux mille jours, elle aurait à affronter cela, comment aurait-elle eu la force de survivre, ne pouvant concevoir que le lendemain serait pire que la journée qui s'achevait ?

Et, à présent, libre chez elle à Venise, Julia se recroquevillait davantage encore, comme si elle n'avait pu accepter l'idée que le courage de durer venait peut-être de l'impossibilité de prévoir la démesure du mal.

Elle devait admettre que l'espérance naissait du refus de la mort, donc de la croyance en la résurrection.

À Ravensbrück elle avait prié aux côtés de ces femmes déportées parce qu'elles étaient des Témoins de Jéhovah qu'aucune privation, aucune punition ne pouvait faire renoncer à leur foi.

Julia les avait protégées autant qu'elle avait pu, au risque de sa propre vie, car elle avait découvert au long de ces deux mille jours qu'aider l'Autre, dans cet univers de haine où les déportés de droit commun servaient d'exécuteurs aux SS, était la seule manière de garder vive l'Espérance, comme si l'altruisme, la générosité, le dévouement constituaient la preuve que l'homme n'était pas qu'un bourreau, un assassin, qu'on pourrait un jour bâtir une société dont la peur et la violence ne seraient pas les ressorts.

Julia avait donc partagé son pain, aidé telle ou telle déportée maladroite à finir sa tâche dans cet atelier de couture où on les entassait pour confectionner des uniformes, nuit et jour, dans une atmosphère torride. Les jambes gonflaient, se couvraient d'ulcères, et quand enfin on avait le droit de rejoindre sa baraque, certaines pouvaient à peine marcher. Mais il fallait encore se tenir immobile sur la place d'appel où les chiens-loups des SS aboyaient, la bave débordant de leur gueule, et parfois ils se jetaient sur une détenue et la lacéraient.

Peut-être était-ce ce don de soi qui avait donné à Julia la force de survivre ?

Plus tard, beaucoup plus tard, quand je la rencontrai à Cabris, durant l'année 1989, et qu'elle était devenue depuis des décennies déjà cette femme apaisée et déterminée, maîtrisant ses émotions, ses souvenirs, elle me dit :

– J'ai survécu, j'ai été dans l'obligation de survivre parce que j'ai toujours trouvé des personnes auxquelles j'étais nécessaire.

Mais elle me confia aussi combien son comportement avait suscité la haine.

Les mouchardes des SS, de la Gestapo, l'avaient à plusieurs reprises dénoncée parce qu'elle aidait les Témoins de Jéhovah.

Et elle avait dû aussi compter avec l'hostilité des communistes qui, parce qu'elle leur avait décrit l'URSS telle qu'elle était, l'avaient accusée d'être une « hitléro-trotskiste ».

L'aveuglement et le fanatisme de ces femmes courageuses qui avaient osé se dresser contre les nazis avaient accablé Julia.

« Les communistes allemandes et tchèques, raconte-t-elle dans un de ses carnets, m'avaient accusée d'être au service des SS.

On m'avait prévenue que certaines d'entre elles avaient décidé de m'éliminer soit en me désignant pour un "transfert", à l'insu des SS, soit en me tuant.

Je n'ai pas eu la volonté de me défendre, j'ai simplement dit à la responsable des communistes du camp, Karla Bartok :

– Toi et celles qui te suivent, vous êtes de la même bande que les SS ; entre vous, c'est le pacte des fanatismes, le pacte germano-soviétique ! Le pacte des assassins !

J'ai craint, tant son regard était chargé de haine, qu'elle n'aille se jeter sur moi pour m'étrangler.

Mais ce jour-là arrivait à Ravensbrück le premier convoi de femmes russes déportées pour fournir de la main-d'œuvre servile au IIIe Reich.

Karla Bartok avait décidé de les accueillir au nom des communistes du camp et elle avait sans doute imaginé qu'elle allait ainsi renforcer son organisation avec ces nouvelles militantes grandies sous le pouvoir soviétique.

Lorsqu'elles ont eu compris qui était Karla Bartok, les Russes l'ont insultée, chassée à coups de poing et de pied, criant leur haine des communistes et de Staline, racontant comment on avait déporté des millions de paysans, arraché les enfants à leur mère, et comment, durant la famine en Ukraine, certaines mères en avaient été réduites à dévorer leurs nouveau-nés.

Je savais cela, je l'avais dit, mais que des femmes soviétiques viennent confirmer mes propos a bouleversé Karla Bartok.

Je l'ai vue perdre la raison, errer dans le camp, gesticuler, hurler, se battre contre ses camarades qui cherchaient à la calmer, à la retenir, à dissimuler son état aux kapos et aux SS.

Elle a cessé de s'alimenter, restant les yeux fixes, ne se rendant pas aux appels, et elle a été bientôt conduite à l'infirmerie, ce mouroir où, m'a-t-on affirmé, elle répétait, sa raison tuée par la folie : "Staline, je t'aime !"

Un matin, on l'a jetée dans le camion des "transférées", celles qui deviendraient cendre et fumée.

« J'ai alors décidé que je n'évoquerais plus ce que je savais de l'Union soviétique, ni ce que j'avais subi. Il fallait, pour que les déportées communistes acceptent d'entendre la vérité, qu'elles croient à l'honnêteté de celle qui la leur dévoilait.

Or la guerre et le camp étaient des écoles de la suspicion et de la trahison.

On ne faisait confiance qu'à ses coreligionnaires, Témoins de Jéhovah ou membres du Parti communiste.

Je n'étais ni d'une religion, ni de l'autre.

Je m'étais dépouillée des certitudes du fanatisme.

Je priais seule, non en groupe.

Je ne recherchais plus la camaraderie partisane, mais l'amitié.

« Je l'ai trouvée à Ravensbrück lorsque j'ai rencontré Isabelle Ripert.

Elle était communiste, mais j'ai pu me confier à elle sans qu'elle m'accusât. Je ne cherchai pas davantage à la convaincre. Et de même lorsque je l'ai retrouvée à Paris, en 1949, quand nous sommes restées si longuement assises l'une en face de l'autre, nous tenant par les poignets, les mains nouées.

« Nous avions alors choisi des chemins différents, moi témoignant en faveur de Kravchenko au procès qu'il avait intenté contre *Les Lettres françaises*, l'hebdomadaire communiste, elle gardant le silence en dépit de ce qu'elle savait des conditions de la disparition de son père, l'avocat François Ripert, et de son frère, Henri Ripert, l'un et l'autre envoyés à la mort par les communistes, et d'abord Alfred Berger.

Mais je n'ai jamais reproché à Isabelle Ripert d'avoir choisi de se taire.

Elle et moi avions compris, au camp et dans la souffrance, que le bien le plus précieux est le respect de la liberté de l'Autre. »

45.

Julia est assise dans la salle où siège le tribunal de la 17e chambre correctionnelle de la Seine.

Elle ne quitte pas des yeux l'avocat Pierre Doucet qui plaide pour *Les Lettres françaises* contre Victor Andreïevitch Kravchenko.

Maître Doucet s'indigne que l'ingénieur ukrainien ait intitulé son livre de témoignage *J'ai choisi la liberté*.

– C'est l'Armée rouge, la libératrice des camps de concentration nazie, qui est le symbole de la Liberté ! clame-t-il. Vous, en désertant en pleine guerre, vous avez choisi non pas la liberté, mais la trahison ! Les témoins que vous avez cités vous ressemblent : ils n'invoquent la liberté que pour masquer leur culpabilité. Qui peut accorder le moindre crédit à cette Julia Garelli dont le père a été exécuté par les partisans antifascistes italiens parce qu'il était l'un des plus proches collaborateurs – et ce, dès 1920 – de Mussolini ? Et l'on voudrait nous faire croire que cette comtesse Garelli était une communiste injustement persécutée par le pouvoir soviétique ? Ce n'était qu'une espionne au service du fascisme, puis du nazisme, démasquée, condamnée à juste titre, expulsée dans son pays d'adoption, l'Allemagne de Hitler, et continuant son travail d'espionne au service des SS parmi les déportées de Ravensbrück !

Maître Doucet tend le bras vers Julia Garelli :

– Elle est personnellement responsable de la mort de Karla Bartok, une communiste tchèque, une résistante héroïque, reprend-il. Comment cette femme-là ose-t-elle parler de liberté ? C'est de trahison qu'il s'agit, de complicité avec les nazis ! Et vous avez entendu ce que nous a révélé Alfred Berger...

Julia tourne la tête et découvre, placé au premier rang, de l'autre côté de l'allée qui sépare en deux la salle, Alfred Berger qui se tient assis très droit, les mains posées sur les genoux.

Il a invoqué dans son témoignage la liberté pour laquelle sont morts, a-t-il dit, des dizaines de milliers de communistes tombés dans la lutte contre l'occupant nazi :

– Ainsi maître François Ripert, l'une des gloires du barreau, et son fils, le philosophe Henri Ripert, et si sa santé brisée à Ravensbrück ne le lui avait pas interdit, Isabelle Ripert serait venue à cette barre confondre Julia Garelli-Knepper. J'ai connu cette comtesse dans les années 1930. Nous la soupçonnions déjà d'être au service des Allemands. Nous savions qu'elle avait été la maîtresse du général Karl von Kleist et, avant lui, de bien d'autres officiers allemands. Et que dire de Heinz Knepper, son maître en trahison, lié aux milieux hitléro-trotskistes ? Nous qui avons combattu pour la liberté de la France et de tous les peuples…

Etc., etc.

Julia avait été surprise de l'indifférence méprisante avec laquelle elle avait su écouter de tels propos.

Personne ne réussirait à briser cette liberté de penser qu'elle avait acquise.

Peut-être était-ce avec l'arrestation et la disparition de Heinz Knepper qu'elle avait eu le sentiment d'être enfin libérée, et ç'avait été comme si, brusquement, après la cécité, elle voyait distinctement le monde tel qu'il était. Elle était libre, et la liberté unifiait sa personne.

Et au mépris qu'elle éprouvait pour Alfred Berger, pour Pierre Doucet et pour cet autre avocat, Albert Jouvin, un ancien déporté, se mêlait un peu de compassion.

Ils ne pouvaient vivre que « divisés ». Ils ne connaissaient pas cette sérénité que donnent l'Unité de soi, la liberté de l'esprit.

Peut-être un jour se briseraient-ils comme l'avait fait Karla Bartok, se réfugiant dans la folie et la mort pour ne pas s'avouer qu'elle s'était égarée, enfermée dans ses illusions et ses mensonges ?

Elle, Julia Garelli, se sentait – se savait – indestructible.

Oh, elle n'ignorait pas que la mort était sa compagne la plus proche.

Et lorsque Arthur Orwett était venu lui rendre visite à Venise pour l'inviter à témoigner au procès que Kravchenko avait intenté contre *Les Lettres françaises*, il ne lui avait pas dissimulé qu'elle risquait sa vie.

Elle connaissait les Soviétiques.

Ils avaient tué Thaddeus Rosenwald, Willy Munzer, ici même, en Europe. L'un de leurs agents était allé fracasser le crâne de Trotski à Mexico. Et aux États-Unis Kravchenko avait été suivi, menacé, et n'avait survécu qu'en vivant protégé et caché.

Elle n'avait pas vraiment écouté Orwett. Il disait le danger, mais sa présence la rassurait.

Il avait les cheveux tout aussi touffus que naguère, mais devenus gris. Son visage s'était empâté, le menton enrobé de chairs flasques qui lui enveloppaient le cou.

Mais se dégageait toujours de lui autant de force et de résolution.

Il avait évoqué l'accueil fait à son livre, *L'Imposture rouge*, et les menaces qu'il avait subies, mais, d'un geste de la main, il les avait écartées.

La vérité peu à peu creuse son trou, avait-il dit, c'est elle, la taupe, non la révolution, comme le prétendait Marx !

Orwett était resté plus d'une semaine à Venise, refusant de s'installer au palazzo Garelli comme s'il avait craint de basculer dans la passion et d'y entraîner Julia.

Mais les années avaient transformé leur liaison en complicité fraternelle.

Ils vivaient l'un et l'autre dans la vérité et la liberté.

Il lui avait raconté ses années de guerre, correspondant étranger sur le front russe. Il avait exalté l'héroïsme des soldats, la brutalité des relations humaines, les officiers qui frappaient leurs subordonnés, les hécatombes, les dizaines de milliers de soldats fusillés, et pourtant la détermination de tous à chasser l'envahisseur, la force du patriotisme russe.

Il avait vécu des mois aux côtés de Vassili Bauman. Ils étaient rentrés ensemble en Ukraine. Ils avaient vu les fosses communes pleines des corps des Juifs abattus par les nazis.

Deux monstres s'étaient affrontés au cours de cette guerre : le nazisme et le communisme, tous deux criminels, ennemis de la Liberté, mais l'un avait servi cette dernière, bien décidé à l'achever dès qu'il aurait écrasé l'autre.

Et c'était ce qui s'était produit.

L'Armée rouge avait libéré les déportés d'Auschwitz et de Ravensbrück, et ouvert d'autres camps où les prisonniers libérés avaient été transférés.

Julia avait vécu cela dès 1940, sur le pont de Brest-Litovsk, dans l'autre sens, de Karaganda et de la prison de Boutirki à la prison d'Alexander Platz et au camp de Ravensbrück.

Arthur Orwett avait ajouté qu'il avait proposé à Vassili Bauman de se rendre en Grande-Bretagne, précisant qu'il était prêt à organiser ce départ clandestin.

Mais Vassili avait violemment rejeté son offre. Un écrivain devait rester au milieu de son peuple, souffrir, combattre et espérer avec lui. Il savait qu'on lui interdirait de publier les livres qui mûrissaient en lui et dans lesquels il dirait en toute liberté, en prenant tous les risques, la vérité.

Mais peu importait : un jour on les lirait, parce que c'est seulement dans ces livres-là qu'on apprendrait ce qu'avait été l'âme du peuple russe durant la Terreur.

Il avait employé ce mot.

Julia Garelli s'était reproché d'avoir oublié ce que ce mot *terreur* signifiait pour ceux qui la subissaient, quand, avec emphase, maître Albert Jouvin – de plus maître Pierre Doucet s'était lui aussi dressé, plastronnant, bras croisés, menton levé – avait annoncé qu'il faisait citer à la barre comme témoin des *Lettres françaises* madame Maria Kaminski qui avait connu autrefois Julia Garelli-Knepper.

Julia écrit :

« Dans la jeune femme d'une vingtaine d'années que j'ai vue s'avancer, hésitante, vers la barre, et regarder autour d'elle comme un animal traqué, j'ai aussitôt reconnu la petite fille qui s'accrochait au cou de sa mère Vera Kaminski.

L'émotion un instant m'a submergée et j'ai failli éclater en sanglots au souvenir de ces années-là, celles de l'hôtel Lux, de l'arrestation de Lech Kaminski et de Heinz Knepper, puis de la tentative de Vera pour sauver sa fille en l'envoyant à l'ambassade d'Italie, en criant mon nom.

Maria était là dans ce prétoire étouffant où la foule se pressait, et la révolte l'a emporté sur mon émotion quand j'ai vu, à deux pas derrière Maria, cette femme, son interprète, prétendait-on, dont le visage, la silhouette me faisaient penser aux kapos, à celles qu'on appelait "les chiennes", qui frappaient les déportées à coups de gourdin.

Cette femme était sûrement un agent des "Organes", traductrice en effet, mais surveillante d'abord, et Maria jetait vers elle ce regard que je connaissais bien, celui des êtres terrorisés.

Et maître Albert Jouvin, plein d'attention et de compassion, a commencé à présenter Maria Kaminski qui, enfant, à l'hôtel Lux, avait compris que sa mère et son père avaient été victimes des machinations de celle que ses parents appelaient l'"espionne des nazis".

– Qui, mademoiselle ? La reconnaissez-vous ? Vous souvenez-vous de son nom ?

Voix presque inaudible de Maria Kaminski, forcée de répéter, et la traductrice, reprise par le traducteur officiel du tribunal, clamait mon nom, Julia Garelli-Knepper, que l'on disait comtesse.

J'ai souffert pour Maria que le NKVD devait avoir menacée des pires tourments, pour elle et ceux qu'elle aimait, si elle ne jouait pas le rôle qu'on lui avait attribué.

J'ai vu ses mains trembler.

J'ai entendu sa voix étouffée et la manière dont elle butait sur les mots.

Ce qu'elle disait était une suite de mensonges si monstrueux qu'au fur et à mesure qu'elle parlait, ma détermination à ne plus jamais renoncer à la liberté, à la vérité, à la lutte contre ces régimes de terreur, devenait plus forte.

Elle disait que ses parents avaient été arrêtés sur mes dénonciations qui avaient un temps trompé la justice soviétique. Mais que, lorsque j'avais été démasquée et condamnée, ses parents avaient été libérés, réhabilités.

Son père était mort en héros de l'Union soviétique à Stalingrad, en combattant les nazis. Sa mère, décorée elle aussi pour sa lutte aux côtés des partisans, désirait oublier ce moment cruel de leur vie. Elle avait souhaité ne pas témoigner, mais Maria, parce qu'elle avait souffert par ma faute, séparée de ses parents, avait décidé de venir pour m'accuser, dire qui j'étais, une espionne de Hitler qui avait cherché à désarmer la patrie du socialisme face à la menace hitlérienne.

Mais Staline avait démantelé la conspiration que ce misérable traître de Kravchenko et cette nazie, Julia Garelli, tentaient de ranimer en s'étant mis cette fois au service des États-Unis.

« Les mots étaient tonitruants, mais la voix de Maria, qui les prononçait, était si ténue que personne ne pouvait imaginer que ces accusations lui appartenaient.

Et j'ai entendu maître Jouvin et maître Doucet les reprendre, les répéter de leur voix de stentors.

Maître Izard, l'avocat de Kravchenko, a commencé à interroger Maria Kaminski, mais elle a chancelé, et l'interprète a expliqué que l'émotion avait été trop forte, qu'il fallait reporter la fin de sa comparution.

Maître Jouvin a invoqué les droits imprescriptibles de la personne humaine, appuyant la demande de l'interprète. Le tribunal devait comprendre combien il était difficile à Maria Kaminski d'affronter celle qui était à l'origine de tant de souffrances : moi.

Le président du tribunal a accédé à la demande de Maria Kaminski.

Elle s'est éloignée, soutenue par l'interprète.

Et on m'a regardée comme une coupable.

« Malgré les convocations, Maria ne s'était plus présentée à l'audience.

Maître Jouvin avait prétendu qu'elle avait dû regagner d'urgence l'URSS où sa mère, bouleversée par le rappel de cette tragique période de sa vie, venait d'être hospitalisée.

Albert Jouvin avait conclu :

– Ainsi Vera Kaminski est une nouvelle fois victime des traîtres que la défaite du nazisme aurait dû réduire au silence, et qui osent, au lieu de se terrer de crainte d'être poursuivis, utiliser les faiblesses et les complaisances pour se muer en procureurs et continuer leur croisade antisoviétique avec de nouveaux inspirateurs !

Cette indignation, cette posture lui avaient permis de rejeter avec violence, comme des faux forgés par les officines anticommunistes et les services secrets américains, les documents que maître Izard avait présentés au tribunal, lesquels prouvaient l'exécution en 1937, à la Loubianka, de Lech Kaminski, et, en 1938, celle de Vera, son épouse. Quant à leur fille Maria, elle avait été placée dans un orphelinat réservé aux enfants des condamnés.

Devant l'insistance de maître Izard, les preuves accablantes qu'il avançait, maître Jouvin et maître Doucet avaient quitté avec un bel effet de manches la salle du tribunal.

« Comment ne pas mépriser ces hommes qui se ruaient à la servitude au lieu de penser et d'agir en hommes libres ?

Et eux n'avaient pas même l'excuse de vivre sous un régime de terreur !

Je les avais observés, écoutés, lus. J'avais essayé de comprendre leurs mobiles. Tant de témoins déjà confirmaient les faits que rapportait Kravchenko !

Les protocoles secrets qui accompagnaient le Pacte germano-soviétique et organisaient le partage de la Pologne entre Hitler et Staline avaient été publiés.

On connaissait les conditions dans lesquelles – il y avait seulement quelques mois – les communistes s'étaient emparés du pouvoir à Prague, comment ils jugeaient et pendaient les opposants en Hongrie, en Roumanie, en Bulgarie, comment ils tentaient de briser en Yougoslavie le communiste patriote Tito qui leur résistait.

Ils transformaient ainsi l'Europe orientale en "prison des peuples".

Mais Jouvin et Doucet, grands maîtres du barreau, et les écrivains, les intellectuels prestigieux qu'ils faisaient citer comme témoins de la défense des *Lettres françaises* osaient prétendre que la démocratie et la justice régnaient en URSS et dans ce qu'on commençait à appeler les "démocraties populaires".

« Je n'ai pas seulement méprisé ces hommes, je les ai haïs pour leur hypocrisie, leurs mensonges, leur fanatisme.

Ils célébraient à l'égal d'un héros le Secrétaire général du Parti communiste qui avait déclaré : "Le peuple de France ne fera jamais la guerre à l'Union soviétique", et annoncé que si l'Armée rouge venait à occuper Paris, le peuple français agirait avec elle comme le faisaient les peuples roumains, bulgares, tchèques...

Cette apologie cynique de la trahison et de la collaboration me révoltait.

Si l'Armée rouge s'installait en France, ceux-là, ces fanatiques, ces collaborateurs agiraient comme les agents des "Organes" et dresseraient des gibets !

Il me fallait les combattre.

C'est pourquoi j'ai commencé à écrire, songé à rassembler mes archives dans cette propriété que j'avais achetée à Cabris et dont je voulais faire le siège d'une Fondation dédiée à ceux, hommes et femmes libres, dont j'avais partagé les illusions, les souffrances et le destin. »

CINQUIÈME PARTIE

46.

À l'issue du procès Kravchenko, Julia est une femme d'à peine cinquante ans, l'âge du XXe siècle.

J'ai devant moi les photos d'elle que publie la presse au lendemain de la proclamation du verdict qui condamne *Les Lettres françaises*, mais d'une manière si nuancée, si bénigne que les journaux communistes peuvent clamer que « le traître, le gangster littéraire, l'agent des Américains, le fauteur de guerre » a échoué dans son entreprise de calomnier l'Union soviétique qui reste, pour tous les peuples, « la citadelle du socialisme et de la paix ».

C'est ainsi que s'écrit, en 1949, la langue communiste.

Dans le regard de Julia, dans l'expression de son visage, je lis non de la résignation, mais de la tristesse, une souffrance acceptée, domptée mais indélogeable, au cœur de son âme.

Elle note dans son journal :

« Je ne puis oublier Maria Kaminski et sa gardienne – interprète ! – qui lui serrait le bras, l'entraînait hors de la salle du tribunal.

Avec ce souvenir de Maria, ce sont tous les visages de mes camarades de camps, celles de Karaganda et de Ravensbrück, qui m'habitent.

Or j'ai dû entendre l'avocat général accabler Kravchenko au nom de l'objectivité et d'un raisonnement qui se voulait balancé :

– Sous aucun prétexte on n'a le droit d'abandonner sa patrie en guerre, de divulguer des secrets...

Kravchenko est donc bien le traître que dénoncent *Les Lettres françaises*, lesquelles peuvent faire oublier qu'elles sont condamnées à 150 000 francs de dommages et intérêts. "L'honneur de Kravchenko ne vaut pas un sou !" titrent-elles en rappelant les propos de l'avocat général : "Messieurs, qu'il y ait eu des excès en Russie, c'est possible. Tous les régimes neufs, s'ils ne veulent pas périr, sont obligés de se montrer particulièrement vigilants, et cette vigilance nécessaire les amène parfois à des rigueurs particulières."

Qu'a-t-il fait, ce magistrat, de mon témoignage ? C'est comme si je n'avais pas rapporté les cris de ces camarades juifs allemands qui se débattaient sur le pont de Brest-Litovsk, le 8 février 1940, lorsque les agents du NKVD les entraînaient vers les SS, les livraient ainsi au peloton d'exécution, aux camps d'extermination.

Cette incapacité à entendre, à comprendre qu'entre les deux régimes, celui de Staline et celui de Hitler, fut scellé un pacte rouge et noir, le pacte des assassins, me désespère.

Pourquoi cette surdité, cet aveuglement ?

Pourquoi tant d'hommes refusent-ils la liberté et privilégient-ils l'esclavage ?

Isabelle Ripert, ma camarade, ma sœur de camp, m'a dit un jour d'une voix brisée :

– Tais-toi, je t'en supplie. Sinon, nous ne pourrons plus nous voir, et j'en mourrai de tristesse. Ne me condamne pas, toi qui m'as sauvé la vie !

Je me suis tue. Je ne lui ai pas envoyé *Tu auras pour moi la clémence du juge* ni *Tu leur diras qui je fus, n'est-ce pas ?* Qu'aurait-elle pensé de mes livres ? Elle ne les aurait pas lus. Elle m'aurait maudite de les avoir écrits !

Peu importe que ce que je dis soit vrai, confirmé par des témoins innombrables, des hommes et des femmes qui, comme Kravchenko, se sont enfuis d'URSS. C'est comme si le mensonge était plus fort que la vérité.

On écoute Alfred Berger. On croit Maria Kaminski. Et moi, on m'insulte !

« J'ai trouvé, tracée à la peinture noire, sur la chaussée de la route qui mène du village de Cabris à ma propriété, une immense croix gammée peinte quelques jours après mon installation.

Elle était accompagnée d'inscriptions sur le goudron et sur les murs, de chaque côté de la route, si bien que durant plusieurs centaines de mètres je pouvais lire en lettres capitales : "Dehors, la collabo des nazis !", "Vive Staline, Vive l'URSS !", "À bas la fasciste", "À mort l'Italienne du Duce !"

Je m'arrête devant chacune de ces injonctions. Je les lis et les relis. Je pense aux SS, aux kapos, aux agents des "Organes", à la cruauté de ces hommes et de ces femmes qui n'avaient de différents entre eux que la langue qu'ils parlaient, la nationalité qu'ils revendiquaient, l'uniforme qu'ils portaient ! Mais ils appartenaient les uns et les autres à ce peuple innombrable des bourreaux endoctrinés par deux régimes jumeaux !

Ces inscriptions étaient la preuve que le mal s'était répandu et enraciné hors de Russie et d'Allemagne, dans les têtes de citoyens vivant dans des pays démocratiques et qui eussent pu choisir d'être libres !

Je ne veux pas me laisser intimider.

J'ai survécu aux coups, aux privations, à la haine, aux camps !

Je refuse de céder !

« La violence de ces graffitis inquiète Arthur Orwett qui m'a rendu visite.

Il vient d'achever la rédaction d'un grand reportage en Europe. Un rideau de fer, dit-il, comme le prévoyait Churchill, sépare désormais l'est de l'ouest du continent. Une confrontation commence dont il craint qu'elle ne devienne militaire. Le fanatisme va gouverner les esprits.

Il me conseille de quitter pour quelques mois Cabris, de me faire oublier, de retourner à Venise où l'on ne peut à tout le moins me traiter d'étrangère.

Il craint que je ne sois à la merci d'un assassin qui, agissant de son propre chef, aura le sentiment, en me liquidant, d'accomplir un acte héroïque, d'être le défenseur du socialisme.

« Je ricane.

Orwett s'emporte. Il me reproche d'avoir oublié ce qu'un système de pensée peut faire des hommes.

Le Mal devient le Bien. Le Crime, la Justice ! Le Tyran, le Libérateur !

Doit-il me rappeler le sort de Heinz Knepper, de Thaddeus Rosenwald, de Willy Munzer, de tant de nos amis, les procès qui s'ouvrent dans toutes les capitales de l'Europe centrale, et les pendaisons qui les concluent ?

Orwett s'exprime avec une passion amère.

Pour lui, Staline n'a pas changé. Au contraire, le Tyran affirme que les progrès du socialisme et sa victoire sur le nazisme exacerbent la lutte des classes, font surgir de nouveaux complots fomentés par les

Américains. Et les Juifs y joueraient un rôle majeur. On les arrête, on les persécute. Il me parle de Vassili Bauman dont les livres, y compris ceux qu'il a publiés durant la guerre, sont interdits et qui vit reclus, surveillé, bâillonné. Comme tant d'autres qui furent des combattants valeureux, des héros de la "Guerre patriotique" et qui sont persécutés, arrêtés, exécutés.

Dans le monde entier, les partis communistes adoptent cette ligne politique. Maurice Thorez et Alfred Berger sont les meilleurs staliniens de France, et les plus beaux esprits saluent en eux des révolutionnaires intègres, soucieux du bonheur des peuples.

"Un anticommuniste est un chien", disent à Paris les belles âmes.

« Arthur Orwett a déposé devant moi quelques numéros du quotidien communiste local. Il veut que je lise les articles qui m'y sont consacrés. Je refuse, puis, parce qu'il insiste, je déclame, allant et venant comme une actrice récitant sur scène son rôle avec emphase :

"Notre belle région n'est pas un dépotoir, un refuge pour les débris de ce fascisme italien qui a poignardé la France dans le dos en juin 1940 !

"Souvenons-nous : le ventre est encore fécond d'où a surgi la bête immonde ! Exigeons l'expulsion de la comtesse Garelli-Knepper !"

« – Je suis libre, ai-je répété à Arthur Orwett.

Je me suis penchée vers lui, j'ai posé mes mains sur ses épaules. J'ai frissonné non de passion, mais d'émotion et de nostalgie au souvenir de notre amour.

J'ai murmuré cette pensée de Sénèque que Thaddeus Rosenwald aimait à répéter et que j'avais apprise lors de notre séjour à Paris, à l'hôtel Lutetia, dans les années 1930, quand Thaddeus se présentait sous le nom de Samuel Stern, diamantaire anversois. Je l'avais murmurée comme une prière, plusieurs fois par jour, quand je bêchais dans les champs de tournesol, à Karaganda, ou quand j'étouffais dans l'atelier de couture, à Ravensbrück :

"Qui sait mourir ne sait plus être esclave. Il s'établit au-dessus, du moins en dehors de tout despotisme."

Je me suis redressée :

– Je ne quitterai donc Cabris pour Venise que si j'en ai le désir, ai-je dit à Arthur Orwett. Je ne me laisserai plus jamais dicter ma conduite par qui que ce soit. Mon âme est libre. Je n'ai qu'un seul but : dire ce qui fut afin que les consciences soumises, esclaves, renoncent à leur servitude.

Arthur Orwett appelle les communistes d'Occident qui, librement, choisissent de vivre enchaînés, des *somnambules*.

– Je veux les arracher à leurs songes ! »

47.

Lorsque j'ai rencontré Julia Garelli-Knepper, en 1989, peu avant sa mort, je n'ai pas imaginé les doutes qui l'avaient si souvent tourmentée dans les années qui avaient suivi la fin du procès Kravchenko.

Ce qu'on célébrait cette année-là – 1949, celle de ma naissance –, ce n'était pas le verdict qui condamnait – fût-ce légèrement – *Les Lettres françaises* et leurs calomnies, mais le soixante-dixième anniversaire du « Guide des travailleurs du monde entier », le camarade Staline.

Et on allait fêter en 1950 les cinquante ans de Maurice Thorez, Secrétaire général du Parti communiste, « meilleur stalinien de France », et – pour reprendre le titre de l'autobiographie qu'il publia – *Fils du peuple.*

« Règne du mensonge, écrit Julia. Angoissant sentiment de solitude.

Je veux dire la vérité et ne suis entendue que par quelques-uns.

On hésite à réimprimer mes livres, car les librairies ne veulent pas commander des "ouvrages de propagande".

Ils ont vendu des centaines de milliers d'exemplaires du témoignage de Kravchenko, *J'ai choisi la liberté,* et ont le sentiment d'avoir épuisé le sujet.

« Mon éditeur ajoute en confidence que les grands lecteurs, ceux qui ne se contentent pas d'acheter un livre à la mode par an, sont souvent des enseignants qui suivent les conseils des critiques des *Lettres françaises* et autres publications *progressistes*.

« J'apprends ce dernier mot. Je ne lui avais pas prêté attention. Je le découvre partout. Il y a des journaux progressistes, des hommes et des femmes de progrès, des pays progressistes, le camp du Progrès. Et, à sa tête, le grand camarade Staline qui éclaire la route du Progrès !

On célèbre donc – en France ! – son soixante-dixième anniversaire comme s'il était "le Bien-Aimé".

Dix camions sillonnent le pays pour recueillir les milliers de cadeaux que les communistes français et les hommes et les femmes dits "de progrès" lui adressent. Ils sont exposés à Paris. Des dizaines de milliers de visiteurs se pressent pour les admirer, signer le Livre d'or.

Et Thorez, le *fils du peuple*, exalte la Patrie soviétique, Staline le Guide, le pays du Progrès :

"La vie est toujours plus belle dans les cités ouvrières et les kolkhozes où les fleurs tapissent les pelouses et égaient tous les logements", ose-t-il déclarer.

« J'ai envie de hurler.

Je sais ce qu'il en est de l'URSS.

« Orwett a rassemblé des dizaines de témoignages sur les conditions de vie réelles au pays du Grand Mensonge, sur les camps de travail et de rééducation, sur l'antisémitisme qui, jour après jour, comme une gangrène, ronge tout le pays.

Et l'on expose parmi les cadeaux faits à Staline "la pantoufle d'une déportée de Ravensbrück", "un petit bonnet de poupée confectionné en prison par une fillette assassinée à Auschwitz".

Mais que sont devenus mes camarades livrés par les Soviétiques aux SS, le 8 février 1940, sur le pont de Brest-Litovsk ? Ils sont morts à Auschwitz !

Je n'ai pu m'empêcher d'écrire à Isabelle Ripert, de lui rappeler ce qu'elle savait, de lui clamer mon indignation, de la supplier de ne pas se prêter à cette farce indigne !

Elle ne m'a jamais répondu, mais j'ai lu son nom dans la longue liste des personnalités qui souhaitaient un heureux anniversaire au génial camarade, le maréchal Staline, vainqueur du nazisme et libérateur d'Auschwitz.

« Le silence d'Isabelle Ripert m'accable, poursuit Julia. La lecture des journaux me désespère.

Staline reçoit Mao Tsé-toung et on se félicite ici de la victoire des communistes chinois. "La nouvelle Chine est à nous !" proclame Alfred Berger.

Et j'imagine ce qu'il en est de la réalité. Mais chacun est emporté par sa passion fanatique.

Qui se soucie de la vérité ?

On pend à Prague des communistes parce qu'on les accuse d'être des espions sionistes à la solde des Américains. On annonce à Moscou qu'une des personnalités juives les plus connues, Mikhoëls, animateur du Théâtre juif, a été victime d'un accident de la circulation.

Je sais ce que cela signifie. Et Arthur Orwett me révèle ce qu'il en est : on a tué Mikhoëls d'une balle dans la nuque. On a brisé son visage à coups de crosse, puis on a étendu son corps sur la chaussée et un camion l'a écrasé. Mikhoëls, metteur en scène, comédien, devait être abattu, parce qu'il était l'incarnation de l'intelligentsia juive. »

Je tourne les pages du journal de Julia. Elles expriment toutes la détermination et le désespoir.

Il lui semble que les âmes de millions d'hommes seront éternellement asservies au mensonge, que les crimes ne seront jamais punis.

Comment pourrait-elle accepter de se taire quand les journaux communistes français, *L'Humanité* d'abord, publient, avec des commentaires approbateurs, les communiqués émanant de l'agence Tass qui annoncent que des « monstres, des bêtes féroces, des agents à la solde des impérialistes, des médecins criminels, adhérents à l'organisation nationaliste bourgeoise juive *International Joint*, ont assassiné des dirigeants soviétiques et voulu constituer une "cinquième colonne" au service des États-Unis » ?

Et des médecins français « progressistes » se félicitent qu'on ait démasqué ces « médecins terroristes » !

Comment ne pas voir là une manifestation de l'antisémitisme, de la paranoïa de Staline ?

« Mitan du siècle, écrit Julia dans son journal de l'année 1950. Staline a ouvert un front en Corée. Est-ce le début de la grande confrontation entre les deux camps ?

« Guerre des mots. L'URSS et ses satellites deviennent le camp de la Paix !

Dans les rues de Nice, des jeunes gens défilent en dénonçant la guerre bactériologique que livreraient les Américains en Corée.

D'une porte cochère j'assiste aux affrontements entre manifestants – partisans de la Paix, comme ils se proclament ! – et gendarmes qui chargent, la crosse de leur mousqueton levée. Ils frappent, le sang jaillit. Ils s'acharnent sur un jeune homme tombé à terre. Je me précipite pour tenter de le protéger. On me repousse. On m'interpelle. Quatre heures dans un fourgon, puis une cellule. Je repense aux "corbeaux noirs" de Moscou. On me relâche enfin après m'avoir identifiée et présenté des excuses.

« Je ne suis pas dupe de ces mouvements de la Paix, de ces appels contre l'arme atomique qu'on fait signer et qui ne sont, pour Staline, qu'un moyen de compenser pour l'heure son infériorité militaire.

Il s'est créé un bouclier humain avec la générosité des crédules.

Mais comment pourrais-je croire, moi, aux discours pacifistes d'un Alfred Berger qui, en France, a pris la tête des partisans de la Paix ?

Mise en scène, manipulation.

Et cependant Berger entraîne des foules de militants désintéressés qui brandissent des pancartes où, sous une colombe dessinée par Picasso, on stigmatise un général américain, "Ridgway la Peste !"

Pourquoi cet aveuglement ?

Comme si la folie et le Mal attiraient, comme si les hommes avaient besoin d'être dupés ! Comme s'ils portaient en eux cette folie, ce Mal !

« Et lorsque un homme, une idéologie, un système les expriment avec cruauté, ils fascinent, on les suit.

Comme si mieux valait le nazisme et le communisme que la démocratie ! »

Julia va jusqu'à écrire au mois de décembre 1950 :

« La chanson du Mal nous entraîne, nous fait marcher au pas cadencé. Le Mal nous effraie, mais notre soumission ne vient pas seulement de la peur qu'il nous inspire. Une part de nous se contemple, se reconnaît, se complaît en lui.

Il a la force d'attraction de la puissance maléfique.

Et ceux des hommes – le plus grand nombre – qui ont peur de mourir imaginent que les tueurs, eux, sont immortels. »

48.

Julia ne craignait pas la mort.

Elle avait souvent vu, dans les camps de Karaganda et de Ravensbrück, l'effroi, la panique révulser les yeux de ses camarades qui savaient qu'elles allaient mourir.

Elle avait lutté contre la contagion de la peur.

Elle n'avait jamais abandonné les agonisantes, serrant leurs mains, humectant leurs lèvres, caressant leur visage, priant avec elles, retenant autant qu'elle pouvait la vie qui s'enfuyait.

Et parfois elle avait arraché aux mains crochues de la mort l'une de ces femmes.

Elle avait ainsi sauvé Isabelle Ripert.

Mais la mort était presque toujours la plus forte.

Et quand le corps s'était raidi, que le front était devenu aussi froid que la pierre, Julia faisait le serment que la Camarde ne l'effraierait jamais.

Elle murmurait : « Qui sait mourir ne sait plus être esclave. »

Elle voulait rester fidèle à ces mots de Sénèque.

Elle avait raconté ce tête-à-tête avec la mort à Arthur Orwett et, la serrant contre lui, il lui avait murmuré qu'elle avait été *héroïque*. Elle avait hésité avant de lui répondre que ce mot, flatteur, elle le récusait.

Elle avait seulement décidé de ne pas trembler quand la mort – cela viendrait vite – s'avancerait vers elle.

Elle voulait faire de la Camarde une alliée. Car il fallait que la vie, que la conscience, que l'humain plient la mort à la vie.

À Karaganda, à Ravensbrück, elle avait vu des déportées choisir le trépas pour rester dignes, ne pas laisser leur mort aux mains des bourreaux, la retourner contre eux en se pendant ou en se précipitant contre l'enceinte électrifiée du camp.

Ces femmes avaient agi librement. Elles avaient fait de la mort une arme. Elles avaient dépossédé les tueurs de leur privilège, de la crainte et de la fascination qu'ils suscitaient en détenant le pouvoir de tuer.

Ces suicides les avaient rendus vulnérables. Ils n'étaient donc pas immortels.

Julia avait confié à Arthur Orwett :

– La mort nous débarrassera aussi du Loup. Elle ira le chercher au fond de sa tanière. Il crèvera comme n'importe quel homme. Et personne ne lui tiendra la main.

Et le 5 mars 1953, alors qu'elle se trouvait à Paris où elle attendait Arthur Orwett qui terminait un reportage en République démocratique allemande, elle avait entendu sur les boulevards, à hauteur du métro Bonne Nouvelle – la coïncidence l'avait rendue euphorique – les vendeurs de journaux crier : « Édition spéciale ! Staline est mort ! »

Elle avait acheté *L'Humanité*.

Un portrait de Staline encadré de noir, en uniforme de maréchal, occupait toute la première page : « Notre camarade Staline est mort », titrait le quotidien.

Comme si Staline avait eu des camarades !

Il avait ordonné la mort de ses plus proches et de ses plus anciens compagnons, persécutant souvent leurs femmes. Ainsi, la femme de Molotov, Polina Molotova, parce qu'elle était juive et avait murmuré que le comédien Mikhoëls avait été assassiné, avait été arrêtée et avait disparu dans les profondeurs de la Loubianka, puis du goulag.

Mais Alfred Berger invitait les communistes et le peuple de France à pleurer le « camarade Staline » et à se rassembler ; il avait d'ailleurs annoncé la réunion à Paris d'un *Vel'd'Hiv de deuil* !

Julia avait hésité, essayant en vain de joindre, à Berlin-Ouest, Arthur Orwett, s'étonnant qu'il ne songeât pas à l'appeler pour lui annoncer le jour de son arrivée, qu'il ne partageât pas avec elle non la joie, mais le soulagement de savoir que le Vieux Loup n'avait pas échappé au sort de chaque humain.

Elle aurait voulu dire à Orwett : « Il n'était que cela : un mortel, et ce sont les hommes qui lui avaient conféré sa puissance, qui avaient fait de lui un tyran qui leur paraissait immortel. »

Elle avait tout à coup été saisie par l'angoisse, l'impatience, la crainte de la solitude, et elle avait décidé de se rendre au *Vel'd'Hiv de deuil.*

Dès l'entrée dans l'immense nef, elle avait été impressionnée par la tristesse de cette foule recueillie qui communiait avec les dirigeants communistes figés sur la scène cependant qu'Alfred Berger rappelait l'apport à la liberté et aux combats progressistes de l'humanité de ce géant de l'histoire qu'était le maréchalissime Joseph Staline, « notre camarade ».

Julia n'avait pas eu le cœur à ricaner, à s'indigner cependant que se déroulait cette cérémonie païenne, cette messe noire où l'on célébrait l'un des plus grands assassins de l'histoire de toute l'humanité.

Puis l'assistance, levant le poing, avait entonné, sur un tempo lent, *L'Internationale*, et Julia avait craint d'éclater en sanglots tant ce chant lui rappelait les débuts de sa vie, l'élan qui l'avait poussée vers Heinz Knepper, ces temps de sincérité et d'enthousiasme, ces années de passion et d'aveuglement, quand elle avait considéré que construire un monde juste et nouveau valait bien qu'on y sacrifiât des hommes.

Et elle avait accepté, durant toute la guerre civile, les injustices, les massacres, la dictature. Elle avait voulu ne pas voir. Elle avait cru que du Mal surgirait le Bien. Et ce n'est que peu à peu qu'elle avait compris que le Mal ne pouvait engendrer que le Mal, et que de la volonté de faire le Bien pouvait aussi surgir le Mal !

Julia avait quitté le *Vel'd'Hiv de deuil* et les longs crêpes noirs entourant le gigantesque portrait de Staline avant que ne s'achève *L'Internationale*.

Elle était rentrée à l'hôtel Lutetia où elle descendait chaque fois qu'elle séjournait à Paris, en souvenir des temps anciens, quand Thaddeus Rosenwald, Willy Munzer, Heinz Knepper et tant d'autres étaient encore vivants.

De tous ceux de ces années-là ne survivait qu'Alfred Berger, le maléfique.

Elle s'était jetée sur le lit sans même se déshabiller, et alors qu'elle avait pensé sabler le champagne avec Arthur Orwett pour fêter la mort du Vieux Loup, elle avait pleuré, seule et accablée, pensant à ses compagnes de Karaganda, à Vera et Maria Kaminski, à

Heinz Knepper, au pont de Brest-Litovsk, un 8 février 1940, aux déportées de Ravensbrück.

C'est le lendemain matin qu'elle avait appris qu'Arthur Orwett avait succombé aux suites d'un accident de la circulation sur une route qui conduisait à Berlin.

Un camion avait heurté sa voiture qui avait pris feu.

Staline était mort, mais ses ordres et ses tueurs parcouraient encore le monde.

49.

Dans son sanctuaire de Cabris, Julia avait posé sur la grande table une médaille de bronze maculée et tordue.

Elle est encore devant moi, au milieu des dossiers d'archives et des carnets de notes de Julia.

Elle était, lui avait-on dit, tout ce qui restait d'Arthur Orwett. Les autres objets avaient fondu ou avaient été brûlés. Le corps avait été calciné. Un enquêteur anglais, autorisé à l'examiner, avait dit à Julia qu'on aurait pu croire qu'il avait été brûlé au lance-flammes.

– Je ne sais pas si vous imaginez, avait ajouté l'enquêteur avant de murmurer des excuses.

Elle avait répondu d'une voix calme qu'elle n'avait pas à imaginer, mais seulement à se souvenir.

Les SS, à Ravensbrück, avant d'abandonner le camp, avaient ainsi brûlé des cadavres de détenues.

– Le corps ne parle plus, avait ajouté l'enquêteur. On ne peut rien reconstituer.

– Je peux imaginer, avait-elle dit.

Avait-on tué Arthur Orwett avant de mettre en scène l'accident, puis de brûler le corps au lance-flammes et d'incendier la voiture ? C'était probable. Et ce crime, comme des centaines de milliers d'autres, resterait impuni.

On avait déjà clos l'enquête. Le chauffeur du camion avait été disculpé.

On avait envoyé à Julia Garelli-Knepper cette médaille portant sur l'une des faces le nom de la ville de Karl-Marx-Stadt – l'ancien Chemnitz – où Arthur Orwett avait séjourné. On distinguait sur l'autre face un épi de blé, une faucille et un marteau. Comme si les assassins avaient tenu à signer leur crime et, en envoyant cette médaille à Cabris, à faire savoir à Julia Garelli qu'ils ne l'avaient pas oubliée, qu'elle figurait toujours sur la liste des « ennemis de l'URSS » qui devaient être exécutés.

Julia n'avait même pas fait état de cet avertissement à l'officier des services de renseignement français venu lui confirmer qu'Arthur Orwett avait été arrêté par la Stasi – la police secrète allemande – à Karl-Marx-Stadt, précisément, mais qu'on avait perdu sa trace jusqu'à cet accident mortel.

– Deux thèses, n'est-ce pas, avait dit l'officier d'un ton désinvolte : il a été libéré et a été réellement victime d'un accident, ou bien on a maquillé un crime.

Il avait écarté les mains en signe d'impuissance, ajoutant que les autorités allemandes avaient été correctes, permettant aux enquêteurs anglais de se rendre sur les lieux de l'accident.

– On l'a brûlé au lance-flammes, avait seulement répondu Julia.

Et elle avait mis l'officier à la porte.

La mort d'Orwett marque pour Julia, durant plusieurs mois, la crue noire du désespoir.

La disparition de Staline ne semble d'abord provoquer que des règlements de comptes entre criminels. On tue Beria. On écarte Molotov. Khrouchtchev s'avance. Mais le pays reste emprisonné dans la barbarie après la mort du Loup.

Lors de ses obsèques, des milliers de Russes meurent, piétinés en se précipitant pour tenter d'approcher la dépouille de Moloch.

À Berlin, les tanks tirent sur les ouvriers qui manifestent. Les camps du goulag entrouvrent leurs portes pour quelques milliers de déportés, mais d'autres Russes les remplacent ou sont internés comme fous.

Et ne faut-il pas être dément pour contester un système que rien ne paraît vouloir ébranler !

Et Julia entend Alfred Berger, Thorez, Duclos répéter que le socialisme est invincible, que l'Union soviétique incarne pour chaque travailleur l'espérance, l'avenir de l'humanité, qu'elle est le bastion imprenable, la Patrie où s'édifie le socialisme réel.

Julia n'écoute plus la radio, ne veut plus lire les journaux.

Elle s'enferme.

La crue noire monte.

« À quoi bon continuer ? écrit-elle. Même si la liberté l'emporte un jour en URSS, même si les aveugles d'ici recouvrent la vue, d'autres régimes barbares, d'autres religions ou idéologies criminelles surgiront, et les foules de fanatiques les acclameront. »

Malgré sa discrétion et sa pudeur, j'ai compris que Julia s'était apprêtée, en ce début d'année 1953, à vivre avec Arthur Orwett à Cabris.

Ils avaient décidé, en associant leurs témoignages et leurs sources, d'écrire l'histoire de cette « imposture rouge » qu'Orwett, dans son livre, n'avait fait qu'ébaucher.

Il espérait aussi réussir à faire sortir d'URSS les manuscrits de Vassili Bauman qui était prêt à courir le risque majeur, tout en continuant à demeurer en Union soviétique.

« Il faut crier la vérité à la face du monde ! avait-il dit à Orwett. Il faut réveiller les consciences, les somnambules. Ils peuvent me tuer : la vie charnelle d'un écrivain importe peu. La publication de ses livres est sa résurrection. »

Mais ils avaient assassiné Arthur Orwett. Staline était mort, et Vassili Bauman avait été condamné à cinq ans de camp de travail et de rééducation.

Comment espérer encore ?

Pourquoi aller vers les autres, tenter de les convaincre, alors qu'ils semblaient s'obstiner avec complaisance dans l'erreur, plus sensibles au fanatisme qu'à la raison ?

Même à Cabris, ce village de quelques centaines d'habitants, Julia avait le sentiment qu'on la regardait avec réprobation.

Elle était celle qui trouble l'ordre des choses. Et, régulièrement, la chaussée conduisant à sa propriété était maculée d'inscriptions hostiles.

La mort de Staline paraissait même avoir imprimé un nouvel élan au communisme local.

Le 14 juillet 1954, dans le grand pré qui s'étendait au pied du village, des communistes avaient organisé la « Grande Fête des Patriotes » pour soutenir le Parti. Et, durant deux jours Julia avait entendu les rumeurs de la foule, les refrains révolutionnaires, les acclamations qui avaient ponctué le long discours d'Alfred Berger.

Elle s'était terrée chez elle, enfermée dans son sanctuaire.

À quoi bon tenter de dire la vérité ?

À quoi bon rassembler ces archives ? rappeler le destin de Vera et Maria Kaminski ? Et le sort d'Arthur Orwett, celui de milliers d'autres victimes ?

Parfois, elle avait le sentiment que sa gorge et sa bouche étaient emplies de cette poussière étouffante de la steppe, et, la nuit, elle se réveillait en sursaut comme si elle avait dû se précipiter sur la place d'appel, à Ravensbrück.

Le cauchemar était la réalité de la vie.

Peut-être, si elle n'avait pas senti l'amour que lui vouaient Tito Cerato et sa femme, aurait-elle noué une corde à la plus haute branche d'un olivier.

Elle avait donc survécu, mais avec l'impression qu'elle était – elle emploie ces mots dans son journal – « fendue par le mitan ».

La partie de l'âme et du corps qui donnait de la saveur, de l'élan, de l'enthousiasme, de l'espérance à la vie, était une source asséchée, stérile, peut-être définitivement morte.

Et l'autre côté d'elle-même n'était qu'une somme de gestes nécessaires, vitaux mais médiocres, de petites tâches réglées, de devoirs qu'elle s'imposait.

Elle continuait de tenir son journal, de classer ses archives.

C'était devenu un rituel.

Elle se contentait non pas de vivre, mais de survivre.

50.

J'ai rencontré Julia Garelli-Knepper près de quatre décennies plus tard, en décembre 1989.

Jamais, en voyant et en écoutant cette femme qui, au seuil de la mort – elle était née avec le XXᵉ siècle –, avait encore le regard vif, la parole claire et tranchante, les gestes brusques, le pas à peine hésitant, je n'aurais pu imaginer que, dans les années 1950, elle avait connu des temps de doute et de désespoir.

Elle m'est apparue sans faille, femme de résistance, n'abdiquant jamais, exigeante avec elle-même, envers les autres, parlant sans détour, sans précaution, écartant d'un mouvement du bras mon manuscrit de roman – *Les Prêtres de Moloch* – que je voulais lui soumettre, m'accusant de complaisance, d'ignorance, me morigénant. On n'avait nul besoin de contes, de fables mythologiques, mais de la simple vérité, m'avait-elle rabroué.

Je n'ai pas oublié les mots qu'elle prononça après m'avoir proposé de devenir l'administrateur de la Fondation et le conservateur de ses archives.

– Prenez la vérité pour horizon, David, que rien ne vous arrête. Ne nous trahissez pas, nous qui sommes morts !

Je sais aujourd'hui, alors que près de vingt années se sont écoulées, qu'elle m'avait choisi parce que j'étais le petit-fils d'Alfred Berger, cet homme qu'elle méprisait, dont elle avait eu à souffrir et qui n'avait été d'abord qu'un agent servile, l'exécutant criminel des « Organes » de Staline.

C'était un acte de confiance, un pari non pas tant sur moi, mais sur ce qu'il y a d'imputrescible en l'homme, ce pur et dense noyau d'humanité.

Comment aurais-je pu me dérober face à cette femme qui me confiait qu'elle avait eu à accomplir un « devoir de vérité » et qu'elle n'y avait jamais renoncé, qu'elle s'était sentie, à un moment de sa vie, « fendue par le mitan », une part d'elle-même étant morte à jamais ?

Lisant son journal, j'ai compris comment, mot après mot, jour après jour, elle avait réussi à s'arracher au marécage, à ce qu'elle avait appelé la « crue noire du désespoir », qui l'avait presque entièrement submergée entre 1953 et 1956.

Il avait fallu le rapport de Khrouchtchev, au XXe congrès du Parti communiste soviétique, révélant certains crimes de Staline, puis la volonté d'indépendance des Polonais, la révolution hongroise, les craquements et déchirements des partis communistes, pour qu'en 1956 Julia sentît en elle le désespoir refluer.

Elle avait retrouvé l'élan de l'espérance.

Jusque-là, elle avait simplement commis ce péché contre l'esprit qu'est l'impatience, forme de mépris des hommes, oubliant qu'à la fin, dans la foule passive, haineuse ou fanatique, quelques-uns toujours refusent la soumission et préfèrent tendre le cou aux tueurs plutôt que de renoncer à crier.

Julia avait recouvré l'unité de sa personne, et, méthodiquement, sans se mêler à la rumeur, sans faire d'éclats, elle avait écrit, rassemblé ses archives, ignoré les menaces, les risques d'agression.

Car on l'avait prévenue que les « Organes » – russes, roumains, bulgares, allemands – voulaient s'emparer et détruire ses dossiers, et l'assassiner. Une nouvelle fois on l'avait assurée qu'elle figurait toujours en bonne place sur la liste des ennemis de l'URSS.

Mais elle se sentait chaque jour plus forte, la vérité finissant par renverser tous les obstacles.

C'était ce qu'on avait appelé le « dégel », incertaine et brève période de liberté vite muselée, mais des voix avaient brisé le silence, des manuscrits de Vassili Bauman avaient été publiés à Milan, annonçant sa grande œuvre, *Les Naufragés*, et l'on savait, parce qu'on avait pu lire Soljenitsyne, ce qu'avait été *Une journée d'Ivan Denissovitch.*

Cela n'avait pas empêché Alfred Berger de continuer à mentir, de calomnier, de lancer ses anathèmes, de ressasser : « Le fascisme ne passera pas ! »

Alors que lui-même était l'expression, l'incarnation d'une variété de fascisme.

Et l'on commençait à le dire.

Des historiens, des écrivains, des philosophes venaient comme en pèlerinage rendre visite à Julia Garelli dans sa Fondation. J'ai découvert dans son journal que, le plus souvent, ils la décevaient. Ils avaient leurs hypothèses et ils voulaient qu'elle les validât, et peu importait ce qu'elle avait à leur dire. Ils cherchaient à se justifier. Ils lançaient eux aussi des anathèmes avec la même vigueur qu'ils l'avaient fait jadis au nom du communisme.

Ils étaient ce que Julia appelle dans son journal des « fanatiques retournés », comme ces illustrations de cartes à jouer qui présentent la même figure, en haut, en bas, et *vice versa*.

« Valets de pensée, valets de plume », avait écrit Julia.

Elle, désormais, ne doutait plus.

Les dernières pages de son journal sont sereines :

« Il faut tenter de ne point être en dissidence avec soi-même », écrit-elle, citant saint Bernard.

Elle ajoute qu'il faut, jusqu'au bout de ses forces, faire ce que l'on croit être le seul à pouvoir faire :

« Je suis l'une des rares survivantes – sans doute même la dernière – à avoir fait, au printemps 1917, le voyage à travers l'Allemagne, de Zurich à Petrograd. Je dois témoigner.

Je suis aussi l'une des déportées du goulag que, le 8 février 1940, les agents du NKVD ont livrées aux SS sur le pont de Brest-Litovsk.

Ma vie est la preuve de la parenté, de l'intimité des deux systèmes oppresseurs, le nazisme et le communisme, ces deux faces d'un même monstre. »

Puis, comme si déjà elle s'éloignait des péripéties de la vie, des circonstances passagères qui accompagnent une existence et font la trame d'un destin, elle écrit :

« Il faut rappeler que le noir existe à ceux qui ne croient qu'à la lumière.

À ceux qui tâtonnent dans l'obscurité et n'imaginent pas la clarté du jour, il faut dire que l'aube vient, s'ils la désirent. »

Tel est le sens du livre que j'ai écrit en souvenir de Julia Garelli-Knepper et grâce à elle.

Table

Max Gallo
dans Le Livre de Poche

L'Ambitieuse n° 14166

Adolescentes, elles ont parcouru à cheval les solitudes verdoyantes du Jura. À vingt ans, elles ont saisi au vol les enthousiasmes des années 1970 : liberté des mœurs, émancipation féminine, engagement politique, passions et ambitions... Aurore est devenue avocate. Isabelle, sa sœur, inspecteur des Finances, connaît une brillante ascension qui après mai 1981 l'installe au cœur du pouvoir politique. Leurs vies entrecroisées reflètent les élans, les tourments, les bonheurs et les échecs de la société d'aujourd'hui. La quarantaine passée, elles peuvent dresser un premier bilan de leurs amours, de leurs carrières.

Les Chrétiens

1. *Le Manteau du soldat* n° 30004

Julius et Antonius Galvinius, un tribun, et son fils, se déchirent : tenants de deux mondes qui s'affrontent, ils tentent de se convertir l'un l'autre, le premier à la tradition antique, le second à la foi nouvelle. Partagé lui aussi entre deux conceptions du monde, Martin a choisi de se consacrer à son Dieu. Élu évêque de Tours, il est appelé à convertir les païens et à détruire leur culte. Sa discipline, la pauvreté de sa subsistance, les miracles qu'il accomplit attirent autour de lui une communauté de plus en plus nombreuse, qui le reconnaît bientôt comme le premier grand maître chrétien.

2. *Le Baptême du roi* n° 30005

Au milieu du Ve siècle, la Gaule est à feu et à sang. Il faut, trente années durant, toute la conviction et la foi de Geneviève, la sainte parisienne, et de Remi, l'évêque de Reims – qui le baptisera –, pour soutenir le jeune et cruel roi des Francs, Clovis, dans sa soif de conquêtes. Ce dernier ne décevra pas leurs espérances : il parvient à unifier et à soumettre à la loi du Seigneur l'immense territoire de la Gaule.

3. *La Croisade du moine* n° 30006

En plein Moyen Âge, Bernard de Clairvaux est au cœur des grandes controverses qui agitent la chrétienté : le schisme de l'Église, partagée entre deux papes, les croisades et les premières grandes disputes philosophiques, avec l'opposition du moine à Abélard. Avant de mourir, Bernard rédige son testament spirituel et raconte comment il est devenu, guidé par Dieu, le fondateur d'une lignée à la discipline sévère, et le prédicateur prolixe de la chrétienté.

Les Fanatiques n° 30970

Claire a choisi, en se mariant, de se convertir à l'islam. Son père, professeur à la Sorbonne, vit cette décision comme un échec personnel. Il craint le retour des inquisitions, des fanatismes, et redoute le choc des civilisations. Il veut comprendre, renouer le dialogue avec Claire qui se fait appeler Aïsha. Un jour d'octobre, il est assassiné à Paris, près de la Sorbonne.

Le Jardin des Oliviers n° 15063

Peut-on encore s'aimer dans l'innocence ? Jérôme et Nathalie voudraient le croire, et tout semble favoriser leur amour, né dès l'adolescence. Leurs familles sont proches, ils poursuivent les mêmes études, ils vivent dans le décor enchanteur du pays niçois. Pourtant, tout va se déchirer. D'où vient l'argent que Nathalie dépense avec une hâte inquiète ? Quels sont ses liens avec Missen, soupçonné d'avoir jadis livré à la Gestapo son réseau de résistance ? Rongé par le doute, Jérôme s'enfonce dans le sentiment de sa propre médiocrité, de son inutilité.

Les Patriotes

1. *L'Ombre et la Nuit* n° 15204

Tout commence à Berlin en 1936, où il vient de s'entretenir avec le chancelier Hitler, le journaliste Bertrand Renaud de Thorenc rencontre Geneviève Villars. Ils vont s'aimer aussitôt. Leurs destins et l'Histoire vont les séparer.

2. *La flamme ne s'éteindra jamais* n° 15209

Automne 1940. Tandis que Geneviève crée un réseau de résistance au musée de l'Homme, Thorenc côtoie tous les milieux. Militaires, hommes d'affaires, artistes, policiers ou truands lui dévoilent toutes les facettes de l'ambition, de la cupidité, de la lâcheté ou de l'héroïsme. Il s'éprend d'une jeune juive, Myriam Goldberg, qu'il sauve de la déportation.

3. *Le Prix du sang* n° 15265

Automne 1942. Depuis deux ans, la vie de Bertrand, de Geneviève, de Myriam et de tant d'autres résistants se fait plus dangereuse. La Gestapo resserre son étau. Thorenc rencontre Jean Moulin, organise des réseaux, contrôle les maquis, exécute des traîtres, va de cache en cache. C'est une femme, Catherine, qui l'accueille à Lyon, et l'amour surgit à nouveau. Mais Myriam est déportée, Geneviève traquée.

4. *Dans l'honneur et pour la victoire* n° 15305

Printemps 1943. Pour retrouver Geneviève et Myriam, Bertrand parcourt la France. Malgré les dangers, Catherine veut un enfant. Elle l'appellera Max, en souvenir de Jean Moulin. Bertrand découvre la trahison des uns, les calculs de ceux qui ne pensent déjà qu'à s'emparer du pouvoir.

Les Rois sans visage n° 13743

Quels secrets détient donc Antoine Vecchini, dit « le vieux salaud », pour que le seul soupçon de les connaître – ou de vouloir les livrer – vous condamne à mort ? Conseiller discret des tout-puissants banquiers Wysberg, Vecchini a connu beaucoup de monde depuis l'Occupation : gaullistes, communistes, collaborateurs, futurs ministres, futurs académiciens. Et tenu des carnets où l'on pourrait percer à jour les liens inavouables qui les unissent…

Un homme de pouvoir n° 30185

Philippe Arius fut un homme de pouvoir durant vingt ans. L'un de ces « sorciers » qui auscultent les sondages, conçoivent les stratégies d'image et les messages pour séduire l'opinion et les électeurs. Il a servi Pompidou, Giscard d'Estaing, Mitterrand, Chirac et Jospin. Au fil des années, avec des « fonds secrets », il a créé l'agence Philippe Arius Communication et Sondages à l'audience internationale, s'est enrichi et est devenu l'une des personnalités du Tout-Paris politique et médiatique. Et puis, en 2001, tout a basculé.

Du même auteur :

ROMANS

Le Cortège des vainqueurs, Robert Laffont, 1972.
Un pas vers la mer, Robert Laffont, 1973.
L'Oiseau des origines, Robert Laffont, 1974.
Que sont les siècles pour la mer, Robert Laffont, 1977.
Une affaire intime, Robert Laffont, 1979.
France, Grasset, 1980 (et Le Livre de Poche).
Un crime très ordinaire, Grasset, 1982 (et Le Livre de Poche).
La Demeure des puissants, Grasset, 1983 (et Le Livre de Poche).
Le Beau Rivage, Grasset, 1985 (et Le Livre de Poche).
Belle Époque, Grasset, 1986 (et Le Livre de Poche).
La Route Napoléon, Robert Laffont, 1987 (et Le Livre de Poche).
Une affaire publique, Robert Laffont, 1989 (et Le Livre de Poche).
Le Regard des femmes, Robert Laffont, 1991 (et Le Livre de Poche).
Un homme de pouvoir, Fayard, 2002 (et Le Livre de Poche).
Les Fanatiques, Fayard, 2006.
La Chambre ardente, Fayard, 2008.
Le Roman des rois : les grands Capétiens, Fayard, 2009.

SUITES ROMANESQUES

La Baie des Anges :

I. *La Baie des Anges*, Robert Laffont, 1975 (et Pocket).

II. *Le Palais des Fêtes*, Robert Laffont, 1976 (et Pocket).

III. *La Promenade des Anglais*, Robert Laffont, 1976 (et Pocket). (Parue en 1 volume dans la coll. « Bouquins », Robert Laffont, 1998.)

Les hommes naissent tous le même jour :

I. *Aurore*, Robert Laffont, 1978.

II. *Crépuscule*, Robert Laffont, 1979.

La Machinerie humaine :

• *La Fontaine des Innocents*, Fayard, 1992 (et Le Livre de Poche).

• *L'Amour au temps des solitudes*, Fayard, 1992 (et Le Livre de Poche).

• *Les Rois sans visage*, Fayard, 1994 (et Le Livre de Poche).

• *Le Condottiere*, Fayard, 1994 (et Le Livre de Poche).

• *Le Fils de Klara H.*, Fayard, 1995 (et Le Livre de Poche).

• *L'Ambitieuse*, Fayard, 1995 (et Le Livre de Poche).

• *La Part de Dieu*, Fayard, 1996 (et Le Livre de Poche).

• *Le Faiseur d'or*, Fayard, 1996 (et Le Livre de Poche).

• *La Femme derrière le miroir*, Fayard, 1997 (et Le Livre de Poche).

• *Le Jardin des Oliviers*, Fayard, 1999 (et Le Livre de Poche).

Bleu, blanc, rouge :

I. *Marielle*, Éditions XO, 2000 (et Pocket).

II. *Mathilde*, Éditions XO, 2000 (et Pocket).

III. *Sarah*, Éditions XO, 2000 (et Pocket).

Les Patriotes :

I. *L'Ombre et la Nuit*, Fayard, 2000 (et Le Livre de Poche).

II. *La flamme ne s'éteindra pas*, Fayard, 2001 (et Le Livre de Poche).
III. *Le Prix du sang*, Fayard, 2001 (et Le Livre de Poche).
IV. *Dans l'honneur et par la victoire*, Fayard, 2001 (et Le Livre de Poche).

Les Chrétiens :
I. *Le Manteau du soldat*, Fayard, 2002 (et Le Livre de Poche).
II. *Le Baptême du roi*, Fayard, 2002 (et Le Livre de Poche).
III. *La Croisade du moine*, Fayard, 2002 (et Le Livre de Poche).

Morts pour la France :
I. *Le Chaudron des sorcières*, Fayard, 2003 (et J'ai lu).
II. *Le Feu de l'enfer*, Fayard, 2003 (et J'ai lu).
III. *La Marche noire*, Fayard, 2003 (et J'ai lu).

L'Empire :
I. *L'Envoûtement*, Fayard, 2004 (et J'ai lu).
II. *La Possession*, Fayard, 2004 (et J'ai lu).
III. *Le Désamour*, Fayard, 2004 (et J'ai lu).

La Croix de l'Occident :
I. *Par ce signe tu vaincras*, Fayard, 2005 (et J'ai lu).
II. *Paris vaut bien une messe*, Fayard, 2005.

Les Romains :
I. *Spartacus. La Révolte des esclaves*, Fayard, 2005 (et J'ai lu).
II. *Néron. Le Règne de l'Antéchrist*, Fayard, 2006 (et J'ai lu).
III. *Titus. Le Martyre des Juifs*, Fayard, 2006 (et J'ai lu).
IV. *Marc Aurèle. Le Martyre des Chrétiens*, Fayard, 2006 (et J'ai lu).

V. *Constantin le Grand. L'Empire du Christ*, Fayard, 2006 (et J'ai lu).

La Révolution française :

I. *Le Peuple et le Roi*, Éditions XO, 2009.

II. *Aux armes, citoyens !*, Éditions XO, 2009.

Politique-Fiction

La Grande Peur de 1989, Robert Laffont, 1966.

Guerre des gangs à Golf-City, Robert Laffont, 1991.

Histoire, Essais

L'Italie de Mussolini, Librairie académique Perrin, 1964, 1982 (et Marabout).

L'Affaire d'Éthiopie, Le Centurion, 1967.

Gauchisme, réformisme et révolution, Robert Laffont, 1968.

Histoire de l'Espagne franquiste, Robert Laffont, 1969.

Cinquième Colonne, 1939-1940, Plon, 1970 et 1980, Complexe, 1984.

Tombeau pour la Commune, Robert Laffont, 1971.

La Nuit des Longs Couteaux, Robert Laffont, 1971 et 2001.

La Mafia, mythe et réalités, Seghers, 1972.

L'Affiche, miroir de l'Histoire, Robert Laffont, 1973 et 1989.

Le Pouvoir à vif, Robert Laffont, 1978.

*Le XX*e *Siècle*, Librairie académique Perrin, 1979.

La Troisième Alliance, Fayard, 1984.

Les idées décident de tout, Galilée, 1984.

Lettre ouverte à Robespierre sur les nouveaux Muscadins, Albin Michel, 1986.

Que passe la Justice du Roi, Robert Laffont, 1987.
Manifeste pour une fin de siècle obscure, Odile Jacob, 1989.
La gauche est morte, vive la gauche, Odile Jacob, 1990.
L'Europe contre l'Europe, Le Rocher, 1992.
L'Amour de la France expliqué à mon fils, Le Seuil, 1999.
Histoire du monde de la Révolution française à nos jours en 212 épisodes, Fayard, 2001 (et Le Livre de Poche, mise à jour 2005 sous le titre *Les Clés de l'histoire contemporaine*).
Fier d'être français, Fayard, 2006.
L'Âme de la France, Fayard, 2007.
De Gaulle, les images d'un destin, Le Cherche-Midi, 2007.
Glières, mars 44, avec Michel Germain, Fontaine de Siloé, 2008.

BIOGRAPHIES

Maximilien Robespierre, histoire d'une solitude, Librairie académique Perrin, 1968 (et Pocket).
Garibaldi, la force d'un destin, Fayard, 1982.
Le Grand Jaurès, Robert Laffont, 1984 et 1994 (et Pocket).
Jules Vallès, Robert Laffont, 1988.
Une femme rebelle. Vie et mort de Rosa Luxemburg, Fayard, 2000.
Jè. Histoire modeste et héroïque d'un homme qui croyait aux lendemains qui chantent, Stock, 1994, et Mille et Une Nuits, 2004.
« Moi, j'écris pour agir. » Vie de Voltaire, Fayard, 2008.

Napoléon :
I. *Le Chant du départ*, Robert Laffont, 1997 (et Pocket).
II. *Le Soleil d'Austerlitz*, Robert Laffont, 1997 (et Pocket).
III. *L'Empereur des rois*, Robert Laffont, 1997 (et Pocket).

IV. *L'Immortel de Sainte-Hélène*, Robert Laffont, 1997 (et Pocket).

De Gaulle :
I. *L'Appel du destin*, Robert Laffont, 1998 (et Pocket).
II. *La Solitude du combattant*, Robert Laffont, 1998 (et Pocket).
III. *Le Premier des Français*, Robert Laffont, 1998 (et Pocket).
IV. *La Statue du Commandeur*, Robert Laffont, 1998 (et Pocket).

Victor Hugo :
I. *Je suis une force qui va !*, Éditions XO, 2001 (et Pocket).
II. *Je serai celui-là !*, Éditions XO, 2001 (et Pocket).
César Imperator, Éditions XO, 2003 (et Pocket).

Louis XIV :
I. *Le Roi-Soleil*, Éditions XO, 2007.
II. *L'Hiver du grand roi*, Éditions XO, 2007.

CONTE

La Bague magique, Casterman, 1981.

EN COLLABORATION

Au nom de tous les miens, de Martin Gray, Robert Laffont, 1971 (et Pocket).
Histoires particulières, entretiens avec Paul-François Paoli, CNRS Éditions, 2009.

Vous pouvez consulter le site Internet de Max Gallo sur
www.maxgallo.com

Composition réalisée par NORD COMPO

Achevé d'imprimer en décembre 2009, en France sur Presse Offset par
Maury-Imprimeur - 45330 Malesherbes
N° d'imprimeur : 152104
Dépôt légal 1re publication : janvier 2010
LIBRAIRIE GÉNÉRALE FRANÇAISE - 31, rue de Fleurus - 75278 Paris Cedex 06

31/2687/7